梦潜

Diving

潜

illusions

禹风

著

浙江文艺出版社
Zhejiang Literature & Art Publishing House

图书在版编目(CIP)数据

梦潜 / 禹风著. -- 杭州：浙江文艺出版社，2024.
10. -- ISBN 978 - 7 - 5339 - 7703 - 0

Ⅰ. I247.7

中国国家版本馆CIP数据核字第2024X6K813号

策划编辑　周　易
责任编辑　周　易
营销编辑　张　苇
封面设计　棱角视觉
内文版式　徐然然
责任印制　吴春娟
数字编辑　姜梦冉　诸婧琦

梦潜

禹风　著

出版发行　浙江文艺出版社
地　　址　杭州市环城北路177号
邮　　编　310003
电　　话　0571-85176953（总编办）
　　　　　0571-85152727（市场部）
制　　版　浙江新华图文制作有限公司
印　　刷　浙江国广彩印有限公司
开　　本　880毫米×1230毫米　1/32
字　　数　225千字
印　　张　10.5
插　　页　1
版　　次　2024年10月第1版
印　　次　2024年10月第1次印刷
书　　号　ISBN 978-7-5339-7703-0
定　　价　56.00元

1

梦潜

　　卜冲抬起右手腕,看看潜水手表,现在是海平面以下22米深度,能见度良好,太阳在水面上像一盏昏黄的路灯。

　　贺舟在5米外的珊瑚礁上看一条蓝脸天使鱼,简单形容那就是条细蓝线的海魂衫。卜冲也喜欢观察这些海洋精灵,眼下他面前也有一条双色鹦鹉鱼,通体雪白,单单眼睛和面颊是橘色,翘着厚厚的雪白大嘴巴。

　　不过,今天潜下来不是看风景,卜冲要寻找一条几年前的潜水路径,这条路会领他去看望一条鱼,一条老在他梦里出现,一扭尾巴让他心痛,又如箭般射入深蓝洋流的鱼。

　　五年没来大堡礁,记忆似乎有了一点偏差,抑或海底发生了一些微妙的变化? 下潜点应该是固定的,这艘"波塞冬号"潜水船的老板还是那个胖子乔治,潜水教练有一半是老人马,除了女教练琳达原先的热辣身材变得肥硕下垂,其他留下的人还是一副老样子。供新手握着下潜的缆绳还是系在10米深浅海底的四块大礁石上,缆绳已经让海蛎子爬得满手刺人的小贝壳。

　　卜冲把呼吸器从嘴里拿出来,又放回去,用力喷出一大串气泡,这是他每次长时间下潜前的习惯。贺舟看见他招手,便一挺身,优美地划出鱼类的弧线,紧跟在他身后。他们一起头冲下,摆动深蓝色脚蹼,向模模糊糊暗含神秘的40米深处扎下去。

深度让人晕眩,也让卜冲摆脱不开小小恶心,他知道这是下潜的反应。于是他一边寻找记忆里的路标,一边胡思乱想起来,以此抗衡神经系统轻微的不适。

他回想自己曾经做的一个怪异的潜水梦,梦里,上海沉没了,只剩下经度和纬度。

他划着一条小冲锋舟,像一个真正的世纪末幸存者,来到上海的经纬度上。他和沉没的大城市隔着大洋流,城市不在洋流来的地方,不在洋流去的地方,在洋流下面。

卜冲记得梦中他觉得饥饿,盼望坐在桌子旁吃一点食物,可是,桌子和食物都在大洋流下面,要吃,也要先下去。他想流泪,因为比食物更重要的那些生命的花朵都在洋流的下面。泪水是咸的,和洋流一样。

卜冲在梦里曾经有一刻是清醒的,明白就是泪水淹没了城市。

梦里的下潜比真实的下潜快速得多,卜冲看见无数的鲨鱼和海豚从面前游过,摆动它们灵敏的腰身。海水越来越凉,波浪越来越小,海底越来越黑,鲸鲨和抹香鲸如潜艇般移动,他从它们厚实的皮肤边下沉,代表人类的遗属向这些永存的物种挥手告别。

靠近海底的城市,眼前亮了起来。也许,城市可以沉没,光亮却不会消失?

贺舟的黑皮肤就算在 30 米深的海底也看得清楚,他是卜冲的小学同学,一位广受女同学欢迎的男生,黑皮肤也能代表英俊。他在湿式潜水服上别了个金色徽章,游近看,那是一个裸女的侧影。

贺舟希望卜冲可以停留片刻,上帝在每一米的深度上都创造了无数艺术品,不看实在可惜!好在到了 33 米深处,卜冲不再扎猛子,开始在一切都更显深绿了的礁石和珊瑚间寻找什么东西。贺舟低头辨认一幅吸引自己的图景,刚看清那是一只像扇贝一样展开的大海蚌,脚蹼已经不留心踩在了墨绿和深蓝交错的蚌肉上。海蚌激起一阵混浊的沙雾,像捕兽夹一样咬住了他的脚踝。

卜冲慢慢吐出气泡,手在一丛红珊瑚上摸索,他尽力让空气的消耗小些,可以在海里停留更长时间。这丛红珊瑚是他的一个老路标,红色扇形枝干的左下角有一个缺口,那是当年被他不小心蹭掉的。他摸摸长了海蛎子的缺口,知道应该向右前方绕到一个海底广场去。他挥手招呼贺舟,却发现自己的潜伴不见了。

一瞬间,那个梦又令他心惊地回到了眼前。

海底的上海很光亮,记得那首古老的歌唱道:夜上海,夜上海,它是一个不夜城!

海底的上海滩,就是这调调。

在梦里,他孤身一人,没有潜伴。他的人类伴侣们,在水下,在大洋深处,吐尽了最后一个气泡。他不明白为什么他潜下去的地点正好是徐家汇。

港汇广场的双子塔倒塌在海底,但丝毫没有破碎,所有的玻璃幕墙都完整无损,发出一种刚硬的乌蓝色,好像我们在主面前强直着的颈项的色彩。你很难把脚蹼落在这种倾斜着的玻璃坡上,因为你无法和它产生任何的黏合力,只会顺着它那预定的下坠之势滑到地狱里去。

卜冲调节了一下配重带的铅块,让身体更好地服从自己的意愿。他顺着完整无损的华山路往记忆中的外滩方向游动,要去寻找静安寺。吃饱了人类遗骸的鱼真值得好好看一看,它们成群结伙,被自己那撑得像圆球一样招摇的腹部拖到了海底沙地上,鱼鳍如同撕破在风中的大字报,懒懒地张开又耷拉下来。大型鱼类和小型鱼类第一次因为反常的体重沉积在一起,卜冲从上层洋流中俯视,那里好像不是鱼群,而是一堆伏在食物上的黑蚂蚁,大蚂蚁在小蚂蚁堆里挥舞手臂,徒劳地指挥着一场瓜分行动。垫在这些蚂蚁身下的是被啃得光溜溜的发白的人骨。卜冲在梦里意识到,原来人们说"赤条条来去无牵挂"的时候根本还不是赤条条的,如今才是。可是,那些鱼又都有些反常,和国家地理频道播放的纪录片里的鱼类有行为上的差异,它们被狂暴的进食拖累在海底不能游动,它们互相攻击、互相撕咬着,不进攻的时候阴沉沉地互相打量,突然又进入纠缠姿态。连小小的沙丁鱼,从高高的海平面沉到阴森森的海底,竟然也毫不畏惧地围攻吃饱了张不开口的公牛鲨!愚蠢的鱼类啊,吃了不该吃的,就会有后果!

静安寺地区相对要破损得多,卜冲不是要去百乐门舞厅跳舞,他又往西游一点,从上往下看浸在大洋里的市西中学。洋流没有阴影,只是隔开了直射的阳光,市西中学在平静的波纹里,静处于月夜般的光影中。卜冲看着红砖砌成的老教学楼,挂着红旗的旗杆顶就在他漂浮的脚蹼下。一条 2 米多长的银色大石斑鱼从三楼中间的教室敞开的窗户里幽灵般探出半个身子。卜冲恨不得扑上去咬它的厚嘴唇,莫名其妙一觉醒来,世界竟变成了鱼缸!要回忆青春吗?回忆那些花朵一般的少女?在这洋流下面,这样的回忆让卜冲觉得自己精神失常。也许所谓回忆根本不存在,那些回忆中的食物,包括人物,都只是一种幻觉,从未在现实中存在?

他不能停留太久,他看看潜水手表,决定往城市的东北方游动,以便看看复旦大学是否依然。

贺舟耐心等待大海蚌张开双壳。他看见卜冲游出了视线,但愿这不会带来什么麻烦。总体来说,他自己是个乐观主义者,是热爱生活的男人。

热爱生活,首先体现在他不害怕生活。该告诉哪个女生他喜欢她的时候,他从不忸怩;当年到东京打工,要把老板的钱从收银机弄到自己口袋里,他也毫不犹豫。活人就是要行动,这是他的信念。

可现在不能行动,让大海蚌夹住了脚,所谓的行动只能是等待,等待也是一种行动。卜冲不会游远,他是一个多思多虑的人,时刻会回去复核周围一切正常。

贺舟很想在这种时刻点燃一支烟,把烟圈喷到那些透明的大眼帝鱼脸上。他往后仰，从潜水镜后面看远处，一片质地斑驳的珊瑚礁和深蓝色海水。紧盯着珊瑚看，依稀就浮现星星点点的五彩颜色。倏然，巨大黑影从左前方掠过，贺舟恢复直立状态，感到汗毛全竖立起来。然而一切平平静静，好像一个午后的梦正在酣畅淋漓地延展。然后，他看明白了，一条锤头鲨露出护士帽般诡异的头，又从正前方游了回来。他下意识动了动被夹住的脚，妈的，这狗娘养的海蚌，还紧紧夹着他，像一个自惭形秽的乞丐抱住一个不愿意马上掏口袋的行人洁净的裤管。

卜冲也看见了这条落单的锤头鲨，现在鲨鱼正好在他回去找贺舟的必经之路上逡巡，在水下看那顶丑陋恐怖的"护士帽"，十分肉感，因此更叫人恶心。卜冲放掉浮力调整器里的余气，让自己落到珊瑚间的沙地上，这样鲨鱼就不再和自己同处一个深度，而是在高出约 5 米的空间里打转。这时，卜冲看见了远处的贺舟，贺舟的气泡冒得有点急促，显出他心神不宁。卜冲不明白贺舟的姿势为何漂浮而放松，不像自己这样隐蔽起来，尽量别去招惹不明不白落单的鲨鱼。贺舟的位置看来比卜冲高了 2 米，更接近锤头鲨的深度。

鲨鱼无声无息，沿一个无形的圈，如一支巡航的飞箭平稳航行，它的皮肤在发蓝的阳光里变幻，那暗淡的色彩看起来如同月光下的绸缎。它似乎并不饥饿，但它有点挑衅，曾经几次敏捷地转身，并且过于频繁地改变深度，上蹿下游，好像一个捞不到仗打、精力过剩的兵，在兵营里发神经。它早就注意到了吐气泡的贺舟，好奇地绕着圈子靠近他，单调的小眼睛，表情全无。

贺舟吐出一大片气泡，他抽动自己的腿脚，却无法动弹。终于,他伸手放掉了浮力调整器的余气,像一个大海葵喷掉肚子里的海水,蜷缩到海底。

卜冲明白贺舟被什么东西挂住了,他看看气瓶的余气量,觉得有点担心,贺舟的余气量应该比他更少,而上浮还需要逐级停留足够的时间。鲨鱼使他们无法游动,白白失去宝贵时间;解决贺舟被卡住的麻烦,也许更花时间。

镇定下来! 这比什么都重要! 卜冲又放开眼前,躲回那个不祥的大梦。

梦里他从静安寺游到五角场的速度是飞快的。记得上大学时,他从西边的曹杨新村奋力踩单车到复旦赶课,最快纪录也要一小时四十五分钟。然而可能是因为洋流呀,洋流不是推着你走,而是像个骑单车的邮递员当你是一封放在邮袋里的信,让你搭车去目的地!

沉没的上海已经生出了一点最初的水锈,发不出丝毫声响的高楼大厦已经签署了投降协议,正准备开始变成海底的珊瑚礁。在这个当口,卜冲远远看见了复旦大学牌楼形的大门,那块白底黑字的牌子被水浸泡得肿胀起来,使得"复旦"两个字凸起来,从上方看下去,"旦"下面那一横不见了,"大"上面一横也遮住了,成了"复日人学"。卜冲梦里觉得好笑:"日复日兮,万古人学!"

可是,人却一个都不见!

卜冲正看校门,从校园的树木遗骸里"噗"地浮起一条磨盘大的黑色魔鬼鱼,阴郁地瞪着他,好比水浒英雄剪径,又如一架黑鹰武装直升机在他头上凝滞不动,然后一扭身,身体转轮般颤动,向不远处直立不倒的伟人像舞去。伟人仿佛在海底徒劳地挥着一条手臂,好像在单手呼救,另一只手被身后的红色海扇卡住了手指不能动弹。魔鬼鱼降落在伟人的额头上,仿佛给他戴上了欧洲女人的宽边黑软帽。

卜冲游进复旦校园,在"复旦南京路"光华大道的梧桐树上方拍动脚蹼慢慢搜寻,梧桐叶已经浸成了海带的枯黄色,浮在海水里,蜷曲起来,如端午的粽叶。六号男生宿舍楼的灰色砖墙被海水浸透,冲开了很多口子,显得破败不堪。每个窗口都有海蛇和海鳝探出奸诈的三角脑袋觊觎他。卜冲朝上游,越过六号楼的屋顶,眼前是女生寝室五号楼的臃肿身躯。卜冲对着五号楼没有任何建筑美的水泥外立面,脱下潜水帽。

五号楼沉没了!埋葬在大洋深处!周围连珊瑚和海鱼都没有,完完全全孤立和死寂。

他要游到食堂后面的游泳池里去,他就想这么做。

从上面俯瞰下去,游泳池现在是个海底的小小凹槽。卜冲死命按着浮力调整器,让自己像一块石头直直落到游泳池的中央。他张大开始肿胀的眼睛,看着蓝色的海洋把当年碧波荡漾、充满银铃般笑声的游泳池变成了一个藏污纳垢的盒子,吃饱了人肉的章鱼依附在池壁上,池底有各种各样的沙底平头鱼,像铺上了起伏不定的褐黑色鱼背花斑地毯。

他看见了死亡和死亡的色彩。他的目光钻入死亡的色彩,在那里翻搅着。然后他看见了阳光,阳光像滴在水里的纯牛奶,漾出一团团明亮的烟雾。他看见了她,在牛奶雾中,穿着游泳衣,羞涩地向他微笑。卜冲感到胸口一阵刺痛,好像魔鬼鱼的毒刺直接扎入了心脏。那阳光不是阳光,只是一群倏然游过海底的清扫鱼的闪烁鳞片。她的微笑已随着城市的寂灭,成了远古铜镜里的幻影。

为了给自己一点证据,卜冲从游泳池底向上游,拍动着脚蹼减少呼吸节省空气,去相辉堂前的草地,寻找记忆中的一棵树。相辉堂在水底如同一座坚固的堡垒,闪着一层薄薄的瓦的光芒。他看见会堂的门虚掩着,并不像其他建筑的门都已经被水生动物拱开。

潜下去到会堂门口,卜冲一抬头,肃然起敬。一位须发皆白的老先生手臂挂住了门把手,双眼半闭,安详地漂浮在洋流的底层。卜冲向里张望,会堂里有无数的人。他终于在冰凉的大洋里找到了同类,找到了校友!这一刻,卜冲幸福得流出了眼泪。他首先证实了自己是个人,是这个物种的一分子。也许,这个物种如一朵凋零的玫瑰,正在飞落和灭绝,如此,卜冲就是花萼上最后一片花瓣,依靠他未死的记忆,玫瑰还活着,活在他开放吐艳的记忆里。她在他记忆里刻下的那一缕羞涩的微笑,正绽放无极限的魅力,好比这阴暗的大洋底正经历一次日出。卜冲觉得自己是一根蜡烛,还没有烧尽,火焰里蒸腾生命的甜蜜。他没有去碰触把着门的老先生,但他凑近看了看相辉堂的深处,那里每一个复旦人都抱着许多书。卜冲叹了一口气,在自己吐尽最后那口气前,人类还活在他有呼吸的鲜活记忆里。等他也寂灭了,变成珊瑚虫的食物后,人类只能在书中以文字的形态活着。书也将在海水中腐烂,亚当和夏娃的历史就此了结。索多玛和蛾摩拉成了预言,挪亚方舟不再由人类驾驶。我们在罪里出生,在罚中死去。海水就是泪水。

卜冲还有最后的一个目的地,他在相辉堂前的草地上空游动,在老新闻系的屋顶上休憩了片刻,然后他找到了草地东边那棵树,他潜下去,整个人伏低到树干上,找到了那年深月久的刻字。像许多中国人想在各种坚固永存的地方刻上"张李王郑到此一游"那样,很多年以前,卜冲在这里刻过一行"有一种小小的清香吻在了我的心上",字迹已经被青苔和海底的沙砾覆盖了。但卜冲安宁了,准备好了,静等主的手放飞最后一盎司空气,让他舒展开此生借来的躯体,灵魂离开大海,终夜游在水的上面。

贺舟心头一松,因为他的右脚先松了,大海蚌怜悯了它的俘虏。贺舟抽回腿脚,更深地蜷缩到沙砾间,锤头鲨正用它那有弹性的布满皱纹的"护士帽"撞击他的黄色气瓶,想知道那到底是什么玩意儿。

卜冲看了看余气量,从怪异的梦中彻底摆脱出来。他深吸了一口气,像陆地上雨后的春笋那样从藏身的珊瑚间拔地而起。他从容地摆动脚蹼,朝缠绕着贺舟的大鲨鱼迎面游去。锤头鲨目瞪口呆地看着冒气泡的大脚蹼怪物,一扭身,如一枚肥大的水雷蹿了出去,始终沿着直线,毫不回头地游出了卜冲和贺舟的视野。

卜冲向后指指背上的气瓶,又竖起两只大拇指示意贺舟立刻上浮。贺舟顺从地做了"OK"的手势,两人像两枚运载火箭升空那样开始慢慢上浮。

贺舟的手拿住了嘴里的呼吸器,他的脚慌乱地拍打着无穷无尽的海水。卜冲猛地游近他。贺舟把嘴里的呼吸器拿出来甩开了,呼吸器掉到水里,连一个气泡都没再释放。卜冲深吸一口气,把呼吸器从嘴里拿出来,塞到贺舟嘴里。贺舟猛吸了几口,脸部僵直的肌肉才放松下来。

余气量随时会耗尽,现在他们停留在20米深度。互相传递着呼吸器。

卜冲听见一阵隐约的声音,仔细听,是隐约的人的歌声。他竖起耳朵,用手指掏掏耳朵孔,歌声到了耳边:"菁菁校园哪菁菁校园,何处寻觅往日的笑颜……"

他看看贺舟,贺舟正紧张地看余气量刻度表,向水面张望。隔开20米海水,太阳显得亮堂多了,现在宛如一朵盛开的向日葵。

卜冲摸索着浮力调整器的背带扣,把浮力调整器和气瓶都脱了下来,他把这些东西挂到贺舟手臂上,然后拉住了贺舟的配重带,把它连同铅块一起解了下来。噗的一下,贺舟往上升起,卜冲被两条配重带往下扯了几米。

贺舟低下头,看见卜冲向他挥舞了一下手臂,远远送来一个飞吻。然后一个猛子向水下扎去。

贺舟泪水直飞出来,模模糊糊只看见卜冲变得像鸟一样小,然后消失在无尽的暗蓝色中。贺舟哭着,摆动脚蹼向水面游去。在10米的深度他又停留了两分钟。气瓶已经吸不到气了,他浮出海面,张开嘴,把一口充满腥味的海面上的空气吸进了又热又闷又黑暗的肺部。凉爽了,太阳直接照到了他的眼帘。泪水和海水一样,都是咸的。

卜冲竭力含住胸口的一口气,他重新潜到海底,回到了那条旧潜水路径上,他拼命摆动脚蹼,绕过那丛有缺口的红珊瑚,向右直入海底广场。

他很幸运,一眼看见了那条鱼!她永远在这个广场里住着,哪里也不去。这是一条淡紫色的雌性狮子鱼。无法说明她的身姿,那是一首难以演唱的歌;无法说明她的柔媚,那是一首只有上阕、无法续出下阕的词;无法说明卜冲此刻的心情,他含着最后一口气,感谢上帝让他凝视着绚烂与美丽死去。

他望着颤动所有裙带舞蹈的她,吐出最后一口气,用人类最后的语言,在心头颂赞:"这仿如田野上淡红色的稻花,都在夏日雨前的墨色中慵懒地低飞……"

2

沉船加那利号

一

谷晓滔刚刚后翻入水,在水里翻个跟斗,抬头看:灰色天空瞬间已变淡绿海面,海面在头顶泛白沫,天光搅在涟漪里,波动跳荡,乃至无穷远。

谷晓滔对海的畏惧从无改变,每次下水,他都担心生活远去,未知已来,心里沉甸甸,重温最初作为婴儿来到这蓝色星球时令他哇哇啼哭的那种压力。

他在犹疑中下沉到珊瑚上方,离开陆地了。

潜伴已降落到比他深六七米的海底沙地上等他。谷晓滔心里有点烦,下水前他刚在手机上阅览了股票行情,突如其来的下跌无情侵蚀他一年来的收益,势头仍沉重,极可能引发连续跌停。

谷晓滔发现潜镜进了水,海水辣眼睛。他吸足一口气,边仰头,边从鼻孔往外呼气,气泡咕咕地从潜镜下方溢出,视野重新清晰。

他低头看俊代，俊代在下面对他做一个询问手势。

谷晓滔慢吐一口气，直线沉下去，到达俊代身边。他对俊代点点头，拇指往下，示意打蹼下潜。目标：海底36米深处那条沉船。

除了谷晓滔，海边没人知道俊代的职业身份。大家只对这位彬彬有礼的日本人还之以礼，并不主动与其交谈。

谷晓滔和俊代既然是留学巴黎时的同学，当然结成潜伴，默契地在海底互相照顾。

不过，谷晓滔对俊代昨晚透露给他的寻宝消息几乎嗤之以鼻。在潜水旅游岛上，这狂想听来过于小儿科：每天几乎有上百名潜水客绕着下面那条沉船观光，不少艺高胆大的家伙还得意扬扬反复进出只一个出口的封闭型船舱。就算船上曾有过宝物，早被无数双利目扫描到，被无数忍不住到处翻弄的手捞走……

不过，俊代大概在东京雪域乐园当财务总监当浪漫了，他不是开玩笑，他坚信他的消息来源"绝对可靠"！

因此，今天谷晓滔和俊代一起潜下去再次琢磨那条破船，并不算简单的观光潜水，算是正儿八经的寻宝了。谷晓滔暗笑俊代那种日本式的认真。

天气不佳，不但没阳光，且有蛮大浪。留在小船上等候的菲律宾船工听谷晓滔许诺他双倍工价才露出笑容。往左晃右摇的小船后方抛下锈迹斑斑的简陋铁锚，他必须留在这潜点等谷晓滔和俊代。好在，潜到36米深处后会比较耗气，大概不过四十分钟，潜客们充气的红色象拔就会浮到海面，示意过往船只留心避让,照顾潜水员慢慢升水。

经过海下23米处,谷晓滔和俊代计划外停留了十分钟,观看一头不期而遇的儒艮。

一般潜客在菲律宾海下碰到美人鱼的概率不大,儒艮通常在浅水海床嚼食海草,到这么深的海底来,大概它吃饱了昏昏欲睡,类似人类梦游。

一个中国男人和一个日本男人围着美人鱼逡巡,贪看它三角形的尾鳍和小而又小的眼。儒艮视力极差,它大概率看不清这是两头什么动物围绕它上下浮沉……

新奇感一得到满足,谷晓滔忽又走了神,竟一个劲地猜测此刻股市是反弹还是继续下沉。股市如海洋,他常忍不住潜下去捞住一两只股票,像在海水深处伸手攀住一两只海豚。若海豚往海面缓缓升水,他就搭一段便车;一旦海豚往下扎猛子,稍有疏忽,人就会被带到再也上不来的危险深度。

早想过彻底离开股市,把余钱放进银行,然后定心做自己该做的事,但最后总为了种种难以拒绝的原因,又把钱悉数投入其中。

可能这是男人赌性,也可能是被愈来愈低的存款利率逼迫。

不管怎么说,谷晓滔目前依旧陷在股市里头脱不开身,一会儿变穷一会儿渐富,如他潜在海里上上下下。上上下下可不是什么享受,常让谷晓滔恶心欲吐。

俊代摇动手里叮叮棒[①],吸引谷晓滔视听;他往下一个俯冲,

---

① 水下探棒。

身形在谷晓滔视野里渐小,直接浮在那沉船上方了。谷晓滔收摄心神,也跟下去,长卧海底白沙的旧货船残骸在视野里逼近展现。

此船名不见经传,大概是菲律宾土著曾用来运载日常货物的,据说在一次近岸风暴中沉没,并没死人。开潜店的聪明的西班牙人支付了失船船老大一笔小小费用,就用潜店的名字"加那利"命名该沉船,制造出一个新潜点。

潜客们潜这沉船有一番特别乐趣:沉船恰好搁在三十五六米深度的海底沙地上,这深度对大多数人来说已足够引发深深浅浅的氮醉①。每下潜10米增加一个大气压,氮气加速进入人的血液,效果好比在海下喝高度酒,谁不想体验一番海底醉意呢?

俊代在沉船船桅顶端浮着,右手握住长满海蛎的桅杆尖,俯视盛开五彩珊瑚的船体。一群黑条纹天使鱼聚成一个方阵,一闪一闪如转动的魔方。橘色小丑鱼群在船体上散开,是一把飞舞的瓜子;浪来收拢,又是滚动的蜂窝了……俊代一定已氮醉,他像个吸食鸦片的人,正享受那种失控的晕眩感。

谷晓滔一下子往下潜到船舱入口处,那儿有条狮子鱼,花里胡哨,像一把撕得粉碎却还牵扯在一起的团扇,一抖一晃,慢慢游动,毫不理会谷晓滔这庞然大物飞临它上方。谷晓滔觉得心脏骤然一动,海水声音消失,眼前锦绣斑斓,美不胜收。对他而言,氮醉是增强审美力的一种魔法。

忽然间一切都变了,美丽心绪直接转化成加强版的恼火和

---

① 在进行潜水或深潜运动时,当潜水者处于高水压环境,肺内氮气会因此对潜水者产生麻醉作用,症状会随下潜深度增加而加剧。

混乱。谷晓滔的思绪被一种酸酸的力量强制转往陆地上的股市,人心心念念还是挂怀着财富。这一下,氮醉把他的幽怨放大。

谷晓滔再看不见什么佳美海景,他心里浮起一连串令人懊恼的数字。他想起手里股票曾保持小步攀升,带给他舒适的满足。本来今天上午他按计划要抛出股票获利了结的,没料到昨晚变生肘腋:交易所于收盘后发出咨询函,要谷晓滔持股的这家小型产业投资公司澄清围绕它的种种利好传闻。

交易所在几百家连续加码上升的股票中独选此家,发出史无前例的严厉质问,甚至白纸黑字要求公司说明是否故意释放利好传言影响股价,并要求彻查前五名股票自然人股东是否公司高管亲属。那番吃相,像掌握了什么证据似的。

谷晓滔冒着风险持有等待了近一年,这下子累积的投资收益瞬间打对折,这是他下潜前的状况。很可能,等他浮出水面,历来涨会涨过头、跌会跌过头的本国股票会进一步跌得他吐血。

俊代做手势告诉谷晓滔他准备进入有顶的船舱,谷晓滔一反常态,用激烈手势制止了他。谁都明白,贸然进入有顶部的封闭空间是休闲潜水大忌,一旦发生意外,封闭空间会阻止潜水员顺利升水逃生。往日,他俩常配合着冒险,但今天谷晓滔完全没心情,他心乱如麻,绝对不是个可靠的潜伴。

俊代在舱门口流连,不停探头进去,打着手电往里看。磨蹭了好一会儿,他才游离船舱,像一个认真却失望的日本人会做的那样,退而求其次,绕着沉船仔仔细细打量船体细节。谷晓滔忍住心头烦乱,漂到船舱入口。他从手腕上抓起悬挂的潜水手电,打亮,往黑黢黢的舱里照射进去,心头一动。

二

回到宾馆,离吃晚饭还有很长一段时间,俊代和谷晓滔照例各回各房休息。

俊代随口说他还需核实一些细节,在那本他重金搜购来的神秘潜水日志里,藏宝人设定了某种密码,需在冥想和静思中琢磨,方能解开。

谷晓滔诚实地跟俊代解释今日股市扰心,此刻他要静下心看一看行情,核查股票的技术数据。

他俩的友谊从来就是两棵独立松树间松涛的应答。

回到房间,俊代跌入沙发,瘫软地歇了半小时。起来冲凉,擦干身体,打开保险箱,拿出那本潜水日志。他光着上身走到阳台上,坐在迟暮的夏阳里曝晒几分钟。又进房打开冰箱,掏出姜汁啤酒,回竹榻躺下,翻开日志。陈旧纸页上的花体英文字母透出古朴光泽,像一颗颗宝石。

谷晓滔无心洗漱,先打开手机看股市行情。他心猛然下沉,股票跌停板,死死躺在最低价上差不多一个多小时,直到收盘。这种走势,除非次日有奇迹,否则还将重挫。

很久没体验过的慌乱感瞬间占据了谷晓滔,他从前既在股市获利出局过,也有过抽刀断腕求幸存的苦痛。他本已经上岸了,和股市投资,坦率说,是和股市赌博说过再见了。他曾想依靠银行投资理财的利息,加上自己作为专业人士的咨询费维持独身生活。

可银行吹嘘的旱涝保收的理财项目背叛了他,他有一年的银行理财项目不但没拿到利息,反而损失了百分之二的本金。被剥夺自主权及被欺骗的感受逼他回到了股市,股市又对他展现了好前景,让他持续获利。可今天,在很长的投资轻松期后,他又被套牢了。

套牢和套牢是不一样的,如今被套牢的谷晓滔比从前被套牢的谷晓滔老了十几岁。青春是唯一无惧风险的因素,他已不再拥有青春,荷尔蒙创造的激情和韧性已悄然随风而逝。

何况,"愿赌服输"这四个字也不符实情。若市场正常波动,那无话可说(一般而言,谷晓滔的经验教训能帮他及时逃避市场的过分波动),然而这次的黑天鹅是狗娘养的交易所。

市场就是市场,讯息本是讯息,每个投资者公平得到讯息,自行做出投资决策,要你干预个屁!尸位素餐者就如此,该做的没能力做,不该管的,反而把湿鼻子伸进去!谷晓滔无法追究交易所对他个人利益的侵犯,照他人此前的法律实践经验看,找律师起诉也不会有结果。交易所代表绝对权力,个人只能吞咽苦果。

谷晓滔终于扔开手机,开始冲凉,换衣服。他在下午潜水后本要睡一小时的,今天实在睡不着。他带上钱包,推开门,踱步到海边酒吧,点了一杯伏特加。

刚喝下第一杯,正要喊第二杯,俊代晃悠悠跑进酒吧来:"我要一杯威士忌加冰!"

俊代笑眯眯端着威士忌走到谷晓滔身边:"你猜怎么着?我破解了一小段密码。关于英文,我作为日本人,当然不能理解得十分到位,滔,你说,'from beyond'到底该怎么解释?"

谷晓滔打个响指要来第二杯伏特加,再次一饮而尽。俊代人出了水,所有注意力仍留在那沉船周围上千立方米海体里。看来,他乐于推算他尚不知为何物的宝物沉睡在哪个精确经纬度上。

那些宝贝到底是什么?

珠宝,金子,还是文物?

俊代坦言不知道,需要逐步破解这个谜。

谷晓滔于是微笑了:"俊代,日本有很多寻宝电视连续剧吧?"

俊代抿着酒,不以为然:"你不信我找到了真正有价值的线索? 我这本潜水日志,来头可不小。"

谷晓滔把空酒杯推到一边:"俊代,我们就照读硕士时的习惯,逻辑推理一下吧。这条破沉船原先只是菲律宾土著运送日常物资的,怎么可能藏宝?"

"宝物并非船上原有的,是后来有人特意潜水下去安放的。"俊代说,"什么地方藏宝最安全? 第一,大家都认为不可能有宝的地方。第二,采取了保护措施,任何人不能随意破坏的地方。这条沉船符合上述条件,它是潜水景点,我们都被要求不去触摸它,还禁止进入有盖船舱。"

谷晓滔忽然间失去了讨论的兴趣,他想到了自己关心的某些与之不相干的逻辑。他追思自己一闪而过的念头。

"滔,你的股票怎样了?"俊代问。

"被套住了。本来赢利可观,一下子鸡飞蛋打。"谷晓滔皱眉头。

"这个不怕,既然决心投资,你耐心等段时间吧,我想你并不急着用钱。"俊代笑,"真急着用钱,我先借你,我有存款。"

"谢谢你的心意,看来我俩是真朋友。"谷晓滔笑笑,"问题不在于赢还是亏,问题在于这个股市的规则不合理。"

俊代摇头了:"不,滔,你说错了。日本的股市曾经套住全民,很多人受不了,可后来还是创了新高,几乎所有忍着当乌龟的人最终都获得了投资回报。股市并非赌场,你别去赌博,你需要长期投资,才能取得回报。"

谷晓滔的脸越拉越长,他从前和俊代一起念书时容忍度很高,没同别人急过,可现在他要和俊代急:"俊代,你说的可是日本,你懂中国股市吗?它不是赌场?对,我们的经济学家说过,它连赌场都不如!"

俊代脸上红一下白一下的,似乎急急想摆脱尴尬:"滔,把股市放一边,我们一起来研究海底宝藏吧。如果真找到了,还在乎什么股票?"

谷晓滔望着蔚蓝的天和钢蓝色的海平面,扑哧一声:"你还不知道宝是啥呢。说不定你手里潜水日志的主人把老情人的信放密封铁盒里,埋进了海沙。"

俊代扬起手臂,吩咐侍应生再上一轮酒;放下手臂,他朗声笑道:"如果是情书,虽不能发财,也是浪漫故事!"

"我没什么胃口,今晚我就不同你一起吃海鲜了。"谷晓滔把酒一饮而尽,"我就吃碗面。"

俊代说:"我和你一同吃面,吃完面,我们去找女人。凡股市受挫的人,必定情场得意!"

三

第二天日上三竿,谷晓滔才睁开眼睛。他茫然望着宾馆房间的原木天花板,看见有一只粉红壁虎趴在天花板正中。

壁虎? 兆吉兆凶?

一看手表,深圳股市早已开市一个钟头了。谷晓滔摸到手机,翻开自选股单,望向自己那只股票。

一阵惊喜! 竟然开盘便猛烈反弹,此刻涨了百分之八点五,眼看就要涨停板!

谷晓滔登时浑身是劲,今天下午原本安排了去潜硬珊瑚花园,可以心情舒畅地去了!

要不要把股票抛出了结,免得再碰上惨跌? 他仔细想了想:股价是被监管单位硬打下去的,回升的力量则属于市场。回升的交易量虽没大到理想状态,但骤然遭袭后的回升多少总是小心翼翼的吧。既然已看准此股,投资了这么久,没理由因偶然打击就放弃吧?

想明白,他赶紧洗漱了,走到宾馆望海的餐厅,等俊代一起午餐。心一宽,他感到饿,渐渐饿得能吞下一只完整的烤鱿鱼,这片海域出产的鱿鱼个头极大。

俊代比谷晓滔醒得早,他睡眼惺忪支起手臂,托住自己脑袋,歪头看那躺在身边还在沉睡的女孩。在菲律宾海边搭识的来自家乡北海道的日本姑娘,好是好,缺少异国情调。

"天已经亮了,白天我有白天的事做,每个小时对我都像金子一样贵重。等晚上,我再去看你。"俊代抚摸同乡女子的秀发,把一枚早就备下的红宝石戒指送她。女生如鹦鹉般发出一连串惊喜的啼鸣……

温温柔柔打发走女生,俊代摇摇摆摆到餐厅来和谷晓滔会合,他想告诉谷晓滔自己夜里做的梦,那梦有关沉船,风格诡异。

谷晓滔笑吟吟坐在夏日微风里,风将他额发吹起,露出额头好看的皱纹。

"看样子,今天股市行情不错?"俊代笑道,"看来你不带女孩子回房是有原因的。"

谷晓滔兴致勃勃:"你怎么才来? 我饿坏了。赶紧点菜。"

当场点了一条鱿鱼,一条侧牙鲈,六只菲律宾香料鸡翅,都放室外木炭炉上现烤。主食点了两份广东炒面。潜水前不适合饮酒,俊代做主,选两只大青椰子,用刀斜劈,露出中间湿漉漉的洞口,插入吸管一吸,满嘴清甜。

照例先上烤鸡翅,褐黄皮上有焦斑,热腾腾,皮脆味醇,带一种草本淡香,谷晓滔和俊代互不谦让狼吞虎咽,不一时,只剩两碟鸡骨。

等烤鱼来,他们就开始聊天。

"那条沉船上一定有奥秘,昨晚我梦见了。"俊代说。

"你身为东京雪域乐园财务总监,你的财富观必带童话色彩,"谷晓滔接过服务生手中瓷盘,放到台面中央,打量烤鱿鱼鱼圈上金色的烤斑,斜睨俊代,"不会有什么绿巨人守着宝藏吧?"

俊代不理会调侃,他停下吃喝,歪头沉浸在回想起来的局部梦境中。是的,梦并非童话,而是充满诡异。

"船浮起来,倒挂着,悬浮于澄碧海体中。我和你各背两只气瓶,潜入敞口向下的暗黑船舱。我们在空无一物满是锈蚀痕迹的船舱里仔细搜寻,听见了歌声……"俊代摇摇头,像要把什么东西赶开,"歌声,有曲有调,但不是人类的。"

他不想再贸然描述这梦境,谷晓滔今天显得兴趣盎然,热衷于去游览当地完好无损的硬珊瑚群落。

他俩请了一位来自马尼拉、在小岛上打工的潜导艾崖,矮个黑肤的艾崖有点大舌头,一再向俊代和谷晓滔提示今天或许有横向海流,若海流很大,大家要靠近崖壁稳定自己,但绝不能损坏珊瑚。

"拜托两位小心!损坏了珊瑚,潜导会被抓去坐牢的。"艾崖微微鞠躬。

下水前,谷晓滔确认四周景物:装上雅马哈发动机的螃蟹船大概离岛屿东岸一海里,要潜的正是这岛屿直插深海的大崖壁,闻名遐迩的天然硬珊瑚群就盛开在这南北向绵延几千米的海底峭壁上。

往外海方向望去,海涛起伏,绿水渐化黑涛。极目远眺,能望见邻省岛屿的铁灰色海岸线。

三人同时后翻入水,在5米深处调整一番,熟练地扎猛子,向下潜到25米深处打蹼平游,艾崖在前头带路,谷晓滔和俊代隔开1米间距,东张西望地向北潜行。

阳光把海水照得透亮,缀满软珊瑚和海扇的崖壁仿如春花烂漫,海水有一种嗦嗦嗦的喧闹声,仔细听,可以把这比成陆地上鸟鸣。这声音是海水和不计其数的海洋生物群一同制造的,绝不霸道,只让你知道自己没在死寂的月球上。

谷晓滔后悔中午吃得过饱,现在有些胃胀。吸气吐气间,凉凉的混合空气吞下去,本就不耐烦的胃容易作怪。

他从前不是没在海里吐过,绝对不是愉快的体验。拿开呼吸器呕吐时得小心留下一小口气,否则呼吸器放回嘴巴时很容易呛水。呕吐的话,呼吸器也多多少少会沾上呕吐物,若有洁癖,好好的心情就毁了。

吃得少,不甘心;吃多了,时时叫人不舒服。

谷晓滔暗暗摇头,这和炒股票是同一回事。挣钱时总嫌买少了;等买得多,仓位满,股市一沉把人拖下水,人又后悔到眼前发黑。

俊代伸出右手上的叮叮棒,指了指左边斜下方,那里有只玳瑁伏在一个洞穴里。

硬珊瑚群展现在眼前了:一开始还没到壮观区域,犹如队伍前头走来个别美女,单丛珊瑚叫人惊艳,模样各有千秋,值得一个个打量。

这些硬珊瑚呈现淡可可色或奶白色,有的像巨大灵芝,有的像带条纹的平台……五色小鱼群生活在硬珊瑚上,时隐时现;海狼群和沙丁鱼群有时风一般卷过来……

等看不到尽头的珊瑚群落呈现在视野中,三个潜客举起低压管放气,好比三只大鸟落到珊瑚平原上方,看看潜水手表,几乎已接近休闲潜水40米的极限深度。他们在清澈海水里,俯瞰种类繁复的硬珊瑚。打个比方:软珊瑚集群,如花园里百花迎风;而密密层层的硬珊瑚,没花草感,全是美妙蚀刻,是石质的森林……

强劲海流的确来了,艾崖招呼中国人和日本人猛力打蹼跟上他,他知道有一根用于系船的缆绳,牢牢绑住海底巨石,露出海面的一头系着浮球。

三人先顺流而漂,接着逆流猛游,伸手攥住暗黄色缆绳。人体在强烈横向流中,下身向上,脚上的蹼飞过了头顶高度,如风中蜻蜓飘尾巴……

出水上船,谷晓滔有些恍惚,也有些不舒服,他叹息:"要亲近美丽的东西,都要付出实实在在的代价。以前我颇有些无须付代价的艳遇,回头看,只是延宕付款期。"

俊代说:"我从没先消费后付钱的经历,在日本,一切已完善定价,不存在意外。"

"哦,是这样吗?"菲律宾人艾崖听了他俩对话,咧嘴而笑,"我们菲律宾人不想太多,每天有东西从天而降。打开盖子或包装,我们有什么拿什么。付钱也好,免费也好,从不问为什么。"

谷晓滔和俊代想想艾崖过的日子,何其遥远,又有点亲切感。

艾崖说自己把妻子儿子留在马尼拉,单身来岛上挣钱,圣诞节回去和家人团聚。节后呢?节后还没想过,到时候再想到时候的事。

"孩子怎么也会养大的,他会和我过一样的日子,就像我过我爸那样的日子。"艾崖摸摸深肤色的脸,露出一口白牙,闪烁地笑着。

四

谷晓滔记得自己把手机带潜水船上来了，还特意拿防水塑料袋裹紧，放在运动包里。他打开包袋，翻出手机，想看股票收市价，海面上却没信号。

俊代喝了杯艾崖准备的淡茶，抬头看天，四顾看海："今天天气真心不错，这时候若去沉船那儿，还能潜上两三回呢。"

艾崖正弯腰在颠簸不停的后甲板归拢散放的脚蹼，他顺着俊代的口风问："要去潜吗？潜的话，上岸换了气瓶就得走。"

俊代看看谷晓滔，谷晓滔脸上精气神不错。俊代说："滔，那本日志是这么写的，'From beyond 沉船桅杆，向那大洋里极目凝望，你看见那看不见的，生活的真理，时光的中心，记下你所见。在黄昏来临之际，潜入船舱，找到时光中心的标记，秘密就在时光里'。你比我聪明，你有诗人的灵感，我们一起再下去看看吧！正好，今天黄昏想必风平浪静。"

船接近海岸，手机信号复现。谷晓滔瞥了一眼股价，他的股票此刻涨停了！谷晓滔伸出长臂举在头上，伸一个松懈全身的懒腰，笑对俊代："上岸喝一杯咖啡再去潜。"

靠了岸，艾崖张罗着到岸边潜店换气瓶，俊代交代他准备好三人两潜六个气瓶。

看来，俊代被"黄昏来临之际"这类谜语魇住了，非尝试一下不可。

谷晓滔回自己房间拿来咖啡豆。他喝咖啡上瘾，菲律宾没好咖啡豆,他自己带来埃塞俄比亚豆子,当然,俊代还替他在东京采买了大袋蓝山豆带来(好的蓝山豆都被日本市场吸纳了)。

谷晓滔赶走服务生,自己到酒吧柜台磨豆冲泡,他笑说:"谁说别上瘾别上瘾呀,人活着,能不这里那里地上瘾吗?"其实,他是感叹自己对股票上瘾,比咖啡上瘾更厉害。

不过,不管怎么说,不管世人如何评价,或后人如何批评,反正今天股票涨停,今天的欢乐今天享受:俊代历来是好友,念书时几乎心心相印呢。这就陪他下水去潜,他探宝上瘾,就陪他玩个痛快!

俊代过来喝谷晓滔自冲的咖啡,摇头晃脑又背诵那段秘文:

> From beyond 沉船桅杆,向那大洋里极目凝望,你看见那看不见的,生活的真理,时光的中心,记下你所见。在黄昏来临之际,潜入船舱,找到时光中心的标记,秘密就在时光里。

谷晓滔点点头:"写得很好,说明他即便有宝藏,也没打算让咱们找到。"

俊代喜笑颜开:"记得我俩读硕士时法国导师们怎么说?我们这些MBA,就是让不可能变成可能的魔术师嘛!"

"读工商管理,捞海底宝藏,"谷晓滔放声大笑,"我们只要一得手,法国母校今后就要启用招生新广告!"

两个老同学嘻嘻哈哈跑上潜水船,喝了咖啡,眼神确实有光。艾崖服务到位,气瓶全由他一人背上船,他还已将一半气瓶同各人的BCD①连接好。他特意加了新茶水,从宾馆厨房拿些豆沙馅面包,从树上摘一串小香蕉,放甲板上待客。

沉船潜点离岸不远,船不压浪,几分钟就滑翔到那地方。

大家背设备上身,朝岸边瞭望,看看蓝天,深呼吸几下,依次后翻入水,举起低压管放空BCD,直直坠落海下15米深处会合。

本来互相检查一番就要直潜沉船处,不过有条难得一见的金枪鱼吸引了大家。

这条金枪鱼足够长,足有一米六七十厘米,在水下看更大些,圆鼓鼓如肥猪,尾巴前端缀满金色三角硬刺,绕着珊瑚礁耀武扬威游来游去。

艾崖突然扮演一个尽职的导游,他解开腿上一把小刀,小刀刀柄连着绳子。艾崖拿刀在手,嗖地飞刀出去,一条好端端待在珊瑚丛里过小日子的山羊鱼被刀扎了个通透。

艾崖拉绳收刀,把山羊鱼稳稳抓到手里,往面前水里一送。鱼身上添了洞,虽还挣扎着游,明显失了活力,血水从洞口弥散成一小团褐雾。

金枪鱼一个冲刺,潜水艇般逼近,一口将山羊鱼咬在嘴里,三吞两咽,吃尽了。

谷晓滔和俊代带着旁观者的骇然继续下潜,三人在半分钟里就到了沉船上方。

氮醉感腾的一下来了,三个人都放松了肢体,看四处阳光闪烁,心生欢快。身轻如燕,正似庄周梦里蝶。沉船这儿,好个

①浮力调整器(Buoyancy Control Device)的缩写。

所在啊!

俊代不迟疑,打手势告诉艾崖自己和谷晓滔要潜入沉船船舱,让艾崖守着。

不说废话,俊代往下扎一个猛子,如一枚纺锤,流线型刺入黑乎乎的舱门去了。谷晓滔身为潜伴,不管愿意不愿意,只好奉陪。他游到舱门口,先抓起手电,朝里照,然后才慢吞吞往里一挺身……

外头阳光照在海波里,舱里却昏暗,手电照耀之处,渐次显现出五颜六色的海蛎和瘦弱的海葵。俊代四肢摊开,脸朝天,躺在舱底,气瓶将他微微托起,手电往上直打舱顶。谷晓滔抬头,舱顶上盘着一条白身黑环的毒海蛇……

不去惹海蛇,就绝对不会受海蛇攻击,这种动物其实如宠物一般无害于人,它毒牙长在咽喉处,完全用来处理猎物。谷晓滔把手电调至最亮,四处打探,想把船舱看仔细。

这大概就是个一百来平方米的长方形"房间",搬空了所有"家具",彻底让给海底生物安营扎寨。除舱顶那条环形海蛇,舱里还浮着一对大石斑,如人手臂那样长,肥得像兔子。

俊代静静躺着,手电光在舱顶移动,找寻奇迹。谷晓滔找个角落跪下,凝视黑沉沉的空间,看光线从舱门泻入,如奶入咖啡,光明渐次过渡为黑暗……

只有静静的呼吸声传入彼此耳中,氮醉仿佛海底鸦片,叫人浑身舒坦不想动弹。多盼望时光就如此流逝,分秒皆是福分。

良久,艾崖在舱门口探入脑袋,朝他俩招手。谷晓滔一个转身,拍了俊代一肩膀,领头出了船舱。俊代又磨蹭两三分钟,也游了出来。

三人看看潜水手表，开始顺海底斜坡，缓缓上游，只往上5米，脑里便咚地一震，像睡醒了，氮醉感消失无踪，水一下子显凉。

他们边上浮边寻找那条肥猪般的金枪鱼，可它早翩然离去，踪影全无。

在船上歇着，剥香蕉啃面包，喝几口热茶，潜水手表显示水面休息时间为一小时十分钟，然后才可再次下潜，下潜深度不可超越前次。

艾崖计算潜水和日落的时间，接下来将是一次真正的黄昏潜：下去时天有余光，不过，上来时人将在一团漆黑的海里打手电升水。

俊代问谷晓滔："你在沉船桅杆那儿，向大洋深处瞭望了吗？"

谷晓滔停止咀嚼香蕉："哎呀，我把这话完完全全忘记了！"

五

于是，谷晓滔喝着茶水，也把那段话背诵了一遍：

　　From beyond 沉船桅杆，向那大洋里极目凝望，你看见那看不见的，生活的真理，时光的中心，记下你所见。在黄昏来临之际，潜入船舱，找到时光中心的标记，秘密就在时光里。

"生活的真理,时光的中心。"打什么哑谜？也许就是故弄玄虚。

不过,黄昏潜水,谷晓滔竟还没尝试过。他当然夜潜,那是黑黑地潜下去,黑黑地浮上来。他倒没体验过海底的黄昏,没在海下送走过光明。

船稍稍驶离沉船上方,艾崖说天色有点早,建议这回倒转来,先顺坡慢慢往下潜,回船时则不爬坡,按规定速度,直线浮上水面。

休息过后,大家穿戴起来,俯首检查气瓶,打开潜水手电确认电量和亮度,渐次后翻入水。

这时候,水里能见度还挺不错,比下午太阳当头自然暗淡些,但依旧清澈,可以远望。一下水便遇到了沙丁鱼群,沙丁鱼成千上万搅成飞旋乌云,就在六七米深处的浅海里翻腾。谷晓滔和俊代还是第一次看见沙丁鱼风暴,他俩停留在浅水里转圈,像观赏全息电影。

离开沙丁鱼群往下潜,海水像被无数沙丁鱼的舞蹈搅浑了,水体漂浮着星星点点的小白点,让人想起陆上春天柳絮飞。艾崖指指一丛丛珊瑚,原来这就是珊瑚产的卵,海里的一场毛毛雨。

每次下潜,都像人无怨无悔冲着不可知的未来前行。

海下愈来愈昏暗,等他们头朝下四十五度俯冲到沉船桅杆处,潜水手表上闪现水下33米,这当口,已到了光明对峙黑暗的边境。

由于氮醉,人若忧郁,忧思会和陶醉一般被放大,即便想着探险淘宝的快乐,俊代也显得严肃深沉;而谷晓滔眉毛垂下,显然陷入了难以自抑的忧郁:大海深处成了广大无垠的深渊,难以透视的黑暗具有吞吃宇宙的气势。

黑暗,纯粹的黑暗正像云霞般向浅海涌来。潜下来的三个人身处乌黑与浅灰的边境,眼前光线已快暗弱到看不清同伴的眼神了……谷晓滔举目四望,哪有什么"生活的真理,时光的中心"?

他心一动,看见黑暗吞吃了沉船的一半,这情景如同一道乌线从船首到船尾将沉船分割。原以为黑暗会飞速将沉船淹灭,可是,那黑暗与光亮的边境线却长久停留在那里,沉船一半浸入黑暗中,一半犹然泛出淡淡辉光……

倏然间,天海齐陷,伸手不见五指。海下33米深处,黑夜开始了。

三支手电射出强光,光线四处逡巡,如探照灯寻找活物。他们聚齐手电光,照着沉船船体,往船身潜去。

> 在黄昏来临之际,潜入船舱,找到时光中心的标记,秘密就在时光里。

黄昏果然藏着玄妙,手电光里出现了怪物,看得俊代和谷晓滔头颈的汗毛在海水里挺起:有庞大黑影在沉船边翻卷,上下腾挪,就地扭动……手电照不全黑色的躯体,只能照亮光闪闪的局部,正如瞎子摸象,人的想象力被氮醉放大,恐惧也随之加剧。

"是鲨鱼啊!"俊代心里惊叹。

"鲨鱼成群啊!"谷晓滔感觉这正是梦魇。

当地潜导艾崖却一个俯冲,游到沉船舱口,拿手电照着自己脸,举手在额头,告诉谷晓滔和俊代这里有鲨鱼。他指指舱口,又指指潜水手表。

俊代举起低压管持续放气,降落到沉船舱口,抬头看。正看见谷晓滔的手电光飞速下降,他跟着潜下来了。

一前一后钻进船舱,舱里此刻空无他物。手电光到处乱射,所到之处,海蛎壳和海葵在手电光里呈现和白天不同的妖艳色彩,舱内像布满壁画。俊代再次一寸寸细看舱壁舱顶,谷晓滔关掉了手电,追踪俊代视线所到之处。

艾崖也游入舱室,蜷身在门口,打手势告诉他们外面鲨鱼成群。

时间一分一秒过去,被氮醉放大的忧郁让三人呼出浓浓气泡,那是他们在海下唉声叹气。艾崖终于敲击自己气瓶,提醒他俩该上升了。

三人鱼贯游出舱室,举起手电,发现白眼鲛鲨群笼罩住了船体,正发疯般捕食一群鲷鱼,有上百条,翻滚搅动,像陆上群狼抢食。谁敢投身于这种攻击性动物的捕食区域?

气量只剩40巴上下,艾崖首先举起手电,光束朝上,率先上浮。俊代和谷晓滔肩并肩,举起手电,跟着艾崖的脚蹼上升。周围紊乱的水流和浮云乱飞的黑影告诉他们正经过兴奋莫名的鲨鱼群。潜水的人类不在鲨鱼食物链上,只要不"骚扰"鲨鱼,它们应该不会到潜水服上磨牙……

氮醉倏然而去,人清醒而欣喜。现在已回到海下20米处,可以停留一会儿,让氮气有时间从血液里释放。

艾崖平伏了身子,往下打手电,俊代和谷晓滔的手电也加入了。这下,他们三个看清了刚飞身穿越的"海下炼狱":至少有二十条大大小小的白眼鲛鲨,如陆上河汊里大黄鳝们搅和在一起,鲷鱼群被冲得四散,不是落入这条鲨鱼血口,就是被那条鲨鱼碎乱的牙床钩住……

他们返身向上,慢慢浮到离海面5米处,停留三分钟,一起往上打手电。潜水船的船夫循着手电光,开船过来接他的客人们。

上岸,淡水冲洗毕,换上干爽衣服,俊代和谷晓滔走出宾馆,往小镇集市上去吃晚饭。

东南亚海边小镇之夜,对两个来自东北亚国家大都市的男人而言,有种廉价的轻快感。镇上到处张灯结彩,却是不值钱的灯彩;到处有便宜餐馆和酒吧,却没柏油马路让人好好行走。人人踩在泥里,不时跳避水坑,曲曲折折行路。

俊代好像对周围很感兴趣,谷晓滔有点倦怠,不过他俩都饿了。

小镇的商业餐饮街就是沿海边的唯一主道,道路中间分岔出通往长途汽车站的小路。不是没中餐馆,这丁字路口就有一家淮海饭店,俊代朝淮海饭店里张望:"滔,我们是不是吃中华料理?"

谷晓滔当然想吃中国菜,不过,这淮海饭店和其他餐厅有所不同,里面没一个西方客,全是中国旅游团,一个个圆台面都坐满了,欢呼叫嚷,只剩门口儿几排长桌,散客们需拼桌。

谷晓滔看见餐厅地上被客人扔了很多用过的餐巾纸,他问俊代:"你接受这环境?"

俊代也犹疑起来,说:"那我们去有乐队的酒家吧。"

所谓有乐队的酒家就是招待四方客的菲律宾餐厅,乐队唱歌,每桌都点蜡烛,客人以欧美游客为主。选了一家进去坐下,谷晓滔和俊代分餐,谷晓滔点菲律宾香料做的鸡腿饭,俊代要牛肉咖喱饭。

"向大洋凝望,你看见了什么?"喝着啤酒,俊代又问谷晓滔。

"本就要告诉你,想必你也注意到了,有一刻沉船挺奇怪,一半亮着,一半暗了。"谷晓滔打一个冷战,"看了心里有点发毛。"

"是啊,是啊。不是说了嘛,关于沉船,我还做了不祥之梦。"俊代点头,看着自己的啤酒罐。

"那群鲨鱼!"谷晓滔倒抽一口冷气,"我现在有点后怕。"

"既然特别说到黄昏,看来是有道理的。"俊代微笑,"今天我可能不睡觉,我好好把所有印象归纳到一起,前后想想。"

"船舱里头有什么值得留意的吗?我看了半天,没看出什么。"谷晓滔冷笑一声,"哎,这只是一个游戏,可以体验体验气氛,你当真,就傻了。"

俊代蹙眉想着:"我倒是看见些东西。先是在沉船船桅尖尖处往外看,那时还有最后一丝夕阳,所以我看见了那群鲷鱼,星星点点的,在视野的尽头。船舱里,我确实也没看见实物,但我有强烈的感觉,那舱顶上有我需要的信息。我打算白天再去看。"

有一个模糊的情境出现在谷晓滔眼前,他记不清是不是真见过。谷晓滔说:"生活的真理是什么?时光的中心又是什么?我浮上来打手电回看鲨鱼抢食,觉得那就是生活的真相,但真相并不等于真理。时光的中心,难道就指那条准确把沉船一分为二的明暗线?要不,你潜到船的几何中心点仔细再瞧瞧?"

饭送来之前,香味先到一步,谷晓滔和俊代都喊"好香"。谷晓滔鼻子贴到鸡腿饭上,俊代微笑:"现在,你被我拉进寻宝故事了,你逻辑思维开动了,好事!"

六

吃过饭又是长夜,谷晓滔抢着说自己暂时对女人不感兴趣,俊代如要单独行动,请便。俊代说那还是一起进退,你说干啥就干啥。

谷晓滔其实早存了心要找当地渔民聊聊。他不想天天潜水,想看渔民捕鱼,了解他们到底怎样靠海吃海。俊代听了问:"你知道去哪里找渔民?"

海滩边到处都是做游客生意的贩子,拉游客去钓鱼的摊子也到处摆,不过不是谷晓滔心里想的真渔船,只是观光钓鱼船,这种船上,是别人看你,不是你看别人。

谷晓滔沿街找旅行社,海滩上只一家,不仔细看以为是卖彩票的小铺子。走进去,三言两语讲明白,一个大眼黑肤姑娘拨打柜台上老式电话，带有本地口音的英语自有其调。

搁下电话，大家面面相觑等回音。俊代对姑娘笑："我们要看钓大鱼，鱼不大，我们不看。"姑娘腼腆道："多大的鱼算大鱼？"俊代一下子描述不好，眼看要冷场，谷晓滔雄赳赳对姑娘讲："就是得拿你当鱼饵钓的那种鱼。"

大家才哄然一笑，回电来了，说项目价格面议，一早到码头见面安排。

谷晓滔又雄赳赳地打断人家："我们现在就和船老大见面谈，晚上有时间。"

对方没怎么讨价还价就答应了，谷晓滔和俊代窝在没客人的旅行社里和那土著姑娘神聊，等她大哥开车来接。

扯东扯西，俊代忽问姑娘："有没有海底觅宝的旅游项目呀？我俩会潜水，去挖挖沉船什么的。"

姑娘笑得露出整齐白牙："你真逗，海底捞？捞什么呢？"

一辆卖相挺好的中巴停在旅行社门口，姑娘三下五除二关了店面，同客人一起上车。她大哥是个瘦子，牙床凸起，森森然满口牙，不过笑起来留有一丝老实本分的神气。

车在散尾葵和香蕉树之间的小路上疾驶，到了渔船码头。码头灯火像电灯刚发明的时代，有了这几盏暗黄的照明灯，才知夜能有多惨淡。

瘦大哥在前面带路，大眼妹陪着客人跟上，一齐跳上岸边第一艘小船，横越船身，攀到外围大一点的渔船上，从这艘渔船又跳上另一艘渔船。转来转去，谷晓滔已经担心了，俊代倒不慌："肯定要去最外面的渔船，明天一早起航方便。"

没意外之喜，所谓钓大鱼的船还是菲律宾海面千篇一律的螃蟹船，算是船体较大，也比较结实，看上去扛得住大些的风浪。

黑夜里渔船随海涛起伏，左右伸出的"蟹爪"拍击海面，杠杆平衡船体。船长会说英语，个子较矮，长得奇丑无比，脸就像蝗虫，牙齿因为咀嚼槟榔搞得乌黑。暗淡灯火中，此人形如鬼魅。

这个海域能钓什么大鱼？船长脱口而出：金枪鱼。不过得往外海去得远些，到没潜水船的深海洋面上。

船长报了价，钓具和鱼饵都归他准备，不过，万一真钓起金枪鱼，拿到菜市场卖，收益船长和顾客对半分。

谷晓滔和俊代咕哝了几声，谷晓滔说："卖了鱼，钱全归你船家吧。不过，你得保证我们见到鱼，否则有什么意思？"

船长说那得看运气，钓到钓不到鱼，不是人说了算。大眼妹这时就显示了旅行社经办人的才气，咯咯笑："关键是鱼饵，让日本先生自己先钓起好鱼当鱼饵，那样，再钓不到金枪鱼的话，就算船长没本事。"她不想到手的生意飞走，她大哥跟着发话："明天我一起出海吧。"

船长笑了："那就没问题了，岛上钓金枪鱼的高手上船了。"他下舱室去拿鱼干和朗姆酒，几只玻璃杯洗得清爽发亮。

谷晓滔其实就是找这种同当地人喝酒聊天的乐子，他同纪录片摄像师那样渴望探视人家原汁原味的生活。

喝着朗姆酒啃鱼干，他说："钓着了大鱼，我们可能还雇你船出海。"

船长说："那好，不过，这里钓大鱼也就是金枪鱼了。如今就算金枪鱼，个头也不大。大鱼早捕完了。"

"那你带我们去探宝好了,"俊代说,"我们是潜水员,你带我们找别人没找到过的沉船,我俩下去把金块捞上来。船长和顾客,对半分。"

大眼妹咯咯咯笑得发昏,她大哥一张不苟言笑的脸也漾起笑纹。船长瞠目:"我活了几十年,这海里没听说过有宝藏。"

谷晓滔喝了酒,口袋里掏出十美金,塞船长手里:"旅游项目嘛,麻烦你今晚找一找,到时候我们只管下去捞。"

大家笑,讲捕鱼这营生越来越难,难到什么地步呢,瘦大哥说:"明天钓了金枪鱼,有时间,我带你们两位去看点稀奇的。"

谈妥了租金,瘦大哥兄妹俩把谷晓滔和俊代送回海滩。

挥手告别后,俊代问:"还干什么?"

谷晓滔觉得依旧有点饿,还想接着喝朗姆酒:"我们回酒店吧,你把那本潜水日志拿来,今晚我有兴致研究研究。"

直接坐在宾馆靠海的餐厅里,夜里人气还很旺,两个女歌手同一个男吉他手凑合的乐队唱着美国老歌,演出正热火。俊代回房去那工夫,谷晓滔点了六对烤鸡翅,一条两斤重的烤石斑鱼,打开一瓶哈瓦那产的白朗姆酒。

潜水日志好好地包裹在油纸里,放在桌头。他俩先不打开,笃笃定定吃烤鸡翅。菲律宾人真是烤鸡翅高手,里头放了植物香料,你搞不清是当地哪种植物,但那草香已进入鸡肉纹理,每一口都深深浅浅地舒爽喉咙。朗姆酒和鸡翅也合得来。

石斑鱼还摊开在炭块上慢慢烤着,谷晓滔说:"俊代呀,'向那大洋里极目凝望;你看见那看不见的',这句话好厉害,一直在我脑子里打旋,蛊惑住我了。"

俊代笑说："今晚你把这潜水日志带回房间琢磨，好多英文，也许你比我通透。明天我听你分析。"

"其实，每个人心里都有一个探宝梦，不是吗？"谷晓滔点头，"我本来不怎么入戏，可是，穿过那群尖牙利齿的鲨鱼，我有点入戏了。没有鲨鱼成群守着，宝气是不可能有的。但假如天天有那么一群鲨鱼驻守着沉船不走，我就有点疑心了……"

石斑鱼送上来，烤得正好。肉质鲜嫩，热气蕴藏在鱼身里。

他俩喝着朗姆酒，肚子里暖得发烫，翻开潜水日志，看上面画的沉船图及岛屿周边海下数条潜水路线，简直是一本别开生面的小说。这西方人能画会写，才气不得了。

谷晓滔心满意足，侧耳听歌手唱歌。

第二天还要出海，不可贪杯误事。谷晓滔笑看俊代："急吼吼探不到宝的。明天钓鱼，在海面上换换环境，后天咱们再去沉船！"

七

带潜水日志回客房，谷晓滔却无心浏览。《圣经》上说得好：你的财宝在哪里，你的心也在哪里。

他打开手机，查阅股市行情，特别享受地端详涨停了的这只股票：交易所的打压也没把它拍死，可见其上涨潜力。

股海茫茫，谁晓得投资哪只股票会挣钱？这股票也是朋友推荐给他的，那朋友特具慧眼，常亲自拖着行李箱去某些相中的上市公司拜访,找投资者接待部的人提问,锲而不舍,不搞清情况不回家,拣选的股票常涨得让朋友们骇然。谷晓滔只求问了他一回,他告诉谷晓滔逢低介入此股票。

谷晓滔当时建仓完毕,才找时间查查这家公司做什么生意,看盘子大不大。一看,倒也开眼界,若他自己挑,绝不会去买这种股票,但想想普通人不买,才会被厉害的资金相中。所以,买了这只股票:挺好,有希望。

这是只盘子很小的迷你股,说到底,它所谓的投资业务简单之至。就是买铺面出租,外加代理催款。

在谷晓滔居住的大城,有个时髦男女爱逛的综合商场,那里没什么世界名牌,却挤满了各种私人品牌,吃穿玩乐,满足大城年轻人口腹眼目的欲望。商场中央有个长方形大广场,被商铺围绕,成了城里著名的咖啡馆和酒吧"红区",不少餐馆随之争抢铺面,也在这旺地开张。

名为梵梵股份的这家投资公司,大概从前有什么背景或路子,在广场的东北角上买下了整整一栋楼二十年的铺面经营权,也就是说尽管商场可以调整租金额度,但二十年里不能同梵梵解约。梵梵现在当上二房东,把楼面分租给不同商家,任凭人家开餐厅、咖啡馆、酒吧、KTV、网吧、手机店、家居用品店乃至各种小食品铺子,林林总总,租价逐月上升,合约个个短至两三年。

只要年轻人持续流连此地,梵梵能不挣钱?

此外,梵梵还经营奇怪的催款业务,这似乎就是讨债公司营生吧。难道梵梵有黑社会背景?

没人看了梵梵年报会选择抛掉其股票,不过,谷晓滔担心还是担心过的,政商关系在大城固然重要,但这大城要员变化频繁,万一云里头来往的"神仙们"打架,很容易莫名其妙叫梵梵这类公司翻船,投资者就要惨为"神仙们"埋单了。

这回,谷晓滔觉得交易所反常地盯着梵梵,就很异样。虽说今天股票涨停,不代表明天就没风险,他心里还是烦的。

不经意打开那本潜水日志,没细看内容,随意欣赏手写的花体字和手绘的各种地形图,谷晓滔觉得与其像俊代那般把日志作者当个藏宝人,不如把他当书画爱好者看待,说不定此人还兼具一定的文学修养。

他找到那段话的英文原文,仔细读了一遍。

俊代是直译了原文:

> From beyond 沉船桅杆,向那大洋里极目凝望,你看见那看不见的,生活的真理,时光的中心,记下你所见。在黄昏来临之际,潜入船舱,找到时光中心的标记,秘密就在时光里。

谷晓滔觉得按自己理解,也可以把这段话译成如此这般:

> 生活的真相以及时光的焦点,你在沉船桅杆的制高点瞭望,也未必看清。借黄昏来临这时机潜入船舱,那里有标记时光焦点的印记,秘密藏在其中。

确实,潜水日志的精华就是这段话,其他则是对若干次潜水细节的描述,对水下所见的翔实记录,以及对海上和海下地形的精心描绘。不过,谷晓滔在其他内容中又发现一件趣事:潜水日志的作者说自己被财宝的闪光耀瞎了眼,在海底短暂失明过几分钟,差点怀疑自己会死于占有欲。

是啊,这应合了谷晓滔对于觅宝这种事的隐秘戒心。一个人该如此这般主动追求财富吗?还是乖乖等上帝随意赐给?

你想,如果你不买股票,就不会时时愁眉不展。从不做股票的人,不一样活得有滋有味吗?只要能吃饱,有房子住,屋顶遮风避雨,人是不是就该幸福?看那些流浪猫流浪狗,雨天它们多渴望有个能遮住雨水的角落,可还是被人赶到瓢泼大雨中去熬。觅宝?觅到了之后才比较可怕,你拿宝贝怎么办?它属于你吗?越是真宝,越要考虑自己小命配不配得。如果命软,压不住宝光,立马就惨了!

跟日本人俊代讲这些会怎样?日本人,大和民族,他们有自己那一套。谷晓滔想,这多半就是个游戏,虽年纪不小了,陪着老朋友游戏游戏,倒无伤大雅的。

第二天天还没亮,俊代就来招呼谷晓滔。俊代是个体贴的家伙,端着泡好的日本方便面,请谷晓滔享用。他们站在宾馆门口等瘦大哥,瘦大哥准时到达,中巴里带着他自己的钓竿和假蝇。钓竿看上去已有年头,有种被海浪侵蚀过的痕迹,特别耐看。

船驶出码头就加速,往外海方向疾驶,船长说大概两个半小时能到达附近唯一的一个海沟,那里水深千尺,才有大鱼可钓。

瘦大哥早早就在船尾竖起钓竿，钓线上挂着手掌长的金色假蝇，扔在翻腾尾浪里飞。俊代点头："如果咬钩，那肯定是赶得上船速的大鱼。"

谷晓滔坐船侧长座上，看蓝天白云。天气绝佳，海面风平浪静，海犹如大湖。他想象自己在船下的海中潜游，这飞驶而过的船是极可怕的。有时候，潜水员因种种原因需要快速升水，来不及打气放象拔，就只好祈祷海面没鲁莽船只。前不久有个香港潜水客就是水下摄影时快速浮上水面，被一艘菲律宾小艇的螺旋桨击打头部当场殒命。船只一到外海，船老大通常就认为无人潜水，肆无忌惮地加速，常撞伤避让不及的海洋动物。

一声欢呼，惊醒谷晓滔，瘦大哥的鱼竿有鱼上钩了，船长放慢船速。

只听钓线哧哧哧往外放，正被鱼拖开。寡言的瘦大哥瞪着海水，等了一会儿，钓线稍一缓，他蜷起上身，拼命摇卷线器手柄，收回钓线。钓竿慢慢拱了起来，弯着打抖。船长丑脸露笑，黑牙森森罗列阳光下："好鱼！"

瘦大哥抬起头，问俊代："你来试试？"

俊代接过钓竿，蛮在行地往上一挑，扯紧鱼线，也猛摇手柄收线。又往上一抽，再猛摇手柄。不过，很快他就吃力气喘，把钓竿还给了瘦大哥。

鱼浮上尾浪，现身了，银色影子噼噼啪啪扭着打浪，是条一米多长的军曹鱼。

瘦大哥连摇手柄收线，把鱼拉近船尾，船长拿个网兜，往海里只一捞，军曹鱼甩着尾巴顷刻到了甲板上。大家围住细看。

到达海沟之上,海里起了点浪,船抛下铁锚,人走在甲板上还是左右晃。船长和一个把头脸用毛巾裹得严严实实的帮手一起,在船尾船侧支起三支鱼竿,加上瘦大哥船尾那一支,一共四支竿。鱼饵是用小钓竿现钓起的鲷鱼,挂在鱼钩上还活泼泼地游,越挣扎,越能引起海里庞然大物注意。

大伙儿呆呆等鱼上钩,都有些无聊,谷晓滔看手机,没信号,根本无法关心股票。他笑道:"这样子钓鱼,必须钓到大鱼。我觉得到马尼拉那种大城市,选人流汹涌的地段开个饭店,跟钓鱼有同样乐趣。"

大家没吱声,谁也没他这般跳跃性思维。俊代笑说:"钓鱼是钓鱼,钓人是钓人。"

大概为安慰自己,坚定自己信心,谷晓滔又对俊代说:"假使在闹市区,譬如东京的原宿吧,拥有一整个楼的商铺,分租给商家,天天坐地收钱,就像有钓不完的金枪鱼啊!"

俊代说:"倒是个好生意,有点像雪域乐园里的店家,门口一直排队。"

"那样的生意,无论有啥风吹草动,我可不想放弃。"谷晓滔说,手指往船侧一指,"鱼咬钩啦!"

鱼线哧哧往外冒,咬了钩吃痛的鱼开始本能地逃跑。谷晓滔上去抓住鱼竿,并不摇手柄,看鱼线继续被拉走。

"先生是个老手吧?"船长丑脸凑上来,笑得七扭八歪,"让鱼耗掉点力气,否则吃力的是我们。"

鱼线快放到前导线了,谷晓滔一把逮住手柄,伏下胸脯压在鱼竿上,拼命摇卷线器的手柄。如果这时候让鱼得胜,它可就跑掉啦！

谷晓滔激动地喊："肯定是大鱼,如果不是鲨鱼,那就是金枪鱼！"

他回头寻找俊代,看见俊代背靠船舱舱壁,摊手摊脚坐在那里闭目养神,似乎对钓鱼全然不感兴趣。

八

到傍晚,钓到两条狗牙金枪鱼,虽全归船家拿去卖,不过按瘦大哥安排,船长挑腹部最好部位割下厚厚两大坨鱼肉,用锡纸裹好,送俊代和谷晓滔,找店家加工尝鲜。

谷晓滔忙中偷闲,一回港口,就打开手机看股市行情,他的股票上下折腾了一天,画了个高深莫测的红色十字星,收盘没涨,也没跌。

瘦大哥背着归他所有的那条大军曹鱼,把客人送到机场附近一家华人开的日本料理店,只有这里才能料理鱼生。他可惜自己没时间带客人去看鱼市场了,拿了俊代小费要走,忽然问："先生们还想着探宝的事吗？我问了岛上老人,如果你们有兴趣,打电话找我,我带着去见一个人。他从前领着西班牙人和美国人在附近海里打捞过东西。"

送走瘦大哥,俊代和谷晓滔兴冲冲走进华人开的日本料理店,谷晓滔先到柜台打招呼谈生意,俊代跟着把金枪鱼肉交给店老板兼大厨。一半鱼肉送给店里,另一半按俊代的要求料理。

不一时,满满一大盘生鱼片送来桌头,店老板还添了一盘解冻好的挪威三文鱼片。

他俩喝着清酒,摆出各自思路,准备次日凌晨去潜那沉船。

谷晓滔说:"我想看看太阳升起时候,那条光线是否正好切过船体正中。"

俊代点头:"你放心,我已潜水了三四百回。你不一定非陪我进船舱,我想一个人在船舱里到处看看。你等阳光那会儿,我独自进里头去。"

"这个可以折中,"谷晓滔点头,"让艾崖坐在船舱门口,他可以兼顾我们两个人。"

新鲜金枪鱼肉鲜美得没法描述,但这家店只有马尼拉产的绿芥末,未免美中不足。两人索性不用芥末,直接吃鱼喝酒。大海的滋味,胜过一切调料。

"俊代,暂时忘记那句捆住你的话,别去想什么生活真相或时光中心,我们明天就是仔细找标记。任何像标记的东西,我们都不放过。只有找到了标记,我们才能接近秘密。"

"嗯,滔,你说得对,这正是我想的。"

吃了鱼,喝完酒,各人再吃一碗梅子饭,叫出租车回宾馆。因为第二天得起早,到潜店同艾崖打过招呼,他俩便各自洗漱上床。

又是天不亮起身,俊代照样找开水泡好了方便面,端过来给谷晓滔。吃过面,两人背上自己一应潜水用具出门,艾崖已睡眼惺忪等在宾馆的沙滩上。

　　跳上船，天边露一丝尚且晦暗的晨色，船工发动螃蟹船，朝沉船潜点驶去。

　　小船只适合后翻入水，三人鼓起勇气往暗黑海水里浸没，直接降落到海下七八米的岩石上，齐齐打开手电，互相做"OK"手势确认状况。头冲下，如三架轰炸机，向海下33米深处俯冲，沉船暗影显现在视野里，早晨这时候，仿佛快化开的黑暗中充满了动静！

　　果真，沉船上下依旧群鲨乱舞，手电光束齐头射下去，海波添一层乳白光晕，黑色的翻滚的大群肉筒子纵横交错乱游，却不会撞到一起。这光景，使人想起关在动物园笼子里的豺和狼，总烦躁不安地沿着笼子走动，不停不休……

　　谷晓滔手电往左手腕上照照，他们三人正浮在海下28米的波浪中，中性浮力，吸口气人往上浮起，吐出气人往下一沉，但不离这深度。俯瞰群鲨，谁也不想把自己降落到鲨鱼堆里去。群鲨是沉船的护卫，正如僵尸虫捍卫法老坟墓。

　　抬起头，天已亮了，海面是淡淡的浅灰色；再低下头，海底也像稀释的墨汁，已能看清沉船那一团固体黑影。在海水里，固体沉船显得那样坚硬，呈现一种违和感。它不属于海底，它是陆地来的东西。

　　在28米深度海水中等待黎明之光，水是凉的。一夜未见阳光的海水浸泡静止不动的人体，让人悄悄打冷战。正耐受不住，一道淡淡金光如金粉抹在海水里，眼前的海释放出更清晰的视野，人仿佛突然看透海的肌理，焦点延伸向远方。

　　太阳肯定跃出了海面，光明如奔涌的牛乳倒入咖啡，将纯粹黑暗变成一种云蒸霞蔚的变化物质。暂时,潜水者眼前光影迷离,说不清混乱还是缤纷。

大家呆呆看着眼前海体,海体固然是安静的,却让人感觉到喧哗与骚动,这是海下独有的感受。

等从混沌中清醒过来,低头一看,正看到那堪称壮丽的景色:阳光照临沉船,光明将船体的一半点亮,这一半上方的游鱼五色灿然,海葵如花开放;而得不到阳光的另一半,依旧模糊而暗淡。

鲨鱼群一哄而散,正在游远,还能看见它们的皮肤散放黑沉沉的阴森气。如雨雾般的鲷鱼群席卷而来,将沉船包裹在忽明忽淡的柠檬黄鱼体条纹中……

俊代像一支投出去的梭镖,刺向身体底下八九米处的沉船,一下子扭身游进了船舱。黑脸艾崖看看谷晓滔,打一个手势,便跟了下去,伏在船舱入口。谷晓滔潜下些,握住沉船长满海蛎的船桅尖,极目远眺,三百六十度旋转,打量四周……

艾崖看俊代如一条清道夫鱼浮到船舱天花板下,打亮手电,一寸寸抚摸观看。俊代顺着天花板的纵向中轴线移动,就是对应光线在船体上分出明暗的那条线,慢慢来到中轴线的中点处……俊代的手抚摩着中点,他的手像是盲人读书的眼睛……

气瓶余量接近临界点,艾崖游入船舱,拖出俊代,三人会合上升,在离开海面5米处安全停留三分钟,依次上了等待着的小船。

俊代抹掉脸上海水,谷晓滔解开绷紧的潜水服,他俩相视一笑,异口同声:"有料,到酒吧再说!"

冲洗一番,到酒吧会面,先点来西式早餐充饥,无非是法式热吐司、煎鸡蛋和培根。俊代说:"你不知道我会盲文吧?"

谷晓滔笑道:"我还会看风水呢!"

俊代吞下一只荷包蛋:"船舱顶上写了盲文,我读出来了!"

谷晓滔点点头:"有点意思,我留在船桅边,举目四望,看出点好风水!"

俊代说:"舱顶上写了一句盲文:宝藏就在此地,得之于一念之间。"

谷晓滔点点头,竖起大拇指:"游戏晋级了。"

"你看见了什么?"俊代问。

"我漂在桅杆顶上,一心想看日出的光。有一刹那我以为是太阳跌入了海洋,远处光芒灿烂,光团极其大。看清楚才明白是鱼群,并非鲷鱼,是跟墨宝海岸那样的沙丁鱼群。你在船舱里时,鲨鱼群不但没围猎沙丁鱼群,反而倏然间游远了。温柔的小沙丁鱼挤满我周围海体,它们看上去很娇弱,很温顺,和陆地上的羊群那样。我一手扶住桅杆,平漂不动,沙丁鱼旋转不休,在我四周造出一个漏斗状深井,在沉船屁股后面形成漏斗尖,我看下去,就像看一个旋转的显微镜下的画面,我看见最终接触沙滩的那个点闪出金光……"谷晓滔声音渐细,归于沉默。

"宝藏就在此地,水光的中心,你一念之间。"俊代说,"明天我们带铲子下海,就开挖那个点的海底白沙。"

谷晓滔笑了:"我还要喝一杯好酒,你呀,玩游戏上瘾了。一念之间的事,我在股市里常有,输八次平一次赢一次,这是概率。概率是铁面无私的逻辑。"

俊代招手,要来两杯XO,举起酒杯:"概率青睐你和我!"

九

也许概率喜欢日本人俊代,但显然不肯青眼相待谷晓滔。

谷晓滔回房间躺在床上,想好好地睡个回笼觉,忽然又想起股票。

他打开手机只一看,心就像被一棍子打实。昨天的十字星果然不吉利,上午交易才四十五分钟,他那只股票就已跌停了,比昨天整整损失掉百分之十。

看这根实实在在往下扎猛子的黑色实体K线,明天依旧凶多吉少。

谷晓滔比如今年轻不少时做股票很生猛,曾一星期赚过整仓的百分之五十,后一星期又差不多全输回去,大起大落他都扛过来。三年前他发誓不再碰股票,就此从涨涨跌跌的纠结里摆脱,过清新人生。两年后,因为银行理财吃了亏,他信不过银行,利率又持续走低,他便违背誓言再进股市,但带着谨小慎微的心,设定了止损点。

这样玩了好一阵子,没赚到钱,反亏掉些,因为他总在止损位割肉。

敢于在止损位断臂求生的人,理论上是厉害角色,应该会大赢特赢的。可谷晓滔发现自己是凡夫俗子,每次在止损位止损,砍掉自己无形的手和脚,股票却只是往下猛一探,便拉起来返身向上,把他当浮筹洗掉了。

眼看没了他筹码的股票轻轻松松乱涨,他只能怨这股市不公平:大资金能看散户底牌,散户是大资金围猎的对象,如海里喂鲨鱼的鲷鱼群。他作为老散户,只能欺负欺负比他更木的散户,跟在大资金后面喝口汤,却冒着最终发现游戏中自己才是大傻瓜那种风险。一旦输,不但亏钱,还伤自尊。

但是,谷晓滔毕竟还是不甘心自己曾在某个水位作为胜利者出局,他不想把那个水平线打破。他现在到股市不求大利,只希望比银行利息高一点的回报,所以,尽管左支右绌,他还是守着纪律,维持不亏钱的状态,有时候进进出出,打平下来,做的是些无用功。

前面一年挣到差不多百分之十的利润,他满足了,好比两年多的存款利息,这是他的目标。

这几天,交易所突如其来敲打他买的这只股票,一下子翻巨浪啦,不但利润跌尽,而且已往下套到一定程度,像一个人被无赖死死抱住了小腿。

谷晓滔摊开四肢,无力地躺在床上,看粉红小壁虎伏在天花板上慢慢移动,想起苏州人的故事。

故事里的苏州人看见饭碗滑到桌角,就要跌落,喊叫起来:"哎呀呀呀呀弗好哉! ①"

哐当一声,碗砸到水门汀地面,碎了。

"奈么好哉! ②"苏州人如此叹息,捂住前额。

---

① 不好了!
② 这下完蛋了!

"奈么好哉!"谷晓滔也一巴掌拍在自己额头上。

股票已然碎在地上,谷晓滔亏了本,一时间改变不了这局面。

事实硬邦邦,事实就是事实,作为投资人,只好面对。

碎片在房间空气里飞舞,谷晓滔深呼吸,不甘心地酸楚,像一只被蜘蛛网粘住的黄蜻蜓,忍不住噼啪扇翅膀又弹跳屁股……

谷晓滔不傻,他扑腾过后,终于如水泻地,想起自己还拥有足够维持生活的现钱,有房子车子,目前,还拥有菲律宾潜水假期。

甚至,对了,有俊代言之凿凿的海底宝藏等他一起去发掘。

他忽然浑身有劲,有一瞬间甚至觉得青春活力都回到了心里(虽可能是被刺刀押着回来的),他从床上跃起,站到地上。他想问问俊代何不今天黄昏也去捞海底。

俊代在自己房间,他透过窗户能望见海。他疲累至极,把沙发转过来,好坐在沙发上看一会儿海。

桌上放一只药瓶,他已就着矿泉水吃过药了,那地方的痛楚正在减轻。

不过,正如医生所嘱,痛楚会一次比一次加剧,这是不可逆的。

俊代望着海,正回味朋友谷晓滔当年在巴黎时不经意说出的一句话。这句话,谷晓滔自己如今可能淡忘,不过俊代却牢牢记住,且成了他日常心绪的一根拐杖。

谷晓滔当时同俊代一起坐在凡尔赛宫附近山上校园里一棵巨大的山毛榉树下喝课间咖啡,抬头看白云悠悠,谷晓滔叹息:

"如果你老是撞痛,证明你不但好好活着,还在努力挣脱。"

生命如一只毛茸茸的蛾子,扑腾在看不见的蛛网上……

俊代感觉药效发挥了,自己又和忘记这病时同样"健康"了。他感到力气如一股股热流,从四肢回流到心脏。他站起身,在镜子前看自己,刚才灰白的脸现在恢复了血色。

打开房门,俊代沿有椰子树和棕榈树遮阴的宁静小路走到毗邻宾馆的潜店,他找到艾崖:"艾崖,我下午要独自一人到沉船去潜一下,你准备好我的BCD跟气瓶,你在船上接应我就好。"

"先生,这个,按照菲律宾本地法律……"艾崖吞吞吐吐。

俊代伸手同他一握,艾崖看了一看自己手心,抬起头:"先生,你太客气了,不需要给小费的。不过,当然,如果你能在半小时之内回到船上……"

"成交。"俊代笑道,"我只是想一个人静静看看沉船,我不会进到船舱里头去。"

"如果半小时内你没回到海面,我就下去找你。"艾崖又看了看自己手心,"这也太客气了一点儿!"

俊代和谷晓滔在餐厅门口差点撞个满怀,谷晓滔哈哈一笑:"我的股票刚才跌停板了,这样,我没什么好担心的了。今天傍晚,我俩再潜沉船?"

"是吗?"俊代笑,"我们其实没什么可以恐惧,我们恐惧的,是恐惧本身啊!"

"说得是。"谷晓滔点头,"钱财本是身外物。这道理,等贼揣着你的钱跑远了,你就明白了。"

他变得分外洒脱,亲切地同餐厅女侍打招呼。女侍愣一愣:

这位中国先生以前是个冷冰冰的客人,不是吗？此刻吃错什么药？

他俩坐下,开始点菜,谷晓滔见黑板上写着海胆,问俊代:"听说有人在这里吃了海胆腹泻,作为日本人,你敢不敢生吃？"

"你吃不吃？"俊代笑。

"你吃我也吃。"谷晓滔下决心,"我俩是朋友,此所谓共进退也！"

点了菜,喊上莫喜多,俊代微笑:"我俩在学校里共进退,我让美国同学失望了。"

谷晓滔也微笑,他记得为了争执中美合作企业的文化冲突问题,美国同学希望俊代助攻,俊代却当场发言说自己在中国香港工作过,他凭工作经验和实地见闻,支持中国同学的立场。

回想那时候的课堂争论也真有趣,好好的MBA同学们,竟为了课题产生的分歧而渐渐疏远。"屁股指挥脑袋",你不可能让一个美国失业工人家庭出来的孩子支持把美国企业迁往中国。反之亦然。

不过,谷晓滔和俊代结下友谊并非因为那场课堂争论,而是因为在学校附近小超市里的相遇。俊代在小超市巧遇谷晓滔,俊代刚买了几份牛肉饭,六欧元一份,他推荐给谷晓滔。谷晓滔接过一份,放在篮子里。可是,等结了账,俊代把车开出来,招呼没车总步行的谷晓滔上车一起回校时,却发现谷晓滔最后没买那份牛肉饭。

下面的对话两个人都还记得,常常提起来开玩笑:

"你不喜欢那种牛肉饭？"

"喜欢,但是一份要六欧元。"

"噢,贵了点?"

"嗯,又多了解一点中国了吧?在上海,这份牛肉饭花的钱够我家买菜买米吃一天。"

当天晚上,俊代敲谷晓滔宿舍门,邀请他到自己宿舍吃牛肉炒饭。

谷晓滔吃过炒饭,没谢俊代,反而问:"俊代,你对多年前那场战争如何看?"

俊代耸耸肩:"那场战争已过去七十多年,跟我有啥直接关系?我生来爱好和平。"

谷晓滔说:"我喜欢温文尔雅、乐于助人并且心理始终健康的人,不管别人国籍。"

俊代打开一瓶香槟:"我和你,长相差不多。反正,在美国同学眼里,我和你就是东亚人。滔,为天然的友谊干杯。"

谷晓滔对待友谊有他自己的一套。俊代的理想是在巴黎学会潜水,然后去东南亚潜水,他希望谷晓滔当自己的潜伴。谷晓滔就同他一起去了潜水俱乐部培训。俊代一旦看到谷晓滔对水的恐惧程度,才晓得这份友谊达至的深度。

毕业分手时,除约定一起度假潜水,俊代还问了谷晓滔有何创业理想。谷晓滔说如果将来有可能,想开一家民营医院。俊代笑说:"那么,等将来我有些积蓄之后,可以同你一起开一家中日合资的民营医院。"

此刻身处菲律宾岛国,他俩吃着海岛风味午饭,又聊起了两人间有关民营医院的永恒话题。谷晓滔说他的理想有了点小变化,觉得民营医院应该和养老产业结合。中国市场实在大,虽不成熟,却是 MBA 毕业生们该留意的。有难度才有未来,养老医疗这个领域适合 MBA 们证明自己不是吹牛大王和梦幻家。俊代耸耸肩:"我,看来不是好的 MBA。"

"可不可以帮我一个忙?"俊代放下刀叉,"我下午和东京有电话会议,走不开,你能替我到机场镇去取个邮包?"

两个朋友在宾馆门口一分手,谷晓滔就坐宾馆车去机场镇,俊代就急急回房收拾一番,喊了艾崖,放船直达沉船潜点。

他手里拿一把新铲子,一个后翻入水,直直潜了下去。

违犯了当地法令的艾崖口袋里揣着日本人给的贿赂,坐在小船上担心。以这个日本人的潜技,不必担心潜水事故,但,他若是单独下去自杀,当地潜导可就麻烦了。

艾崖赌日本人没有自杀的邪念。这个日本人,只是想一个人静悄悄地看沉船。

傍晚,谷晓滔取了邮件回来,大家都挺高兴。艾崖一颗心落地,今天钱包鼓鼓。

俊代对谷晓滔说:"中国古诗说得好,'花开堪折直须折,莫待无花空折枝'。滔,今天我们不潜水,假期就快结束,你就陪我去那些深夜酒吧啦!"

十

后来那天中午,整个宾馆的菲律宾人和谷晓滔一样,都为日本人俊代一下子病得很厉害而担忧。

宾馆的人首先怀疑日本客纵欲过度，他们知道他这些个晚上频频带女人回房间，不但有彬彬有礼的日本女人，也有本地菲律宾女人，本地这些菲律宾女人，大家都很熟悉的。

谷晓滔是那个发现俊代病得不能起床的人，他连股票行情都没心思再看一眼，到处给俊代找有资历的医生。

医生从机场镇过来，路上花了一个半小时。这位在菲律宾执业的西班牙人看了俊代之后，宽慰大家说暂时不会有危险，但必须尽快送俊代到大医院做全面检查。

谷晓滔想知道是不是频繁潜水造成俊代身体受损，也就是想知道俊代是不是犯了潜水夫病[①]。医生摇头，谢过出诊费："令友似乎另有基础病症，突然发病，可能因劳累过度。别紧张，等休息恢复之后，尽快去医院检查吧。"

送走医生，谷晓滔赶到海滩边旅行社，找大眼妹打听宿务有哪些大医院，又如何安排转送病人，大眼妹拿起电话就把她大哥叫来了。瘦大哥听说是俊代病了，心急火燎："我正想找你们去拜访那位探宝向导呢，怎么你朋友倒下了？"

瘦大哥背上一网袋青椰子，带把砍刀，跟谷晓滔去看俊代。俊代已挣扎起来梳洗过，悄悄吃了药，坐在沙发里望海。

"有劳大家照顾我，我已经好些了。"俊代微笑，脸色依旧灰白，"没事。我看，是昨晚那个菲律宾女郎她太生猛，把我榨干

---

① 即"潜水减压病"，指潜水员在水下（高气压）停留一段时间后，回到水面（常气压）的过程中，因上升（减压）幅度过大，速度过快，溶解于肌体的气体来不及随呼吸排出体外，而在组织和血液中形成气泡引起的疾病。

了。"

大家知他自嘲,不过,谷晓滔怎么也觉得俊代病恹恹的,不适合再潜水。

瘦大哥劈开两只大椰子,请谷晓滔和俊代喝椰汁。俊代喝过椰汁,脸色便回转些:"好喝,提神,我今天好生休息,明天接着潜。"

谷晓滔摇头:"俊代,你需要去医院检查。我已在安排,你只要能坐车,我们就摆渡去宿务。"

俊代用力摆手:"我知道自己的身体状况,回东京检查更好。没事,我是在度假,我很开心,等过了瘾,我会好好检查身体,该休息就休息。"

瘦大哥说:"既然如此,潜水还是别马上潜。我把岛上领外国人出海寻过宝的那人带来,明天大家就在海边聊聊,你们听听故事吧?"

谷晓滔送走瘦大哥,又来陪俊代:"你真没事? 就怕是潜水太多造成的。"

俊代站起来,精神恢复得更好些:"我俩去海边坐着说话,吹吹海风,那样我舒服。我带上潜水日志,有些细节再探讨探讨。"

酒吧服务生见俊代出门,能在靠海椅子里坐,立刻喜气洋洋送来混合果汁,祝他健康。

俊代喃喃:"我想了又想,'生活的真理'到底指什么呢? 沉船我们潜了很多次,看见很多,有鲨鱼群有鲷鱼群有沙丁鱼群,有光明界有黑暗府,有远方的辽阔有眼前的具体,如果让我'一念之间'想想'生活的真理',我觉得生活是不可预测的,关键在于你顺从接受还是别扭抗拒。顺从接受更像是真理。"

谷晓滔忍不住,早已让服务生送来了朗姆酒加可乐的"自由古巴",他从杯子里舀出冰块,猛喝几大口:"那么,这'顺从接受'如何引导我们找到海下宝藏?"

"我不晓得。"俊代虚弱地笑了,"我能做的就是到达现场,等上帝指引我。如果他让我找到宝藏,我就找到。如果宝藏不属于我,那么,我至少来过了。"

"是啊,要找到宝藏,首先必须到达现场。"谷晓滔收起笑容,严肃地点点头,"众人的区别就是敢于到现场的人很少,到达现场要先付代价的啊。"

"哪出好戏不需要买门票?"俊代伸长手臂,打个哈欠,"我下回到达沉船,就拿铲子开挖我觉得有可能藏宝的地方。我假期有限,我必须动手一搏了!"

"好吧,我奉陪。"谷晓滔喝尽杯中酒,"再潜一回,我们就离开菲律宾。你到东京查身体,我也要回上海处理我的投资事务。"

谷晓滔这时才又想起今天的股市,他掏出手机,打开一看,原来今天是周六!没有交易。

俊代看看谷晓滔:"我下午还是回房休息,你能不能再仔细读读这潜水日志?可以的话,黄昏你同艾崖再多潜一回,好好再看那儿一眼,看看有没有更好的线索。"

艾崖和谷晓滔同时从小船两侧后翻入水,迅速下沉到海下10米,互相对视,继续快速下潜,海水还是透亮的,他俩只花了两分钟就潜到了沉船桅杆处。

事先说好,等太阳快要沉入海平面时,谷晓滔进沉船船舱,他想从沉船内部观察船外;艾崖留在桅杆边,眺望四周,以为策应。

谷晓滔下水前背熟了自己对那段文字的译文:

> 生活的真相以及时光的焦点,你在沉船桅杆的制高点瞭望,也未必看清。借黄昏来临这时机潜入船舱,那里有标记时光焦点的印记,秘密藏在其中。

他想为俊代做的就是在黄昏降临时分进入船舱,找一找"标记时光焦点的印记",既然船舱的顶盖上有盲文说宝藏就在此间,那么,尽力陪俊代完成这游戏吧。

俊代作为一个日本人,在中国香港工作过,对中国同学们自自然然地友好,这是缘分。从前在法国,谷晓滔愿为俊代克服自己对水的恐惧学会潜水,现在也愿把事情尽可能做得道地些,某种程度"假戏真做"。将来有一天,或许还会同俊代一起开办民营医院或养老机构。俊代对此,也向来当真。

艾崖此刻和谷晓滔浮在同一深度,他双臂抱胸,悠闲地四下观望。他朝深海方向凝视了一会儿,忽然把手掌竖立自己额前。这个手势,所有潜水员都明白:鲨鱼来了!

几乎与此同时,抬头看海面的谷晓滔望见海的穹顶光明陡增,片刻间却倏然隐灭,太阳落到了海平面上!

他向艾崖打个手势,如纺锤般朝下潜去。鲨鱼成群从深海里浮出,谷晓滔迎着它们潜去。他瞳孔微微放大,深井般的混沌黑雾中,鲨鱼如一枚枚导弹迎面袭来……

平生第一回单独在海下30米深度向一群嗜血白眼鲛鲨扎猛子,又是海底阴阳交会的傍晚时刻,感觉太诡异了,像梦境,却明白不是梦境。

谷晓滔不由得想到"地狱"两字。鲛鲨上浮速度极快,几条三四米长的鲛鲨已从谷晓滔身边掠过。谷晓滔挣脱惊悸感,缓缓降落,跪在沉船船舱门口。他扭头向上望,依稀看见艾崖身体像蜻蜓那样停在桅杆尖上,群鲨如肥大蟒蛇扭动聚合,在自己和艾崖之间空间里旋转翻腾。鲨鱼,大概有十几二十条之众。

他看看光影,低头游进已昏黑的船舱,这次他没打开手电,就浮在长方体的半封闭空间里,转动身体。氮醉带给他忧郁惊恐的情绪底色,底色上镶嵌一丝相反的满足感:他感觉自己是宇航员,置身于航天飞行器之外的宇宙中,可以任意翻转身体。

眼睛渐渐习惯了黑暗,一下子看见一番奇景:来自海平面上的最后一丝夕阳穿过船舱前立面的一个小孔,在乌黑船舱里创造出一道金线;而金线没结束在这舱房里,它轻巧地透过船舱后立面的另一个洞眼射了出去。

谷晓滔灵机一动,避开这道金光,游到舱门口探头。

只见一道细细金光从船舱泻出,直接射到暗色海底沙地中,沙地上一块死珊瑚蒙上了优雅霞光,呈现玫瑰般的粉红色。鲛鲨成团旋舞,绕着这粉红色死珊瑚形成一个漩涡,珊瑚在漩涡中间如花盛开……

谷晓滔不知从哪得来勇气,他出舱上浮,朝鲨鱼的漩涡里流线型地刺入。这感觉如何？他觉得是和一群鲨鱼同在洗衣机里旋转，仿佛可以闻见身体周围这些圆筒形黑肉块的腥臊。他双手触及粉红色珊瑚，原来那死珊瑚是可以移动的……

和艾崖一起举着潜水手电在黑暗中上浮，谷晓滔回味着鲨鱼群施加给他的震惊，那种面对群鲨似曾相识的地狱感是哪里来的？

他早已体会过那种感觉了，这就是股市屡次在外力打压下瞬间崩盘时来不及抛出股票的众多散户的感觉：大盘雪崩般当头砸下，没人会对你伸援手，更没人同情来不及减仓的"韭菜"小股民。韭菜嘛，生来就被收割。

谷晓滔在海水里上浮，就快回到海面，他想，很多人在布满掠食者的股市里血本无归，就像潜水员再不能返回陆地。鲨鱼并非最可怕的。鲨鱼不会预谋，也没吃人的打算。

俊代穿了白衬衣和长裤，打扮得周周正正，坐在海边餐座上等候谷晓滔和艾崖。

谷晓滔喊道："我看见了！"

俊代点点头："滔，游戏快到尾声啦。你看到了我在船舱里已经看到的光！"

瘦大哥带来的不是个肤色黧黑的菲律宾土著：汉斯老汉是德国人，拥有德国护照。他六十三岁了，已在菲律宾度过了长长的完整的二十五年，有过三任菲律宾妻子，现在第三任妻子跟人跑了，剩下他形单影只。

"我从前也潜水，厉害时每天下水四回。"汉斯穿着皱巴巴的西式短裤，手指指指自己小腿。

俊代和谷晓滔看他小腿,齐齐吃一惊。汉斯小腿上藤萝般盘着曲张的青紫色静脉,透过皮肤也能看清病况。这是典型的潜水过度后遗症。

汉斯的眼睛也有了问题,仿佛是初期白内障,他疲惫一笑:"先生们,这里的菲律宾海域拥有大量宝藏,就是丰富的海洋生物物种。至于金银财宝,相信我,那都是娱乐性新闻。"

谷晓滔笑道:"汉斯,听说你带美国人找过海底宝藏,那也是娱乐项目吗?"

汉斯眼神灰白地盯着谷晓滔看:"先生,那是一组拍纪录片的,他们只要镜头和悬念,不在乎挖不挖得出古代陶器。"

"那么,完全不可能有金银财宝咯?"俊代微笑,"我们可是听到些风声才来的,听说还有寻宝图。"

"别听胡扯。"汉斯笑了,"我完全可以收了钱带你们到处逛逛,不过,没有就是没有,我不靠骗人吃饭。"

汉斯眨巴老眼,顿了顿,指指海滩南边方向:"我住在海边别墅里,别墅是我比利时朋友的,我不付房租,就是替他看着房子。明白?我不当野导游。"

谷晓滔说:"汉斯,我们找时间一起去钓鱼吧?你在这儿这么些年,肯定知道哪里能钓到大鱼。"说着,他伸出手,把一卷菲律宾比索①塞在汉斯手里,把另一卷塞在瘦大哥手里。

汉斯和瘦大哥都握着小费。汉斯有点不适,腮帮子抽搐;瘦大哥拉他一把,笑道:"我安排钓鱼,我安排大船,汉斯前年钓到

---

① 菲律宾法定货币。

过翻车鱼呢!"

目送这两位走到远处沙滩上,谷晓滔对俊代说:"逻辑最重要。如果他俩知道有宝,还轮得到我和你?你好好休整,我们再下一次沉船,就挖我们看见的那个粉红色珊瑚底下。有宝,我们拿了宝物打道回府;没宝,我们也鸣金收兵,兴尽而返,以后再来。"

俊代轻声说:"你终于相信我了? 不可能没宝。我们就是宝藏等待着的人!"

"但你必须休息好再潜。"谷晓滔说,"明天还是不潜。刚才我私下和汉斯他们说了,明后天我们去钓鱼。你坐在船上,不会累着的。我们酒也少喝,各自多保养。"

两天之后,还是时近傍晚,谷晓滔和俊代养足精神,自己背全副装备和气瓶,跟着艾崖上船。

这是最后一潜,为准备挖出宝藏,中国人和日本人多雇了三个潜导,订了宽体螃蟹船。虽低调回避此潜主题,毕竟与往日不同,几乎浩浩荡荡开往沉船潜点。

四个菲律宾潜导跟着俊代和谷晓滔下海,直接来到沉船屁股后十来米那块粉红色死珊瑚上方。

天光尚亮,离太阳落海还有一会儿,鲨鱼还未见踪影。

俊代指示各自手持一把铲子的菲律宾潜导们移开粉红色死珊瑚,往下开挖。四个汉子此起彼落,登时在沙地上挖出一个大洞,底下却空无一物。

谷晓滔往上浮起,游到沉船桅杆边,向下俯瞰:沉船在视野正中,如同遥远古代留下的小小方舟,已失去了渡人的神力,无力崩碎在沙地上,通身长满各色珊瑚。夕阳的光亮带着回光返照的那股劲道,给沉船镀上微微粉红的金色。

说时迟,那时快,鲨鱼群从极暗极深的海底浮了上来,开始是视野里一些雀斑,马上放大成黑色的斑块,然后就有了阴森的鲨鱼形,飞矢般到达潜水者身边。潜水员们身上的钢瓶和鲨鱼皮质感的躯体一起反射夕阳的暗淡金光,顿时沉船尾部出现了团团互相碰撞的光芒……

可以感觉到黑暗正志得意满地赶来,光明即将从海底这一深度退场。

谷晓滔担忧地俯瞰人群和鲨鱼群混杂一起,鲨鱼加速了旋舞,而人仍旧挥舞铲子。不会有意外来临吧?最好从现场立刻撤离。

俊代像长笛鱼般漂浮起来,离开人群和鲨鱼群,他一扭身,往船尾与人群之间的空地潜下去,在中线部分沙地上开始挖掘。从船舱射出的那一丝金光凸显在水体里,被俊代的前额挡住,不落到粉红色死珊瑚那儿去了。

俊代漂浮起来,他脸上现出微笑,浮到谷晓滔身边。

他伸出手,手里铲子已扔掉,此刻,他双手托着一只小小的方铁盒,在海波里看不真切。余光在铁盒上闪过,太阳落海,黑暗笼罩四周。潜水员们纷纷打开了手电……

十一

俊代和谷晓滔共同投资合办的医护型养老院最后选址在菲律宾宿务市东岸麦克坦半岛上,这家红树林边上的养老院规模很大,分成汉语区和日语区,中日老者共享一个附属全科诊室和院区的服务资源。

毋庸置疑,这养老院闻名亚洲的主要原因是用以建造它的海底宝藏,据说国际投资人在菲律宾海岸潜水时发现了宝藏,然后才决定把养老院建立在菲律宾岛屿上。它吸引了东京、北京及上海的养老客户。

谷晓滔没对有利于养老院的传言做过任何更正,不需要更正,任何更正都无意义。

既然俊代希望保持得体沉默,他不会修正俊代的任何意见:毕竟,这其实是俊代的投资,是俊代的事业。

谷晓滔看自己只是一个实践者,一个实现俊代遗愿的人。

谷晓滔申请了菲律宾长期居留签证,成了事实上的宿务市民,他已慢慢适应了这热带城市缓慢拖沓的生活节奏,并学会了忍受交通拥堵和车辆简陋造成的城市尾气污染。他也下功夫学了些日语,以便同他的日本籍同事们进行职业交流。

宿务亚洲养老中心对谷晓滔这个经营者的挑战不在于它的日常运作,在于俊代生前首创的老年健康旅行年计划。

中心的老年客人们每季度都可以自由组合并选择菲律宾国内的旅游目的地,由养老中心安排旅行团。随团不但有护工,也有医生。东京、北京和上海入住该中心的中产人士不但享有日常生活起居服务,还能实现老有所游的梦想。这就是俊代设计这养老中心时不同凡响之首创。

虽实行起来有无穷麻烦和困难,谷晓滔却从不含糊,从不畏缩,一心实现他好友生前的规划。不,其实是他俩共同在MBA学业中酝酿出的规划。

谷晓滔没从上海聘请太多职员,只有一个财务经理从上海来,其他员工除了日本籍的,都是当地聘用。菲律宾的老年护理人员及医护人员是全世界最有耐心最体贴入微的,她们大多数是天主教徒,说话经常引用圣经。组织老人旅游这一块,谷晓滔也有信得过的人,他从自己和俊代一起潜水的岛屿上请来了瘦大哥和他那开小旅行社的大眼妹,也把潜导艾崖一起聘来宿务。

谷晓滔深入了宿务的中国城,结识不少当地华人。这宿务中国城是万千进出口生意的枢纽,也是华人世界的复杂心脏。并没太多日本职员在宿务长住,留在宿务亚洲养老中心日本部工作的日本人都是创业之初由俊代带来的,几乎全是俊代熟悉的前同事或相识。俊代离去之后,这些日本员工没任何变动,继续留在自己位置上尽力。俊代把自己股份的一部分遗赠了他们。

很难想象俊代这人没什么家庭成员,他父母都因为癌症很早去世,他前妻同他没生育孩子,也早已断绝了往来。俊代在养老院落成不久就向大家坦承了他的病情,因为,那时药物已无法消减他的痛苦,他依靠强力吗啡止痛。

"这是遗传病,是前定的。"俊代对甘愿承受亏损、抛掉手里全部股票参加养老院投资的谷晓滔轻描淡写,"我很小年纪就明白此劫难逃。其实,到巴黎读书前我已有预感,所以我游历巴黎,又急急学潜水,想尽早看一眼地球的另一面,好比旅行者想赶上当地的节日。"

那一回,俊代像煞有介事地从海里钻出来,对谷晓滔宣布"我挖到了",谷晓滔并没欢呼,而是狐疑地看了俊代一眼。

俊代像被他泼了一瓢冷水,尴尬地捏着小铁盒,乖乖坐到螃蟹船侧,不言语了。

记得菲律宾潜导们在沙滩上预先放好了一些汽水和水果,他们和俊代谷晓滔合影,同两位好客人道别。艾崖安慰俊代说尽管没找到海下宝藏,但确定无疑的是你们已把沉船潜水玩到了新境界。

晚餐前俊代和谷晓滔在俊代房里一起敲掉铁盒上的封蜡,想先睹为快。

谷晓滔说:"这东西挺新的,上面没海蛎子和珊瑚虫的痕迹。"

俊代点头:"也许,潜水日志也很新呢?"

铁盒打开了,里头是密封在玻璃球里的一封信。

谷晓滔记得自己大笑:"就是我猜的,一个爱情故事。"

俊代说:"砸开玻璃球,就有答案了。"

他们喝了香槟,在一起胡聊了一通,终于,谷晓滔接过俊代递来的小锤子,击碎了玻璃球。

打开信封,里面是瑞士银行的保险柜号和密码。

留信人传达的讯息是:

请自行前往银行取得存款。

瘦大哥和艾崖是谷晓滔如今的周末伙伴。

搭上轮渡，坐进有空调的高级商务舱，根本感觉不到海浪颠簸，从宿务东岸到对面岛屿只要两小时。

谷晓滔几乎每半个月就到周边的海洋保护区潜水两三天，他最爱拜访的依旧是那艘加那利号沉船。为了尽可能了解这沉船传递的意义，他甚至安排时间去撒哈拉沙漠外海的西属加那利群岛游历了两三次，并且爱上了那里的岛屿。

沉船丝毫不变地矗立在那片海底沙地上。鲨鱼群依旧每天绕沉船猎食，度过它们的暴食黑夜。

谷晓滔潜入船舱，抚摸遍了舱顶，根本没俊代声称过的盲文：

宝藏就在此地，得之于一念之间。

谷晓滔对瘦大哥兄妹及艾崖说："宝藏是有的，在日本人俊代心里，我们得之于他一念之间。"

俊代从没对谁解释细节，他从拒绝相信童话故事的谷晓滔手里拿回铁盒里那封信。两个月之后，他从东京打电话到上海找谷晓滔："滔，我去过瑞士了。银行里的存款够我们开养老院，但不够建私立医院。你负责写创业计划吧，事不宜迟！"

他们之间快速分工：谷晓滔负责在供应链齐全的中国采购

并运输养老院设备,俊代负责落实从日本对菲律宾投资的手续,并招募日本养老客户及服务团队。

养老院在菲律宾没展开建筑工程,直接租用了当地的一个疗养院进行改造,日本工程师们很好地完成了俊代加急的业务。入住的第一批养老客户全部来自东京和横滨两地。

俊代同谷晓滔差不多同时到达宿务,基本就没再离开。日本客户入住之后半年,陆续从北京和上海来了中国养老客户。相比这些老人本来居住的城市,宿务养老费用真的非常便宜,在菲律宾国内的各色旅行也安排得令人满意。

俊代和谷晓滔合作的事业在宿务宁静又平和地开展。不久之后,俊代癌症恶化,进入了弥留期。谷晓滔送俊代回东京,在东京,他一直陪伴俊代到最后一刻。

俊代同律师交代完毕,会见了他一位远房亲戚。

谷晓滔记住自己对俊代说了一句话:“养老院是你的,我会一直看护到底。”

那个晴朗的上午,万里无云,菲律宾各岛屿天空澄蓝。

驶往加那利号沉船上方的大螃蟹船载有十来个人。瘦大哥和艾崖先下水,谷晓滔后翻入水,在船边浮起,举手接过养老院日方员工恭恭敬敬递下来的瓷坛。他缓慢下潜,十分钟后才到达沉船的船桅。

阳光如此强烈,令氮醉的人心里洋溢明亮而欣喜的快感,这和埋葬俊代的仪式似乎气氛不符,谷晓滔却相信俊代亦是欣喜的,他选择了要与沉船同在。

谷晓滔吐出细细气泡望向远方,海里能见度很高,可以看很远很远。谷晓滔望见一头罕见的翻车鱼在这季节微微变凉的海下50米深度徘徊,摆动圆形身体,显得重心不稳。原来,汉斯钓到翻车鱼并不是一个信口开河的故事。收回目光,他看见在原先粉红色死珊瑚所在的那个地块,瘦大哥和艾崖已挖掘了一个深坑。

谷晓滔捧着已身轻如鱼的俊代骨灰降落在深坑边。他小心翼翼把瓷坛送入沙地深坑,又从潜水服口袋里掏出一个铜盒子,放在盖没了瓷坛的几铲沙上。蜡封的盒子里是记录俊代故事的文字和那本来路不明的潜水日志。

瘦大哥和艾崖继续填沙,直到沙地恢复平坦。他们三个,合力移动一块船上送下的青石,标示在俊代的海底之坟上……

宿务亚洲养老中心迎来了它的好时光,越来越多的健康老年人慕名而来,把麦克坦半岛当成一个旅行和休养胜地。谷晓滔为养老院创建了一个传统:养老院每发生一件快乐的事,都要由专人记录下来,每年请中国的微雕大师以中文和日文刻录到一枚鹅卵石上,标上年份。

逢到春天俊代的生日,大家一起下潜至沉船,在加那利号周围放下前一年的那枚鹅卵石。

3

沉鱼

一

卜冲潜在海下时看见过陆地，某种海市蜃楼。他还常常在海下看见自己的过去。他没对别人说起，但他持续地看见别人不能看见的东西。他曾想去找个医生，可医生又能帮什么忙？

夜晚他坐在人声鼎沸的酒吧里，尼克正到处为自己也为他物色女郎，他却看见了奇异的事情。

卜冲看见清澈的海水从酒吧窗户漫进来，从四面窗户漫进来，慢慢浸透了大家的鞋袜裤脚，可人人都在喝酒，也没人察觉。海水比水晶还清澈，慢慢升高，慢慢淹过了大家的腰眼，叫卜冲冰凉地打了个寒噤。喝酒的人笑着喊着，互相抛媚眼。海水淹过卜冲前额的时候，他看见尼克一手挽着一个金发女郎朝他走回来，对他挤眼睛。

卜冲透不过气，他觉得自己的肺是只剩10巴余气的气瓶，他想踢腿，让自己浮到水面上去。可这海水真是彻底的清澈呀，清澈得人根本看不见。

金发女郎从尼克臂弯里转到卜冲身边,冲他淡淡一笑,眼梢带着冷漠的兴趣。卜冲决定不要呼吸,让10巴余气留在肺里。他看见自己在海水里变成了向日葵金黄色的花盘,女郎变成一只飞上来的金蝴蝶。卜冲憋着气,冲蝴蝶微笑,觉得蝴蝶的触须挠着他痒痒。

他奇怪尼克为啥感觉不到海水淹没了派对,不过,他除了跟随尼克,没其他潜水条例可以援引。他知道自己已经呼尽了最后一口空气,和女郎们一起随尼克漂走了。他在海水里和女郎卷进关闭的房间。虽然没空气了,但女郎还是活生生的,有着撩人的气色。他们在一起,干起了死尸不可能干的事情……

等到筋疲力尽,女郎关上灯。卜冲觉得海水并未退去,他没有呼吸,他浮在水晶的中央。透过重重黑暗,他看见了魔都,看见魔都在马里亚纳海沟那么深的深海里,看见人群睁着眼睛,仰望风灯般的太阳,吐出长长淡红的舌头,海水洗净了舌苔……

早晨,早晨再来的时候就好了。早晨幻觉就将消失,卜冲听得见鸟鸣,望得见朝霞。早晨是一天中最真实的时分。他常常吃惊地看着床上睡眼惺忪的女郎,夜里的一切断片了,记不真切。早晨他才觉得身体活着,有突如其来的性欲。他常俯身抱住床榻上的女郎,女郎们总惊讶地瞪着他,继而笑起来……

不过,该他留意的事,卜冲却没看见。

那天午后卜冲坐在鸡蛋花树树荫下,偶尔捞掉玻璃杯里细小粉色落花,喝度假村用红酒、白兰地、苏打水混合青苹果碎块调制的冰镇桑格利亚,仔细检查他潜水用的一级头和二级头。

巴厘岛的艳阳放过了巧克力肤色的当地人,只等卜冲从树荫下露出头脸,就要收拾他的黄皮肤。卜冲皱着眉头,绷紧咬肌,额头布满汗珠,两只手掌不停在T恤下摆上擦汗,又像抚摸蝴蝶标本翅膀那样轻触一级头的进气口螺纹。

那边有个新到的女客自提行李,婀娜走过度假村花叶婆娑的小径,朝她单住的印尼木屋去。她走过小游泳池的时候,透过墨镜仔细打量了卜冲一眼。卜冲正小心放一级头在晒干的衬衣上,伸手去拿特意搁门口木椅底下的脚蹼。脚蹼上满是划痕,他抿紧了嘴唇,手掌摩挲那些新添的纹理,没抬起头。

女郎从度假村门口走来的时候,轻盈流畅,拉杆箱在草地上拉出一条直直的淡绿线;她打量卜冲之后,那根淡绿线时深时浅,有点弯曲凌乱,中途还停下来过,拉出弯弧,好像犹豫要不要往回走……不过,她还是直接打开了木屋,进去关上了门。

卜冲的工作只包他住宿饭食,没有工资。有少量津贴,加上半年报销一回来去上海的机票。他为跨国非政府环保组织工作,监测巴厘岛海域海洋生物的异常变化,并报告海洋垃圾分布。每天上午、傍晚和夜里他都要下海,轮流到六七十个指定潜点巡逻。他是海里一只小小的浮游生物,却关心大海脉搏。

通常卜冲的一天很有规律:早上七点起床梳洗,七点半到度假村门口餐厅吃早饭。早饭有两种,美式的煎蛋吐司或者印尼炒饭,配咖啡或茶水,咖啡是袋装三合一粉冲泡的。卜冲轮流吃这两种套餐(周日则去沙奴街上享受豪华早餐,喝现磨咖啡)。八点车来接他,车上有他同伴,他们是美国人、法国人和德国人。九点快船沿巴厘岛海岸朝北或者朝南,轮换送他们去不同潜点。

大约十一点出水，就近找地方吃午饭，饭后开房间休息三小时。黄昏再次下潜，出水后换个潜点夜潜。大约晚上八点吃晚饭，饭后土人司机送大家各回各旅馆。

卜冲跃入海中，碧浪拥抱住他，他缓缓沉入海的晶体。透过目镜，他深情款款望着近处和远方，心脏有力而沉稳地跳动。海让他感觉无与伦比的安全和温存，厚厚包裹他，任他在其中畅游。气瓶空气剩下50巴的时候，卜冲总是微笑着向潜伴示意，一起悠闲上升，吐着银色气圈，调皮地追逐海龟和大鱼。浮出水面，清澈空气是陆地对他的问候，红树林在海边随风晃动，萤火虫聚集在树梢点起星光……卜冲知道睡一觉之后又会下海，他就露出了满足的笑意，心里特别幸福……

事实上他已经罹患了社交恐惧症。

他每天见的人是固定的：美国人尼克是他的潜伴，尼克从前是电气工程师。法国人杰罗姆和德国人汉斯是另一组工作伙伴，杰罗姆是生物学研究生，汉斯是个有技术潜水证的焊工。卜冲和尼克处得不错，生死关头可以相互信赖和依靠。

除了这三位之外，卜冲见得最多的是餐厅招待和度假村前台。他和国内朋友圈的联系主要通过微信。有时候天南海北的朋友来找他，都是些来潜水的休闲潜水员。

卜冲出了水喜欢一个人独处。尼克加入环保组织比他晚些，住在海边的印尼朋友家，出海就回那里去。卜冲的业余生活主要是洗衣服和其他东西、发微信、读书和保养装备。他喝酒抽雪茄，但不过量。怪僻的是他不要度假村派人打扫他房间，他房间钥匙保管在他自己口袋里。他房里每样东西，包括极小的物件,都在自己该在的位置上……

尼克没忘记卜冲是个三十多岁的独身男人,尼克说:"兄弟,你得常常去找找女人,否则,你在海下靠不住。"

卜冲在海下基本是可靠的,只有一次例外。

那是在图蓝本联合号运输舰残骸上夜潜巡游。工作组只有尼克和卜冲俩人来,但不是说巨大的沉船残骸周围只有他们。这是旅游热点,有不少夜潜的观光客。

尼克和卜冲离开潜水客一段距离,缓缓在浅水区打蹼游动,俯视夜里黑黢黢的运输舰残骸。游客数量大概二十来人,潜行位置比尼克和卜冲深十几米,分散在船头船尾,都打着明亮的手电。尼克和卜冲从浅水区俯视,像看见一个挂着风灯湿漉漉的集市,人在集市上逛荡,巨头拿破仑鱼从外侧招摇而过,夜栖船体舱室的鹦鹉鱼不耐烦地躲避游客骚扰,海龟把前蹼举起来遮住自己脑袋,不让照相机强光照瞎自己眼睛……

卜冲突然间一个俯冲刺了下去,没和尼克打招呼。尼克愣了愣,跟着往下潜。卜冲灵敏地钻过一个塔状的船体破洞,像一枚制导导弹潜入有盖的船舱去了。尼克恼火起来,他们四个都在合同上签过字,决定不做任何违犯条例的潜水动作。进入有盖的船舱本来有风险,何况在漆黑的夜海。一旦被什么东西卡住或挂着,作为潜伴,尼克就要冒险去救……

卜冲很快就从有盖的船舱里游了出来,他臂弯里拉着一个女游客。没任何团队招呼这个女游客,她落单了,而且单独钻进了有盖的船舱。

浮出水面,几句话弄清这女子是个日本人,大约二十岁,亚洲型的高鼻深目。她喝过酒,一脸空白,拒绝继续交谈。

卜冲和尼克把她架到海边最近的度假村,原来她就在这度假村住,来了三天,晚上一个人租了设备下海。尼克怀疑她是想死在船里,卜冲在船舱里第一时间看了她的残压表,她的气瓶余量只有30巴。即便不是自杀,缓得一缓,也上不了岸了。

女人交给了警察,卜冲和尼克去名叫"安全停留"的餐厅吃晚饭,这餐厅历来供应极好的鱼。尼克吃着"烤马依马依",[①]咕哝说:"冲,要是那女人在船舱里死不出来,挂住了你,我可能救不了你。"卜冲喝着啤酒,点点头。

尼克摇摇手指:"下不为例!"

卜冲后怕道:"我来不及思考。我以为我看见了从前认识的一个人。"

二

白樱是这么一种美人,她身高一米六七,窈窕飘逸,整个人动起来笼着一层无色的岚气。她的脸型,粗看有点广东味,细看却不是那么回事,确定有点洋气。她眼窝深陷,鼻梁挺高,嘴型冷傲……不过等她一开口说话,一切又都变了,沙哑甜蜜的腔调令她脸容亲切迷人。

她声线天赋异禀,一开口就能吸引人们耳朵,仿佛耳朵是茫

---

① 马依马依:即鲯鳅鱼,马依马依为印尼音译。

然飞翔的蝴蝶,嗓音是花香。作为一名电台记者,白樱不必朝九晚五坐办公室,尽可以在魔都人流和林立的建筑物中消磨时间。她见多识广,哎呀,实在见过的人事太多,多得不该是普通人的见闻。有时候坐到话筒前面播音,她很想和听众说说心里话。可这心里话是什么呢?

要用亲切甜蜜直达人心的嗓音广播,对电台来说岂不是好?对她自己而言也不是坏事。可惜,她只要一开口,就只能扯天扯地说些淡话,心里有一个春天不肯发芽,有一团岩浆不能喷发。

从上海飞到巴厘岛,白樱心里还是恨得不行。

她刚学会初步的休闲潜水,拿到的是西玛斯证①。她心思并不在潜水上,她得赶紧找个地方消失。她恨自己,恨经营得很精心的生活总是人算不如天算。

巴厘岛最实在的不仅有景色和美食,它还不需要签证,随时可买张机票就飞来。这几年,白樱无可奈何地发现自己越来越需要及时消失。她是百分百的魔都市区原住民,魔都是她的家,她却不得不屡次离家出走,在巴厘岛这类地方隐姓埋名,等燃烧的东西慢慢收拢火焰,才低调回家,重新来过。

悄然离婚之后,白樱始终对自己的个人状况秘而不宣;儿子还是在她身边,她常带着小孩子出入电台大楼。可这没有用,谁的眼睛都是犀利的,谁的消息都稳准狠,胜过"本台讯"。电台里的大姐和老阿姨们不请自来,很用劲地想为她牵线,似乎她是辆特别好出手的二手车。后来她们轧出点苗头,不再来烦扰她,流

---

① 法国的一种潜水证件。

言蜚语就一点点起于青萍之末了。

流言蜚语的特征很多,有一种元素最厉害:想象力。八卦的嘴巴总和富有想象力的脑瓜长在一起,只要被这种肆无忌惮的想象力缠上,任性的故事总有一款适合你。

关于自己的风言风语越来越多,白樱暗暗观察,总还没说到她心虚地方。不过,她还是被这阴风刮到了,她有一股子哀怨涌上心头,弄得自己大大反常。别人还没注意到她空阔了的心情,她在意到了极点。

她冲动地找了那个不该主动去找的人,问了不该问的话,然后就只有面对后果了。

到一家拥有6米深玻璃水池的健身俱乐部学习潜水出于白樱潜意识中昏暗的怀旧,她其实害怕水,害怕被庞大的水体围裹。但是,她偶尔会在梦的深处看见海底,海底在梦里那般亲切,亲切得世间一切的亲切都不再亲切。海底为什么亲切,聪明如白樱,她是知道的。

飞往巴厘岛的航班热闹异常,白樱托运了自己的潜水设备,只背轻巧的双肩包,她的身姿有那么一种说不出的舞动感。她的步履富有弹性,是文静的弹性,并非运动式的矫健。她烫了头发,她望着远方,眼神不在现场。

航行时间不长,飞机在夜色中向赤道和东南亚挺进。巴厘岛的度假村是她在网上找的,价格适中,位置就在海边,散客也能住进独立的印尼木屋。

她喜欢那印尼木屋的照片:鸡蛋花树掩映下,屋子无比幽静。她需要独处，木屋是一种原始的遮蔽，原始人类就是在类似的简陋建筑里避开凶猛生物。木屋给白樱一种安全感，这是她最最缺乏的生活必需品。

出租车从高速路上下来，在窄窄的印尼街道上绕行，到处是奇异的石雕门神。印尼人家一大早就在门口放上了鲜花盘，烧着缭绕的香火。度假村的前台是包头巾的印尼男人，双手合十向她敬礼，及时送上清早刚摘下的各式鲜花。她谢绝了行李员，自己拖着拉杆箱向鸡蛋花树深处走，寻找自己的木屋。

大清早阳光就刺眼，她戴着墨镜看不清楚四周景物。路径上空无一人，远处有个男人坐在那里忙活什么，渐渐看清了是在拾掇他的潜水装备。这里很多来客都是潜水客，不足为奇。白樱收回眼光抬头去看一丛在朝阳里美艳的正红色鸡蛋花，忽然心头一颤。

老天！不会吧？

她猛地侧过脸又去看那拾掇东西的男人，是个侧影。此人聚精会神地琢磨着他的东西，那种专注的神色正是让白樱心头一震的诱因。人是改不了自己与生俱来的特质的。她看清了：上帝同她做了个游戏，她躲避到巴厘岛，原来不是清净之地，那个魔王竟住在此地！

这不仅仅是巧合了，白樱想，这是命运的安排。她立马想过去喝破卜冲的行藏：你到底在搞什么鬼？说！

不过她收住了脚，不动声色进了自己的小木屋。也许，等自己收拾好从木屋出来时，这魔王已经走了。缘分常常是这样的，有的人彼此间有缘无分，就算撞见也不能真正得见，仍会失之交臂。

可是,白樱的情绪一阵沸腾,越过了可控的界限,她无心收拾,倒在床上,用枕头捂住脸面。

时光如同破旧的粉壁,粉尘瑟瑟而落:记忆的深处有一场校园舞会,卜冲一脸挑三拣四的表情跑进舞会,很不礼貌地打量着女生们。白樱看了舞会上的卜冲几眼,回过神来。她知道这个男生,这男生是外语系的,因为善于赛跑而出名。每天早上校园田径赛道上以抒情姿势奔跑的男生就是他。白樱从宿舍窗户里眺望过跑步的卜冲,她一边梳理头发,发卡叼在唇上,一边打量那远远移动的身影……

三

水里很冷,抬头看,大雨打着洋面,海面布满碎玻璃纹线。

卜冲看见尼克在离他两米深的地方朝他招手,他吐出点气,沉到尼克面前。尼克指指深海方向,卜冲顺他手指看去,从暗蓝底色中淡淡凸显一条鲸鱼。细一看,不是鲸鱼,鲸鱼是哺乳动物不是鱼,这是海里最大的鱼:鲸鲨。

尼克和卜冲伏下上身,手放在肚腹上,慢慢向鲸鲨游去。偌大的海里,两个人,背着发出幽光的气瓶,像两只浮游的磷虾;鲸鲨通身暗蓝色泽,好比一艘沉默庄严的潜艇。

出水前,卜冲破天荒从海底沙砾中挑出一颗钢蓝色的死珊瑚丸子留作纪念。出得水来,蓝梦岛就在视域里,椰树婆娑。尼克驾着快艇向巴厘岛沙奴海滩疾驶,天边乌云已经越积越多,一场海上风雨看来难以避免。

"尼克,还记得六月里那场风吗?"卜冲摸摸额头的海水,心有余悸。

"嗯,"尼克喉咙里咕哝,"你把BCD穿上,最好再充点气。"对潜水员来说,BCD就是救生衣。

卜冲背上了带气瓶的BCD,气瓶还剩下50巴气:"我开船,你也穿上。"

两个人刚刚做好应急准备,海水就闹腾起来,一浪高过一浪,快艇本走直线,现在走起了立体舞蹈线。浪头扬起的海水粗暴地打在人脸上身上,好似暴雨如注。

右舷前方出现一艘小型潜水船,船上有人。

卜冲担忧地望了那艘潜水船一眼,扭头对尼克说:"海浪预报不准啊。"

他话音未落,已经接近的潜水船传来一阵惊叫,一个大浪把船掀得七十度直立起来,船舷边的气瓶滚落进大海,船才平伏下来。船上几个华人男女脸色煞白,死死抓着船舷边固定住的长椅,身上单薄,连救生衣都没穿……

尼克靠近驾驶船只的船老大,那是个皮肤暗黑的印尼人,瘦得像只螳螂。尼克用英语大喊:"行不行? 要不要帮忙?"

船老大温驯地看了尼克一眼,喃喃道:"不行,不行! 有麻烦了!"

卜冲放慢快艇速度,什么也做不了,只有伴着这艘潜水船,等待。等待什么呢? 等待风浪过去? 等待大风掀翻它? 不知道，反正，这当口只有等待，等着看看有什么可做。

卜冲聚精会神驾驶快艇，保持和潜水船的安全距离，万一潜水船侧翻，不至于相碰，还可以想法救人。他的眼睛衡量着两艘船体，监视着海浪，别的就无法顾及了。

潜水船上的潜客不多，两个男的死死抓住屁股下的长椅，脸色发白，水从头发上滚下来。女的一边呕吐，一边抬起头，她看见了快艇，立刻又看见了驾驶快艇的卜冲。

白樱呕空了早餐，呕出了胃液，现在一阵阵发虚，她看着驾驶着快艇还挺起上身的卜冲，想："他倒不晕船？"

没来得及想别的，一阵高墙般的白浪铺天盖地压过来，白樱只竭力长长地吸了一口满含湿气的海风，就翻身掉进了海涛……

人本身是不可能直直往下坠落的，浮力会把穿着潜水服的人推回到海面。白樱学潜水不久，经验不足，她死死憋着一口气，两腿往虚妄的大水里乱踢，没戴潜镜的眼睛看不远，只是一片蓝灰色的空间，到处游着细碎的小鱼。她抬起头，看见翻掉的船像一把大黑伞从天空罩下来，却不下沉；船舱里的东西在不同的深度游动，斜着往海底坠落。

白樱想，死神就要来了。

她没法想太多的事情，恐怕只剩下几十秒。她想斜着从翻转的船体下游开，好探头到海面吸气，可船体仿佛是个开玩笑的黑魔鬼，跟着她漂动，罩住她去路。她伸手摸到了船舷，船身滑不唧溜，又带着往下压的势力，不许她逃出生天。

白樱已经吐掉了大半口气，这时候，她忽然顽固地只想一件恼人的事:会死得很难看,还会被卜冲看见自己的尸体! 这太不成样子了!

她做了一个奇怪的动作,她把手收回来,紧紧捂住了自己的脸。

卜冲一个翻身下水,嘴里衔着呼吸器。他记得要救的是三四个人,要快。

第一眼看见的是船老大,船老大对卜冲摆摆手,他有能力自救。卜冲脸冲下看去,看见两个扑腾的中年男人,他朝他们潜下去,眼角看见了捂住脸的女人,女人被船笼罩住了。

卜冲愣了一愣,朝女人浮过去,他抓住她的小腿,把她从船体下拉开。离开海面不过四五米,他一个蛙踢就把女人带出了海面。

"呼吸!吸气!"他一边吐水,一边对着她黑发披挂的脸喊叫;女人噗地吐了口水,鼻翼张开吸了气。尼克抛过来一个浮球,卜冲喊道:"抱住,抱住浮球! 我还要下去救人!"

他再次潜下去的时候,一个男人已经漂得看不见了,另一个张开了手臂,喝了过多的水。卜冲让那人就着备用呼吸器吸了几口气,保持住呼吸,挽住他臂弯,把人带出了水面……他踢着水,感到筋疲力尽,眼前是跳荡不停的大海,尼克在快艇上。船老大紧接着做了一件伟大的事,他从水里带起了另一个男客,还活着。那个女子,紧紧抱着浮球,头露在水面上。

尼克哈哈大笑,用简单无比的英语一声声喊道:"挺住! 我们还活着!"

风浪倏然而过,大海平静下来,如一床丝毯。天上撕开口子,泻下壮丽阳光,海水又是碧色。卜冲首先把手里男人推上快艇,朝抱着浮球的女人游去……

白樱自从抱住了浮球就一直在无声地哭。海水是咸的,热泪也是咸的。

"女士,祝贺你大难不死。现在你可以许一个愿……"卜冲戏谑的声音出现在耳边。真是狗改不了吃屎啊,任何时候都想表现幽默,总要表现出高人一等。白樱遗憾地想:这个人要是严肃些、庄重些,他该拥有多少好日子!

白樱尽力庄重地从浮球上抬起头,撩开湿湿的额发,手掌擦了一把脸,擦去海水和眼泪。她以自己最矜持的态度发抖地说:"谢谢你救了我,卜冲!"

卜冲触电般收回搭在白樱肩膀上的手,他五官轮流颤动,眼睛鼓了起来。卜冲忽然从水面沉了下去不见了。白樱低头看见卜冲在海水里打转,手舞足蹈,像跳迪斯科。

他呼啦一下从水里冲出来,脸上全是海水,双手有力地托住了白樱,把她往快艇送去……

四

那一年的夏天跌宕起伏,正如宁静的海转变成惊涛骇浪九死一生的海,然后又慢慢归于平稳。

卜冲从校园林荫路上走过,穿着奶黄色休闲西服,潇洒得像一只有彩色硬壳嘴的犀鸟。女生同他打招呼,他一边慢慢走不停留,一边还嚼着口香糖,漫不经心挥挥手,留得乌鸦尾巴似的长发弹起一个波浪……

只要白樱走进卜冲视野,卜冲就变成了蹒跚而行的木偶。他的嘴唇发僵,膝盖发抖,看白樱像看夜幕里的极光。

白樱不可能时时刻刻和卜冲在一起,尽管卜冲如此盼望着。白樱在寝室里让卜冲看自己的黑白照片,不但有在校园里新拍的,也有从前高中时的照片和家里的照片。卜冲单单着迷其中一张:白樱坐在公园长椅上的侧影。她穿着长裙,微微抬着头,眼窝深陷,鼻梁挺直,望着远处,手掌摊开在膝盖上……

卜冲讨要这张照片的时候,白樱长长叹了口气,她用沙哑的嗓音笑说:"你完了! 你喜欢这张? 我看远其实是看近,看近时啥也不看……"

白樱乘着尼克驾驶的快艇向海岸归来,卜冲把快艇上仅有的两条干浴巾都裹在白樱身上,看也不看搭救起来的其他人,任他们冷得发抖。

救护车把三个华人潜客都送进了沙奴的医院。等结束观察,已经是第二天早上。白樱明白卜冲在医院大厅长椅上守了一夜。

十几年未见的人,彼此都感到生分。互相打量往昔痕迹,找到的却是陌生。白樱欲言又止,抿嘴一笑。

在名叫FOCUS的西餐社门口雅座坐下来,早晨阳光还不到热辣辣的程度,隔着遮阳伞,倒平添一阵暖意。白樱有点虚弱,卜冲一宿未睡,都需要热量。

服务生先端上紫砂壶煮的黑茶来,替他俩各注了一大杯。茶汤酽酽的,呈暗红色,热气袅袅。卜冲打开糖罐,用小勺舀起一方褐色糖,看一眼白樱。白樱睫毛一动,他轻悄悄把糖块放进她茶杯。

白樱喝了半杯热茶,胸口暖热,眼神亮了些。她觉得卜冲在端详她,她犹疑中瞥卜冲一眼,他眼圈发黑,眼珠子周围有红血丝。白樱笑道:"再次感谢你救命之恩!"

没想到卜冲脱口而出:"快忘掉吧!是谁我都要救的。先救女士再救男人。"

"你救我可不一样。"白樱想了想,坚持说,"这不简单。"

卜冲沉吟道:"是的,太巧了。命中注定。"

命中注定?一瞬间话接不下去。命中注定?这四个字平时都说滥了,此刻是什么意思?

大学里那个初夏,有一天白樱生了病,牙疼发烧,脸颊肿胀。卜冲说:"得去看医生啊,不能硬挺,你身子骨单薄。"

学校周围没啥信得过的医院,搭公交车转两次车能去军医大学附属医院。卜冲陪白樱去军医院,他陪她等公交车,抢一个位子给她坐。等转车时候,他站直了,让她靠在他肩膀上喘息。他不知道白樱生病生得多难受,恨不能就地躺下来,却还要硬撑住,站着等车。

不是啥了不起的大毛病,白樱就是着凉而已。医生轻描淡写开个药方让她回家卧床休息。卜冲眼疾手快拦下了一辆当年很稀少的出租车,白樱记得卜冲发现出租车时那种如释重负的表情。

　　他和她坐在后排,她靠在他肩膀上。摇摇晃晃的车像个摇篮,她昏昏沉沉睡着了。醒来的时候,肿胀的脸叫她流出一大摊带血丝的口水,那摊口水濡湿了卜冲衬衣的左边肩膀。他摸摸她脸颊,说:"真可怜!"

　　"我记得大学里你陪我看病,我流口水在你肩上了。"白樱放下茶杯,突如其来地说。

　　卜冲脑筋急转弯,笑了:"是啊,我记得。"

　　白樱用沙哑的声音低低地说:"口水臭臭的,那么一摊,难闻死了,真想对你说声抱歉。"

　　卜冲微笑,声音也低:"现在你抱歉过了,我听见了。那是你的气味,你没把我当外人。"

　　"喔哟,要死了!"白樱轻叱一声,脸发烫。这家伙,他什么都没变!

　　卜冲很会察言观色,他不动声色换了个话题:"孩子好吗?男的女的? 上学了吗?"

　　"你呢?"她不回答关于孩子的问题,"有孩子吗?"

　　卜冲愣一愣,脸泛苦笑:"我? 我没结过婚,哪来孩子?"

　　"为什么要一个人?"白樱有点声色俱厉,"为什么不成家?"

　　卜冲脸上淡淡的皱纹加深了,他仿佛瑟缩在她的提问中,嘴唇动着,一时说不出话。等说了,是这么一句:"你管我呢?!"

　　侍者送上美式早餐来,餐盘里琳琅满目:烤肠、油煎培根、炒鸡蛋、红番茄、黄瓜片和羊奶酪。

暑期结束重新开学的时候,卜冲收到白樱乘他上课还到寝室来的一摞子书。暑假里一连串的逗号,现在勾来了一个句号。卜冲把随身听的音量调到最大,反反复复听一个名叫"杨庆煌"的不知名歌手唱校园歌曲。等耳朵听不见声音,他从学校里离开了,一下子不知所终。

为啥俩人会掰?这是个彼此没解释过的谜一般的问题。

卜冲觉得自己不晓得内情,他始终怀疑有什么第三者介入。

白樱只晓得那时没什么第三者,她就是不能再继续下去,她走错了方向,必须走回原来地方,必须像没有过卜冲那样重新开始。

必须承认,那是对卜冲的一次突然袭击。她动手之前犹豫过,她怕一刀插在他心窝里,后果无法面对。后来她不犹豫,因为她感觉一把刀越来越靠近自己心窝,更怕自己被刺。一定有一个人会被刺,既然如此,那就是你吧!

五

"不需要害怕。完全不相干。鲨鱼对人没有恶意。"下水前一刻,卜冲再次做出"OK"手势,让白樱放心。

尼克把快艇停在鲨鱼岬海面上,风平浪静。他往黄色塑料杯里倒了一点事先做好、放保温壶里带来的咖啡,朝两个严严实实穿了潜水服的人点点头。卜冲先往后一仰,背入式下水,白樱跟着也扑通下海。

　　卜冲下水之后没急着下沉,他在3米深的地方观察白樱,带着专业的评估态度。白樱按经验吐气下沉,越过卜冲的深度,落到水面下七八米。卜冲俯视她,慢慢跟了下来。

　　大概就在10米左右深处来了群白闪闪带黄色细条纹的小鲳鱼。每条小鲳鱼有人手掌大,成百上千,像一堵变幻的高墙竖立在白樱周围,一扭身就换个位置。白樱被那种亮闪闪的华丽迷住了。

　　看了一会儿鱼,白樱觉得该往更深处潜下去。她扭头看卜冲,却见卜冲认真而讶异地凝视她没看见的什么东西。卜冲朝她转过脸,用手里叮叮棒朝鲳鱼群上方一指。顺着看过去,白樱看见了一条长相丑陋的鱼,这鱼有她手肘般长,阴森森盯着鲳鱼群。鲳鱼群现在如临大敌,更频繁地变化队形,一会儿升高,一会儿下潜。

　　卜冲又往鲳鱼群底下位置一指,那里也有一条相似但不相同的丑鱼,也和白樱手肘般长,摆出一副狩猎模样。

　　鲳鱼群不安地颤动着,如陆地上鸽群翻飞,只是静谧无声。两条丑鱼配合得像两只牧羊犬,赶得鲳鱼群四处奔突却紧紧凝聚在一起。

　　卜冲和白樱是这场围猎中两个体形巨大的旁观者,鱼群忘记了他俩的存在,围猎的风暴把他们卷在其中。鲳鱼呼啦一下从人头上翻卷而过,追赶的丑鱼却小心避开。

　　俩人观看了大概五分钟,围猎者还没明显的进攻动作,只耐心地驱赶并虎视鲳鱼群。卜冲招呼白樱下潜,他俩放空BCD余气。头冲下,扎猛子顺珊瑚群斜着往下游。海的色泽深暗了些,周围宁静却一派生机,不时有奇异物种游过。

卜冲接近了一片白色沙地,他跪下来,请白樱向他靠拢。他在潜镜后面凝视她,朝她微笑,把左手掌举到额头,做了一个有鲨鱼出现的手势。

白樱下意识环顾四周,向卜冲靠拢。卜冲用右手的叮叮棒指了指一座碉堡般宏大的珊瑚礁,左手从腰间取出防水手电,摁亮了。他低下头匍匐在海底沙地上,手电的强光刺入珊瑚礁底的缝隙。他抬起头,招手请白樱一起躺下来。白樱有点控制不住浮力,他伸手帮她放掉没放净的BCD余气。

白樱觉得自己像块石头那样倒向海底沙地,她向珊瑚礁底盘下看,卜冲的手电光正照在一条大鲨鱼脸上。鲨鱼表情呆滞,脸上几条微微翕动的鳃裂,它不耐烦地摆动尾巴,一转身露出了有白点的背鳍。

"白鳍鲨?"白樱吃了一惊,那是有攻击性的种类。她顿时从心底冒出恐惧和恼怒。

很多往事沉渣泛起,都关于卜冲这人的虚妄和自以为是。

你可以在食人兽面前怡然自得地冒险,别扯上我呀!

卜冲带她缓缓从鲨鱼午睡的洞穴边游开,他看了她好几眼,直到她摆脱开怒气,回看他一眼,对他点点头。

他俩继续下降到近20米深处。他对她做了个"OK"手势,让她在一座暗绿色珊瑚礁边隐藏。白樱从自己位置看出去,眼前是个断崖,下面有大坑。猛一看,已看到坑里阴森森滞留不动的几条黑色大鲨鱼,每条鲨鱼都有两三米长。她瑟缩地紧靠住珊瑚礁。

卜冲拿下呼吸器冲她一笑,指指手腕上的潜水手表,伸出五个手指,大概表示五分钟。他把呼吸器塞回嘴里,纵身朝外一蹿,呈现一条完美抛物线,朝鲨鱼群急降下去。

白樱心跳加速,她凝视卜冲。卜冲的身体如一个纺锤刺入了鲨鱼群。他的潜水服有一条淡蓝色镶边,这条镶边在暗沉沉的鲨鱼身体下不时闪烁。卜冲拧亮了手电,白色的手电光从黑色鲨鱼堆里冲出来,像探照灯的光束在广袤大海中漂荡。隔着鲨鱼群,白樱看见卜冲露出一对亮闪闪的眸子。他目不转睛看着她,她感到阴寒的心一阵灼热,她感到威士忌般的热流从体内泛出来,一阵茫然无措的心动。卜冲正在用古怪的方式、他自己的方式取悦她……

五分钟之后,卜冲慢条斯理从鲨鱼群里浮了起来,好比一条鱼饵被钓鱼人扯了上来。他鱼翔过来,关心地看看白樱;笑一笑拉起她手,带她缓缓上升。太阳光越来越亮,周围没了鲨鱼,五彩缤纷的小鱼和珊瑚呈现一个童话天地。

这种风和日丽的天气,海面休憩是很惬意的。尼克殷勤地帮白樱卸下气瓶,递给她热腾腾的咖啡和果酱面包。卜冲飞快地为白樱和自己换上新的气瓶,然后他脱下潜水服,接过了尼克给的咖啡。

白樱看看他,他这么些年练出了运动员的肌肉身材,比他实际年龄显得年轻、更有生命力。白樱知道自己已经不如过去挺拔,不过,风韵掩饰了身体的初步衰老。

“你喜欢那些鲨鱼吗?”尼克笑看白樱,“它们可是我和冲的老友。"

白樱弯起嘴角,想笑一笑,可惜没成功,她犹疑不言。她看看尼克这个局外人,对他笑了笑;回过头,她朝卜冲拉下了脸:"你从来、从来没有考虑过我的感受!"

卜冲哭笑不得:"从来?"

"从来!"白樱回过脸,猛喝了一气苦咖啡。

六

大一时,白樱从追求者中选择了卜冲。这让她想起一句歌词"跟着感觉走/紧抓住梦的手"。卜冲真实诚恳,清澈见底。

她又喜欢又紧张的是卜冲对她的亲热。一开始那是眼神的亲切,卜冲说看见她觉得有血缘关系。她极其喜欢卜冲看她时带来的那份热量,像跑在秋风里的兔子,忽然被枪筒死死瞄准,吓得快放弃时,枪筒射来了温热的胡萝卜……

起初卜冲是矜持的,他到了白樱面前,像菜粉蝶合起白色翅膀,乖乖停在花瓣上,纹丝不动。卜冲对她说:"我坐在你身边,这就是永恒。"白樱困惑地问:"大部分男生没觉得我漂亮,你吃错了什么药?"卜冲严肃地回答:"那些凡夫俗子!"

他们一起下食堂了,他们一起晚自习了。这是一种公开的宣告,摆上了自己的脸面和自尊作为赌注,是一场赌局。互相间温情脉脉,不考虑要是赌局翻了盘,必定是对方下的毒手。

　　完全出乎意料，白樱有一阵子不敢相信自己是被卜冲从海浪里挽救上来的，这太富有戏剧性，而戏剧性属于卜冲这种人的心灵，不属于白樱。

　　她发现卜冲和自己住同一个度假村，他并没流露喜悦，不过白樱了解他是个习惯于想得很多的人。

　　她明白现在他对自己有了救命之恩。

　　其实也不一定非要有救命之恩，白樱如今的尺度不那么死板。

　　白樱定位自己是现实主义者，高度现实，不可动摇。白樱记得当年自己曾对深陷情欲的卜冲说过："来吧，享受眼下的时光吧，我们不可能永远在一起。"那时候她设的时限是毕业，他们可以一起相处到毕业。哪知道卜冲挣扎个没完没了，像一只蚱蜢在蜘蛛网上不甘心命运，最后反而早早地挂了。

　　卜冲完全缺乏能力抵御白樱的突然失踪。

　　在宿舍里一觉醒来，他想：洗脸、刷牙、去食堂吃早餐，早上的课可以打瞌睡，大概十一点半就可以在食堂门口老槐树下等白樱。

　　不过白樱没有来，她人也不在校内。

　　卜冲开始了一种前所未有的漂流体验，像一个人被劈去一半，剩下的一半要进教室、去食堂、参加活动，然后回宿舍睡觉。他没胃口吃饭，也不想喝水，他摸自己的身体，真感觉少掉了什么。他想告诉白樱这种可怕的丧失感，他希望马上见到她。

　　两天无心上课，没准时吃饭。室友们都去上课了，卜冲钻在被窝里,有一种寒冷使他不能动弹。

寝室里宁静祥和,阳光照在凌乱的大木桌上,有只黄蜻蜓在窗玻璃里面上下飞舞,弄出声响。卜冲想离开校园,出去透口气,熬过这一阵再说将来。

有人咚咚咚敲门,卜冲无动于衷,也许是辅导员来找他问话;敲门人不耐烦,指节在门中间小玻璃上敲,奋力踢了木门一脚。

卜冲一骨碌坐起来,激动得像一只猿猴,灵活地从上铺滑到地上,鞋也不趿,在水泥地上溜冰般滑过去,拉开了门。白樱娇叱一声,沙哑而甜蜜地喊:"你在做啥呀? 我还以为你远走高飞了呢!"

"你才远走高飞了呢!"卜冲气恨恨,脸都扭曲了。

"想死我了!"白樱反脚踢上木门,一把搂住了卜冲……

自那之后,他根本没法上课、没法干任何其他事情;他大量而持续地在硬面抄上写诗,每个字都能烫痛她,同时烫伤他自己;他坚持每周六送她回家,从校园开始,历经一辆接着一辆公交车的摆渡,送她到苏州河边的公寓。那些车拥挤非凡,卜冲像扮演一个搪瓷罐子,把白樱包裹在里面,他说自己是一名"护花使者"……

过了没卜冲在场的这么些年,经历过很多不同类型的男人,白樱想起卜冲,明白了他那时是什么。见过一团白纸的燃烧吗?先是一朵火苗,将燃未燃,叫人不敢相信,因为白纸没任何卷曲焦灼,灿然火苗孤立其上;渐渐火苗在白纸上旅行,向纵深之地蔓延,热力逼人起来,白纸的边沿开始卷曲发黑,闪出明亮的虹彩;最后轰然一声,整团白纸竖立,火辣辣地开始了毫无保留的消耗。

白纸变成金黄色,每个分子都竭力招摇,说是幸福也好,苦痛也好,反正那是激越的、极端抒情的、无所顾忌的,更是自我牺牲的、壮丽的、无怨无悔的⋯⋯

白樱没自己的脚蹼,卜冲开车带她去沙奴海滩的另一边,那里有家大型潜水商品店,他买了一副新款流线超轻质脚蹼,送她当礼物。这脚蹼有点像镰鱼飘逸的背鳍,摆动起来袅娜得叫人开怀。

椰壳青青,并排放在度假村游泳池沿上,切开的椰子插着粉红吸管。

白樱和卜冲都在水下潜泳。卜冲教她使用新的脚蹼,如何打出涡流前行,这在珊瑚丛中可以尽可能保护好脆弱的珊瑚。透过夕阳投下的光影,白樱看卜冲,卜冲已和一条鱼类似了,他在水里没一丝一毫凝滞;他如沉鱼,能长长地憋气,完成复杂的水下动作。

他俩钻出水来喝椰汁,又相视一笑潜入水中。池水镶嵌了夕阳的金色,在水下看四周,岂非金色年华?

七

尽管暂时关闭了手机,遥远的信息还是从人流旋舞的魔都迂回地找到了她。

魔都到底是什么？一个巨大的蜂巢？一个疲惫时分没有床榻的舞台？一个人人过招的疯人院？一个任何鲜嫩都要被啃噬的名利场？

白樱想：魔都曾经是过什么？

是少女抬起凤眼看见的第一片梧桐叶，是嵌在橡皮泥里的大白兔奶糖，是话梅糖褐色凹凸的糖纸，是绷住的橡皮筋……

魔都是白樱的家乡，也是叫她觉得没有故乡的家乡，是她的起跑线，有时候又担忧会是戛然而止的终点。反正，她的幸福在这个城市神出鬼没，她的痛苦如影随形。

没人看得见她的隐痛，她可以装作得意。不过，她喝咖啡喝茶的时候，真相就回来了。真相不言不语待在她身边，像一个早就失去了她欢心的前任，无处可去，宁愿隐忍地旁观她徒劳地重新开始……

她不是没有过忘却魔都的瞬间。那天从游泳池起来，她思忖卜冲这个历来疯狂不计后果的人今晚会不会在月色下敲自己印尼小屋的门。她给不给他开门？

印尼小屋是人生旅程的飞地，它不属于她按部就班但求风平浪静的人生，它既然虚幻，她何必对这个小小的难以长久的空间负起责任？

卜冲令人绝望，但并非寡然无味……

她如此这般想好的时候，上海发来的信息进入她视野：

你在哪里？我想你了。

这条信息自然不是来自前夫，也不来自孩子。

那个发给她如此亲切信息的人，相比卜冲显得猥琐：他等着他的原配妻子在病床上慢慢死去，他用乞怜的目光要求白樱忍受流言蜚语。他甚至（据说）也没能力拒绝他妻子的护士对他流露的怜悯和爱惜……他比白樱大了很多岁，他垂垂老矣，却有一种能力吸引她……

大学生白樱不能把一周分成五天和另外两个整天，每一天都是连贯的，心事跨越每一天。周末，父亲看她的眼神越来越严肃和庄重。白樱的父亲那时是一名技师，在精密仪表厂已工作了近三十年。他身材壮实、头发花白。他有一女一子，他沉默寡言。

那个周六白樱躺在沙发上看书，看马尔克斯的爱情小说，父亲惯常慢步走来，从她手里拿开那本书，一只手抓住她臂膀，把她从睡姿扯到坐姿，说："你，不要昏头，用你的脑子好好想一想！"

一个沉默寡言的父亲对女儿说如此一句。够了。生活是直线的，一天连缀前一天；生活也不是直线的，人在不同维度里分化成谜语。

卜冲大学没能毕业，连铺盖卷和寝室里的藏书都没拿，他迈开腿就走出了校园。他记得自己不敢去向爹妈辞行，他半夜敲响了姑妈家门。好心的姑妈给了他充足的钱，还三更时分起炉灶，给他烙了几十个馅饼，馅饼上撒满了芝麻。

卜冲就这么离开了正路,落荒而逃,满带着羞耻和自责,像麻风病人,沿途避开人群。他一路向西,穿越了祖国的腹地,越过国境,进入了巴基斯坦,在那里滞留了三年。

回到上海和父母共度了无言无语的半年,他考了托福和GRE,拿到了美国签证和奖学金,到加利福尼亚州完成学业。

风尘仆仆一路奔赴前程,卜冲觉得自己在一条封闭的甬道里独行,甬道不是砖石和水泥的,是人体组成的。那些人体活动着,被一层看不见的空气膜包裹住,与卜冲隔离,能透出热量,却没有信息。卜冲拿出金钱来递过去,空气膜会破溃一个得体的缺口,有人的肢体伸出,递给他需要的货品。甚至,当他厚颜无耻递过去一卷金钱,也会有一个女体从空气膜的缺口里探出,脱掉衣服,同他纠葛在一起,让他平静下来,事后继续走自己的路……

一路前行,他没打听白樱,伤口既不溃烂也不愈合,好比一只冰冻着的切开的石榴。

八

海底有各式各样的沉船。

卜冲雇了一名印尼船工,他今天要求尼克一起下水,因为他们将违犯安全条例,需要尼克帮助以策安全。鹿岛这边这艘沉船有封闭空间,照道理白樱是没资格进入沉船的。白樱听见沉船便要求去潜,而卜冲想让她看的东西在沉船内部。

　　"那是艘满载货物的沉船,也就是说船当年沉没的时候是万般不自愿的。"卜冲带着点笑意告诉白樱,"我们要看到的是一场事故的原生态截面。"

　　"万般不自愿?"白樱觉得这句话吸引自己,"我很想看看万般不自愿的沉船。"

　　好比高空跳伞,万顷碧波之中,卜冲和尼克如两个保镖,一左一右护卫着白樱往峭壁下降落。阳光灿烂,海下一片欣然之色:海葵跳舞,鱼儿成群。

　　为了白樱,尼克和卜冲控制住下潜速度,不疾不缓往海下38米深度的沉船靠近。休闲潜水不能超越海下40米,白樱只拥有初级证书,其实不能下潜超过20米,也许她会有或强或弱的氮醉。卜冲事先对尼克说:"我想,她这一辈子也许只有这一次看沉船的机会,有你有我,让这成为现实吧!"尼克以沉默作答。

　　他们下到20米深度停留了五分钟。卜冲带领白樱平游,去看鹅黄色的笛子鱼。笛子鱼在珊瑚丛中划线,展示明媚的色泽。尼克作为观察者,认定白樱状态良好。他给了卜冲"OK"手势,三个人便傍着海下峭壁,吐出肺中空气,头上脚下往下缓缓降落,远处外海的深蓝背景上,有鲨鱼结群游过;也有孤独的海龟,往上或往下潜行。

　　越过30米深度,沉船便出现在深色的视野里。这是深海里一朵时间的菌菇。默默无声,却活色生香。三个潜水者俯视下去,深蓝水体笼罩一片淡蓝砂砾,不大不小的已经解体的沉船如大花散开的花瓣,缝隙里尽是大鱼浮沉;生出珊瑚和彩贝的船体被小鱼群缭绕,远看如烟似雾……

下潜前卜冲同白樱解说过氮醉的感觉和原理。潜水手表提示32米深度,卜冲轻轻挽住了白樱的手,让她面对自己。透过紧紧扣在彼此眼眶上的潜镜,他打量着她。白樱依然眼眶深陷,那种深思和犹疑的神色同印刻在卜冲心里的印象毫无二致。

离沉船越近,越能看清散落在船体四周结满水锈和珊瑚虫的货物。最显眼的是一些装载液体的铁皮桶,铁皮桶还没有朽烂,保持着原状。一些瓷器,完整的已陆续被先到的潜水者打捞,剩下不少蓝白色的碎片,好比落花萎靡在铁皮桶四周⋯⋯

白樱倏然感到怪异,这怪异如同专心看节目的时候突然换了电视频道。她抬起头寻找卜冲,卜冲正仔细打量她。他冲她做了个手势,示意她安心。

卜冲看看潜水手表,对着白樱和尼克表示有九分钟的滞底时间,也就是说,他们可以安全地在38米深度停留九分钟,不需要进入额外的减压程序。

卜冲请尼克带路,自己和白樱并行跟在后面,向解构的船体中间直潜。尼克笔直地刺进了一个舱门,那个门相比它原来的样子已经扩大了,黑乎乎地斜立在海底沙砾上。白樱看见尼克打开了手电,船体内部被照亮,显现出几条大石斑鱼的花纹。

卜冲轻轻把手搭在白樱的气瓶上,压住她微微的浮力,慢慢把她送进舱门。她的手电也拧开了,看见尼克安静地跪在船舱的中央,石斑鱼环绕他疾速游行。

卜冲也进了舱门,他和尼克同时举起手电,手电打在密闭的舱室顶部,那里都是铁锈和斑斓的贝壳。

清晰听得见彼此的呼吸,白樱忽然感到一种深沉的来自骨骸的宁静,这种宁静感前所未有,打不出比方。如果一定要形容,白樱想,这就如巨大的教堂顶上泻下乳白色阳光,信徒们跪在长椅上昏昏欲睡。

她不感到害怕,她明白自己有了浅浅的氮醉,她觉得身周的鹦鹉鱼很喜感,她想放声大笑。她猛然意识到多少时光以来,卜冲第一次让她有了安全感。看见卜冲,她相信这次违规的潜水全无任何危险,她会顺利回到海面。

卜冲的手电光打在他自己手腕的潜水手表上,他把表盘送到她面前,告诉她还有五分钟滞底时间,白樱点点头。这时候尼克和卜冲的手电光合在一起,慢慢移向船舱的深处。白樱首先看见两只生锈的气瓶,然后她看清了,气瓶后面有两具骸骨,属于两个潜水员。潜水服已经腐烂,不过,有一具骸骨漂着长长的金发……

他们在肃穆的气氛里游出有盖的舱室,慢慢向海面回升。今天阳光灿烂,透过海水,那份明媚让船舱骸骨带来的震撼蒙上了一层欣然的金边,生命在海水里繁盛,希望充溢在四周。回到海下25米,白樱感到电视频道倏然又回到原处,氮醉无影无踪。此刻,她很想知道底下那两具骸骨的故事。

回到海下5米,正开始做安全停留,来了一群银光闪闪的鱼,和那天捕猎小鲳鱼的丑鱼长得很相似。鱼群变幻队形,漫天而来,又灿然离去。

海面休息一小时二十分钟。卜冲除了咖啡面包,还准备了水果。

那两具骸骨是怎么回事?尼克和卜冲都讳莫如深。他们只知道那是一对西班牙老夫妇,他们失踪于一次编队潜水。而事后发现的现场似乎表明这是这对夫妇早有预谋的,并非事故。

"我想去潜一潜我们翻掉的那艘船。"白樱说,"我很想看看那艘船。如果那天没有你们出现,我应该在那船底下。"

卜冲转过了脸没有说话,尼克笑道:"冲准时在那里等你,船奈何不了你。"

白樱正琢磨说些什么,卜冲的手悄悄握住了她的手,他的手干干爽爽,刚从海里上来,竟然非常温暖。

阳光暖暖照在脸上,白樱靠在了卜冲肩膀上,那肩膀有厚厚肌肉,消解了快艇的颠簸。

她放松自己,看见满头白发的父亲坐在快艇的尾部,长长钓竿从他手里伸展出去。她凝望着很久不见的父亲,父亲转过脸来,眼神掠过她,带着挑剔的神色看端坐不动的卜冲。白樱着急去看卜冲,却见卜冲不慌不忙地擦拭自己的装备,如同那天她走进度假村看见的那个全神贯注的男人。父亲转回了脸去,他的钓竿正在缩小,白樱觉得是有鱼上钩了,没想到扑通一声,钓竿把父亲扯下海去,她惊跳起来,尼克笑嘻嘻递过一杯热茶。

卜冲冷不防问白樱:"你爸爸好吗? 这几天他给你发过短信吗?"

白樱悚然一惊,忙不迭回答:"我爸已经不在了,心脏病。"

卜冲说"抱歉"的时候,白樱眼前又浮现了父亲清晰的样貌。

"你爸爸不喜欢我,他连正眼都没看我一下。"卜冲第一次到白樱家拜访完出来,沮丧地对送他出门的白樱说。

那天,白樱站在苏州河边公寓楼门口目送穿淡黄西服的卜

冲慢慢走远。卜冲的步子还是矫健的,但他的背影属于失败者,
有着失败者共同的弓形。白樱赞同父亲后来的一句简单评语:
"嫩。"

"嫩",这是卜冲得到的唯一一个字,从白樱生身父亲之口。

九

记得那是在卜冲去她家拜访之前,卜冲对她说:"周末去我
家玩吧?"

她答应了,那是她自己的愿望,她同卜冲一般向往。

卜冲喜动颜色挽着她从校园出来,她这辈子没在公共场合
和一个男人如此亲热过。换过好几辆公交车,他们走进水边的
公园,他们没注意任何人,陪伴他们的只有又大又红的夕阳。卜
冲如此亲切,周围任何东西都在绽开花瓣,一种奇异的清香时隐
时现。走进卜家居住的市图书馆职工小区,白樱才想起自己并
不是上门媳妇,甚至不该在这里、在这时候出现。然后,她浑身
一冷,卜冲母亲的两只眼睛朝她转了过来。白樱很难忘记卜冲
母亲的神色。

晚餐尼克没再来。在沙奴主街上的中餐馆里,他俩喝了一
整瓶法国红酒,然后换了一家有红头发女郎演唱的酒吧,卜冲喝
莫喜多,白樱还继续喝红酒,换了一瓶澳洲苏薇侬。

卜冲举着酒杯,他的眸子躲闪在碧绿的薄荷叶后面,他冲她

说："白樱，你一点儿没变，你沉鱼落雁！"

白樱竭力从很多很多的思绪里脱身出来，像从蚕蛹里挣出来的那只褐色蛾子，绕着蚕蛹飞不远，却热烈扑打翅羽："你给我喝了很多酒。喝了酒，我记不得任何东西，我只看见眼前。"她的眼睛眯起来，笑了。

可卜冲像一只亲近却做了去势手术的漂亮公猫，容色既明朗又忧郁，只伸手抚摸白樱飘洒的长发，手指带一丝爱怜，落下去却重新握住了他的酒杯。

白樱的手机在振动，她拿起来关掉它，关掉它之前她瞥了一眼那条留言：

> 你确认自己没危险？这般不辞而别可是第一次……很久没有和你搭档打桥牌了，我手痒难忍，我可不可以约上一局，你什么也不说，就直接出现在牌局上？这样是否最好？
>
> 有你这样的知音，真不知我哪辈子修来的福分……

白樱看一眼卜冲，卜冲正观察她。她下意识做了个"甩蛛丝"的动作，又对卜冲媚笑了一下。笑完，怀疑自己不得体。但是，第一次，她对写短信来的年长朋友产生了一丝生理的恶心。

卜冲向红头发招招手，点了一支 Temptation。红头发女郎拉长喑哑嗓音唱了起来。

卜冲妈妈的声音干巴巴的，这位女图书管理员对儿子带回

家的女生虚无地点点头,坐在椅子上,连欠身都不曾欠一欠。卜
冲父亲远远走到天井里侍弄花木去了。卜冲忙不迭在厨房里替
白樱倒茶。白樱局促地朝"伯母"笑了笑:"天气真热。"

　　她开始后悔跟着莽撞的卜冲没头没脑闯进这个毫无待客准
备的空间。怪谁呢? 当然怪卜冲。

　　二十来岁的毛头小伙子历来是白樱心怀疑虑的,爸爸说过
男人的成长会带累一个个女生,爸爸希望她不要被"赤膊蟋蟀"
带累。成长都要付代价的。怎么不成为别人的代价,这需要一
个姑娘有脑子。

　　卜冲已充分展露了他不管不顾的个性,卜冲拉着她跳进河,
却不给她准备救生圈。

　　她记得从酒吧离开的时候主街上已灯火阑珊,没有车辆经
过,连行人也寥寥无几。

　　卜冲犹豫了一下,笑盈盈挽住了她的腰肢。

　　那一刻,好像断肢再植,时光的轮盘嘎嘎倒转过巴厘岛青色
的街石,回到遥远的初吻的晚上。同样是橙黄色月牙之下空无
他人的小路。

　　白樱紧紧依偎着卜冲,他们仿佛要把彼此拽住,一松手就会
长出叛变的羽翼。她记得自己没有走路,慢慢和卜冲飞过石子
街、飞过门口雕刻着门神的印尼人家,有人在暗夜里喊他们去做
按摩,他们飞过度假村的锦鲤桥,站立在傍晚同游同栖的泳池
边。她记得卜冲捧起她脸,轻轻吻了她的眼眶和鼻梁……

　　可惜,酒多了,后面断片了。白樱记不得后面的夜里发生过

什么。

卜冲看出了母亲的神色,他勃然大怒。白樱不但看见了这个年轻男子的怒意,而且看出他母亲开始屈服在他的盛怒之下。她可怜兮兮对着白樱笑了,说了几句无关紧要的客气话。她站起来去下厨,晚饭在别扭的团聚中艰难地开展。

白樱想要回家,可是卜冲坚定地对父母说:"明天我们有活动,今晚白樱住在我房间,我去你们房间睡。"

夜幕之中,她躺在他狭小的行军床上,小小房间堆满了书,他是不是乘着暗沉沉夜色进来过呢?他进来过,让她百般为难。她记不清楚了,她很久很久没回顾了。回顾没有确定的意义,时间和时间之间充满了斑驳的缝隙,不值得回顾的事件纷纷沉入时间缝隙一去不回。

第二天一大早,卜冲推出自行车,带着白樱驶向近郊的一座小山。

卜冲比她早到,他端坐在锦鲤池边的早餐厅,慢慢啜吸着早餐咖啡。白樱早上睁开眼睛曾竭力分辨他来过她印尼小屋的痕迹,却看不清晰。一大清早,手机留言再一次扫了她的兴:

> 可以告诉我你在哪里吗?我请了假,我可以坐飞机到
> 天涯海角去找你。

她觉得自己分裂在一些立体碎片的三维接合部,往哪一个时空看,都有一个矜持的白樱,或端庄或得体地行走和坐卧,人

人对她露出满意的神色。不过,她觉得自己是标本盒子里一只被昆虫钉死死钉住的凤蝶,行动不得,根本不能够往任何一个维度里前进。卜冲向她脉脉地张望;那个年长的朋友在卜冲看不见的维度里向她张开手臂;已经很久不交谈的前夫拉住孩子的手,不让孩子扑向母亲……

卜冲等她款款坐下,殷勤地走到厨房里亲自去为她张罗一份魔都式的早餐,印尼人打趣他,几个婆婆笑嘻嘻跑出来,黑肤色的脸亲切打量白樱,对她说早安。

她吃完早餐的时候,卜冲忽然冒出一句:"每个妈妈,最后都会跑回孩子身边。白樱,你也要回去了吗?"

白樱的咖啡杯一个打旋,脱手落在水泥地上,砸得粉碎。

十

请杰罗姆和汉斯代了几次班,已没法再离岗。乘白樱休整,卜冲和尼克照常去巡游各潜点。上岸在那"安全停留"餐厅吃午饭,尼克喝着冰啤酒看卜冲:"怎么气瓶里还剩不少巴气,你就一副要出水上岸的样子?"

卜冲迟疑,用餐刀割着牛排,放下刀,抬起头:"你是说我和白樱?"

尼克很认真地点点头:"你们很古怪啊。不是吗?古怪!"

"你认为该怎样呢?"卜冲把没吃完的牛排推开。

尼克跟侍者要咖啡,他兀自摇头,对着卜冲看,又摇头:"冲,你他娘的活像一只寄居蟹,探探头,又缩回壳子里去啦!"

小艇载着他们三个,驶到了海中央。

尼克穿得像个得重感冒的家伙,把周身裹得严严的。他已经轮流看了卜冲和白樱一个多小时,他喃喃说:"人应该更明智些。"

白樱潜完这一场,过十八个小时就飞。她对卜冲说:"我要潜下去,看看我自己的那条沉船。"

尼克环顾海面,说:"今天风平浪静,你们两个下去吧,祝你们愉快。"

穿潜水服的时候,卜冲问白樱:"你记得上次看见两条捕食小鲳鱼的丑鱼吗?"

白樱点点头,不知道他想说什么。

"那是鲹鱼,一条是巨鲹,另一条是金鲹。它们是搭档,一起捕食。"卜冲念叨着,帮白樱穿戴BCD。

他们跨步入海,一起缓缓下沉。

一男一女单独在浩瀚大海里潜水,非常容易让人产生"燕双飞"的感觉。卜冲伸开双臂,对着白樱模仿飞翔,白樱也张开双臂,上下挥动,突然间收起手臂,低头向下潜去。

白樱已很适应下潜,只需做吞咽动作就能完成空腔平衡。海水一片湛蓝,没什么大动物经过。卜冲避开白樱的目光,同她利利索索向躺在海下30米深的新沉船潜去。

船不太爽快地斜躺在海床上,鱼没多少,倒有一只玳瑁好奇地在船甲板周围凫上凫下,探究着这片新领地。

　　白樱很认真地绕着沉船游动，察看自己从这船上摔下海去的确切位置。潜水手表显示这里是海下 31 米深，她等待着那种氮醉的感觉来临。

　　卜冲从胸口掏出了一块写字板，又从 BCD 口袋里掏出一支笔。他写了写，对着白樱举起了写过字的板。

　　透过丝丝银色波光，白樱觉得氮醉如千万条章鱼触手抚摸自己前额，她看见卜冲写的字：记得你来过巴厘岛！

　　白樱弯一弯嘴角，笑了，她觉得人要是在海里流泪，透过目镜，海就成了康定斯基的抽象画。

　　卜冲冲着海面吐出一个铅色的气泡，气泡明明暗暗，光华闪烁，叫人看了目眩神迷，仿佛它就是人在青春时期产生的爱。这气泡兜兜转转，竟然没有破裂，完整地升上海面去了……

　　送白樱去机场的是尼克。卜冲乘着白樱上车时候塞给她一个信封，转身就走远了。白樱在路上打开信封，原来是她当年寄给卜冲的分手信。她翻开泛黄的信纸，其实她能背得出自己很久前写的那些话：

　　　　……对于一个一张白纸似的女孩子，其实你该慢一点再慢一点，小心些再小心些……
　　　　分手依依……

尼克从后视镜看着白樱，叹了口气，咕哝了一声。

"你说什么，尼克？"她抹去泪珠。

尼克耸耸肩，透过后视镜看她，又耸耸肩："我觉得你俩是天生一对。冲应该和你一起回去。"

白樱扑哧笑了,她不晓得如何对一个美国人解释"有缘无分"这四个中文字。

白樱办理了行李托运,拿到了登机牌,她排队经过安检,进入明亮而安静的候机大厅。她平静地在长椅上坐下,放下随身包袋。接着,她的手指碰到一个硬物,藏在衣袋里卜冲给她的信封里。她探指进去,原来卜冲还放了一枚东西。

白樱还没弄明白那是什么,只感到自己猛烈地颤抖,像是劳累过度的病态反应,同时她的泪水无缘无故淌了出来,止也止不住。

她打开了手机,她觉得一股悲伤的勇气让她有决绝之心。她竟然误按了父亲留下的旧号码,然后她醒悟过来,给寻找她的年长朋友发去一段流畅的文字……

她随着登机人流步入机舱,她看见巴厘岛的蓝色天宇和机场周围连绵的椰子树,觉得自己刚被从手术室推出来,割去了什么悠久存在于体内的东西,但又什么也没缺少。

一种呼吸到新鲜空气般的轻快爬上她心头,她感到疲倦里有一丝微微的熏醉,仿佛田野上稻花在雨前的墨色中低飞。有种小小的清香蒸腾起来,若有若无进入她新生的舒服感……

白樱从信封摸出了那枚东西,刚蓝色,自然之物。她仔细看,看明白是一颗漂亮的珊瑚丸子,布满时间和海浪的细纹。

进入平飞之后,空姐送来了滚热的咖啡。

4

下降流

一

从塔比拉兰机场去阿罗娜海滩,过桥时候,莫滔望着蓝色潟湖陷入了冥想。他忍不住怀念十二年前在澳洲大堡礁浮潜时追过的那条大青衣。

青衣,对很多人来说,是宴席上一道佳肴,对莫滔,却是跨越物种的奇恋。那天也奇怪,特别奇怪的一天啊。烟草公司在全球的政府关系人员都到了道格拉斯港,大老板把雪茄从嘴里拿开,咧嘴一笑:"先潜天,再潜海!"

所有人,不管会不会,都练练胆量。

上午,直升机啪啪啪响,人好比在陀螺里往上旋,一下子宾馆变成了小积木。与莫滔同机的泰国女人保持着曼谷式甜笑,手却下意识捏紧了莫滔的胳膊。

还好并不要求自己一个人跳,是挂在职业老手胸口一起跳。往机舱外蹦的时候,莫滔觉得心脏收缩成一枚核桃,汗水从腋窝涌出来,远处泰国女人的尖叫类同鸽哨……他缓过气后,觉得迎面扑来的大地锦绣缤纷……

下午,所有人都变得大胆莽撞,上船时候,一个接一个开鲨鱼玩笑。

气垫船足足往外海行驶了两个小时,在一片浩瀚碧色中停泊。澳大利亚船员指着不远处一摊翠绿,那是深潜的人和浮潜的人共同的目的地。

那会儿,莫滔还不能说会潜水,他只在北京极限俱乐部的玻璃缸里接受了初步训练,拿过一张中法合办的初级证书,却没下过海。至于没下过海何以拿到证书,只有天晓得了。不必对老外解释,永远解释不清。

莫滔是有头脑的人,他选择了让自己显得资历浅却更有把握对付的浮潜。

呼吸管咬在嘴里,戴好了潜水面镜,大堡礁的海水清凉宜人,涛声温柔得像儿歌。莫滔脸往水里一浸,嗨,海中央的珊瑚礁是歌里的草原,是书里的林海,是妖精出没的游记……

就那个瞬间,莫滔看见了大青衣。

一道绿光滑过珊瑚的平原,像猫那么大的一条青衣刹那浮近莫滔,它屏息静气,腹鳍张开,定身在海波里;莫滔惊奇地在面镜后睁大眼睛,往下一个猛子,朝斑斓的一摊绿扎去……青衣真是绿色的代言鱼啊,浑身深深浅浅明明暗暗的绿斑,中间嵌五色灿烂线条,赛过一圈圈的等高线地图。它等莫滔向它伸手过去,一个滑翔式泳姿,游离他指尖,又在下一朵珊瑚上等他……

莫滔抬起头,看同在珊瑚礁上浮游的同事:欧洲人和美国人的皮肤晒得黝黑,亚洲人一个个白生生的。

　　他埋头于澄澈海水,继续寻找那条青衣。青衣耐心地在一米之外等他,它鼓鼓的眼睛没有笑容,却充满好奇。莫滔吞吐着呼吸管输送的海面清新空气,沉入了午后之梦……

　　青衣且逃且驻,那一身斑斑点点流线型的绿,令莫滔产生熟悉又陌生的生理冲动:很多年没忘情追逐女孩子,这追而不得的感觉太可贵了,要哭了……午后天气晴朗无云,阳光透过海水,操纵层层光线涟漪,好比春天的毛毛雨,沾湿了硬珊瑚。莫滔发现一种舒服的节律,人顺着这节律游动,腰肢起伏,足以想象自己是海豚。

　　莫滔想,我是一条海豚,追求一条美不可言的青衣,这是一个属于大海的恋爱故事。那青衣,仿佛享受被追逐的快乐,如十六岁少女,不停逃开,不停回头凝视莫滔……

　　莫滔终于累了。他抬起头,踩着水,把潜水面镜推到额头上,抹掉眼皮上的海水,四处张望。心,骤然急跳,咚咚咚,一声高过一声,他眼前发黑,真要昏过去:公司雇的船不见了!不但船不见了,刚才还周游身边的同事,一个也不见了!

　　这种事在澳洲不是没发生过。今天接待蜂拥而来的公司客,船潜公司破了常规,谁能好好清点上船人数?烟草公司的人马早晨刚跳过伞,中午兴许偷偷喝了点酒,晃来晃去,在船上移动,谁又能记得住谁?

　　莫滔感到四肢发软,一阵阵心慌电波般在胸口发动。他看看天,太阳高挂,他看看海面,波平浪小,珊瑚礁深蓝淡绿,视野里三百六十度海天一色……

完了！

腿肚子上被什么轻轻碰了一下，莫滔吓一跳。他把面镜戴回，面镜在海面蒸出了细密雾气。他用力把面镜脱下，放到海水里漂洗，再努力戴回去的时候，绝望地焦虑起来，简直想哭。他低头往水下看，正看见那条大青衣温柔地往他腿肚子上又蹭了一下，好比陆地上的一只猫……

要节省体力，不能绝望！

说说简单，谈何容易？

莫滔终于伏在水面上，拍动脚蹼，用呼吸管呼吸，这样最节省能量。他看不清珊瑚，也看不清那条青衣；他看见黄昏，看见夜晚降临，看见漫天寒冷星斗，他看见从海底浮起黑色鲨鱼……

莫滔吓得从水里抬起上半身，啊啊呼喊着环顾四方，还是什么也没有，只有波平浪静的广袤大洋，阳光灿烂……腿肚子上，青衣不依不饶地轻轻蹭他，他伏下脸看那水中绿色的大鱼，它是传说里的死神吗？

莫滔神经麻木了，他伏在珊瑚最靠近水面处的海水上。实在无力的时候，也许可以踩在珊瑚上喘一口气。大青衣漂亮地打了个回旋，浮到莫滔面镜底下，叫莫滔真真地看清了它：一条被红色金色线曲折分区的墨绿和亮绿交织的典型咸水鱼，海是它的家，它想留住莫滔，如人从水里钓出它的同类……阳光刺透浅浅的水，照亮了青衣，如一个魔鬼，它浑身绚丽得耀眼生光……它的眼睛调皮地打量着落单的人……

莫滔本以为出租车会行驶在阿罗娜海滩和大批宾馆餐厅游

乐场之间,让他到达潜水俱乐部之前饱览美色,可出租车一直在稀疏的热带树林里行进,周围是椰树和简单的农家棚屋。一问司机,才知道没什么海滨公路;海滩在左边树林的那一头,车要拐进树林,首先抵达潜水俱乐部和宾馆的背面,然后,"先生您提上行李,走下海滩去,您会看见薄荷岛的大海"!

原来如此,莫滔明白了。车拐进一条破破烂烂的羊肠小道,如开往野外一个农家,停在一栋老房子背后。

他从车上跳下来,不急着拿行李,迟迟疑疑看向几个黝黑的本地女人。一位菲律宾大婶问司机:"客人去哪里?"司机说:"潜水!"

莫滔忽然看见救星:有辆自行车载着个西方人驶近来,四十来岁的瘦男人从车上跳下,司机拦住他:"先生,有人找潜水俱乐部!"

莫滔不等白人发问,恳切地伸出手说:"先生,请问附近有PADI①潜水俱乐部吗? 我第一次来。"

瘦男人别别扭扭笑了,举起自行车下台阶:"PADI? 我那家似乎是呢!"

莫滔就此认识了大鲸潜店老板西班牙人蒂亚戈,认识了蒂亚戈,才会认识他妻子。

---

① 国际专业潜水教练协会(Professional Association of Diving Instructors)。

二

找旅店住可不能随便。对一个单身来潜水的人,旅店将是他的大本营,或者成为他的麻烦窝。

大鲸潜店背后就有旅馆,不过莫滔观之却步,与其说这是旅馆,倒还不如说这是家看不见旅客的大宅。他把行李扔在蒂亚戈店堂里,往热闹的东边走。没几步,海边就又有旅馆,再走百米,好好儿有家像样的宾馆,外面对着海的半露天餐厅里坐着很多西方客,也有亚洲脸。进去看房,房价正优惠促销,他下意识摸摸口袋,松了口气。拉开窗帘,房间玻璃窗是固定死的,外头一个长满野草的院角。无线网络信号试了,极好。衣橱里还有个不小的保险箱。

既然找好了住处,不急着去拿行李,天色尚早,差不多下午四点。莫滔半身汗,关起门冲个凉,拿起背包,到宾馆门口喝一杯。

景色如画,比画浩荡。如果有人拿着饮料站起来,往前十步就是下海滩的石级,海滩很短,马上就到白沙清水。

坐在桌边望海,海水颜色既不是深蓝,也不是天蓝,是正点的海蓝。白色螃蟹船停在岸边,远处也有。有人在近岸浮潜,看得见他们的面镜和呼吸管。莫滔目光回到宾馆门口几棵大王椰上,看见它们,人才确认这是热带。圆脸的菲律宾女郎把他要的椰子送来了,椰子上的刀口是斜着往下砍的,砍出小碗那么大的口子,白椰肉衬起微甜的水……

半夜航班一路劳累被椰汁甜润了一下，莫滔看见右手前方雅座上两个男的一齐痴望打横坐的女生，女生背对莫滔，正咯咯笑。

莫滔猜这三个人说汉语，听了听，原来和莫滔自己一样，都讲上海话。他看不见女生的脸，只看见齐肩黑发和丰满的背影。一个男生长得不错，眼窝深陷，眼睛发亮，笑容含蓄，大约二十多岁；另一个男生年纪相仿，方脸黑皮肤，三角眼，满脸胡楂，咧嘴大笑。

喝完椰汁，莫滔站起来签单，背着包走宾馆和沙滩间的泥土小路，往西去蒂亚戈的大鲸潜店。他走了几步，忍不住回头一望，正望见坐两个男生之间的那个女生的白脸，她眉毛粗黑，嘴唇肉嘟嘟，看着比男伴们年轻些，别有一番韵致。

大鲸潜店分成三个部分，面向大海，呈一条线铺开。东边部分是露天游泳池，周围放一圈白色躺椅，红鸡蛋花盛开。中间部分是潜店店堂，分成前台和教室。前台坐一个深肤色的菲律宾女秘书，负责记录和收费。前台旁有一排不起眼的储物柜，上头放免费茶包、洗净的杯子和热水，供客人自助。教室有会议桌、椅子、黑板，也有投影仪。店堂西边那部分，是潜店清洗潜水装备的水池和储物间。

潜店离开沙滩有一大段距离，靠潜店玻璃墙放着几张咖啡圆桌。往外还有晾潜水服的几排衣架，衣架边亮堂堂明晃晃堆放着十几个用过的气瓶。一个大而长的厚木桌横放着，供人出水下船后先搁下背后气瓶。载客出海的螃蟹船泊在视野里的沙滩边……

蒂亚戈颇有些人马为他打理生意。门口一张小圆桌旁围坐几个土著小工,小声吃点心聊天;中间小圆桌旁坐了两个说法语的老头,边喝热茶边聊潜点;东边小圆桌旁坐着英国人路易斯,蒂亚戈在或不在,都由他接待客人。

莫滔走过去,路易斯慌忙站起来,笑着同莫滔点头。莫滔笑笑,开门见山:"我总得挑一个潜店,现在就得做决定。你们的价格怎样?"

其实他了解阿罗娜海滩潜店的平均价格,潜店之间不可能有大的区别,他想谈的还有其他事。听路易斯一一道来,莫滔就问:"你们的潜水向导是什么国籍?"

路易斯自己是潜导,英国人;另有法国人加斯东和德国人汉斯;再有就是本地菲律宾潜导了。

莫滔说:"我准备在这里潜一阵子的。我要做一次复习潜,还要一对一潜导,行不?"

"一对一潜导每次加收五百比索。"路易斯点头。

"有什么优惠呢? 一般潜店都有优惠吧?"莫滔已经在往外掏潜水员资历证了。

"潜十次送一次。"路易斯冷静地说。

他走到店里去付定金,看见土著秘书身边原来还坐着个欧洲女人,金褐色头发,三十多岁年纪。她同莫滔笑笑,说自己是莎拉。菲律宾秘书笑着挤挤眼,莫滔恍然道:"哦,老板娘吧?"夫妻店,蒂亚戈神龙见首不见尾,一会儿没影子了,莎拉暗暗坐镇。

他付过定金,把自己的潜水计划跟莎拉大约说了一遍,听起来比别的客人想潜的次数要多,是个好客人啊,也不讨价还价。

说好了第二天就安排复习潜,然后在近岸无流海域加潜一次。一日两潜,中规中矩。莎拉和路易斯手指摸着墙头白板一起排班,次日潜导只有加斯东和菲律宾人。讲定要加斯东当潜伴,莫滔告辞,第二天一早八点半再来潜店。

天气热,坐了一夜飞机,在马尼拉机场又等到下午才转飞薄荷岛,莫滔倦意上来了。走回宾馆,又在门口餐厅坐下,要了瓶本地啤酒,冰镇沫子冲着喉咙。他瞥一眼风景,看那两男一女还在原来位子上,说着莫滔听来一清二楚的上海话。

匪里匪气的那个男的说:"你不用担心,游泳池里培训一上午,下午就能下海,我在你边上,你怕啥?"

女生尖叫了一声:"我怕的,我最怕水。你还是跟张琪一起潜吧!"

名叫张琪的那个漂亮男生笑笑:"我也要先培训呀,我俩一起培训多好。"

粗豪的那个又笑了:"他陪你培训,我王气瓶陪你潜水。你培训完了就归我。"

女生粉拳打过去:"你们俩去培训潜水,老娘自己一个人玩薄荷岛!"

"我不放心。"张琪说,笑吟吟的。

"我实在不放心!"自称"王气瓶"的那个笑说,"'这里'的菲律宾男人个个同我一般健美,你可能会看昏头。"

"放心!"女生抬起头,黑头发飞扬,"我有定力,我坚决不下水!"

三

空调很足很凉,睡眠却断断续续。

梦来得突然,人是在浅浅海水里,离开海面差不多只有五六米,就是潜水归来做五分钟安全停留的那个深度。莫滔在水里捏住鼻子,做空腔平衡,耳朵有点痛。

父亲学校院子里的池塘漂着翠绿细密的浮萍,荷花零星开放浮萍之上,有一种钢蓝色的豆娘在荷叶上浮动,它们举起透明羽翼休息,露珠在荷叶上滑行……父亲讲课声轰鸣着从教学楼三楼涌出来,汇入夏日的市声。

莫滔大概只有十来岁,刚跟着父母搬家,从市中心搬到城西。他形容不出搬家的感觉,他感到气闷,感到肚子胀气,已经好些天没好好大便;他别扭,觉得大便时附近有莫名其妙的眼睛偷看他;他从马桶上立起,气恼地跑走。父亲忙着备课,母亲忙着采购和整理,他们只摸摸他头,扯扯他耳垂,亲昵一两记,没关心他的便秘。

莫滔跟父亲来他学校,在他办公室喝学校给老师们预备的冷饮水,自己和自己下飞行棋。父亲上课去了,他跑到池塘边看荷花,看见了豆娘。

豆娘是小蜻蜓吗?蜻蜓把翅膀摊开,豆娘却把翅膀举起。莫滔伸手,小心翼翼想捏豆娘翅膀,豆娘往前一溜,又停在荷叶上。莫滔努力一够,成了!他捏住了豆娘的薄翅,手指间有一种细微的质感,像捏着有纹路的玻璃纸。这时候,脚下干泥松塌了, 莫滔莫名其妙看见自己眼前浮萍多了起来, 越来越近, "噗"一声, 他进了池塘, 脸越过了浮萍, 到了水底下……

空腔平衡做了好一会儿, 终于莫滔低头看见了在脚底下又七八米深处等他的潜伴; 他放弃了直立姿势, 低下头竭力朝海下扎猛子, 耳朵疼得受不了; 他又浮起一两米, 直立在那里再次做平衡。他明白自己的配重轻了些, 现在回去加配重没可能, 只好再次埋下头, 往深处扎猛子……

浮萍底下光线黯淡, 像一个人突然从阳光下钻入一个密室, 莫滔看见每株荷花底下都有长着青苔的老坛子; 阳光从被他撞开的浮萍缝隙刺进来, 如密集的几束灯光; 小小游鱼疾速拐弯, 鱼脸上显大的眼珠呆呆看着沉下来的莫滔; 浮萍在合拢, "灯光"慢慢灭了……

莫滔觉得自己耳压平衡没做好, 不过, 他还是潜到了 12 米深度, 赶上了潜伴。他的耳朵不太刺痛了, 可耳朵深处留着难受的感觉。他想看清楚自己的潜伴是谁, 可就是看不清, 那个人一个劲儿急急往下钻, 像海下有什么目标。莫滔环顾四周, 能见度不怎么好, 蓝色海体里有很多漂浮物, 像天空飞满了灰尘……

小孩子浑身都沉到了池塘底下, 他一直憋着气, 现在姿势成了仰躺, 眼睛看见浮萍变成白色云彩, 微微透出叶面另一侧的绿。云彩遮蔽了莫滔, 消除了一个儿童落水的痕迹……

他吐出一串气泡, 转过头看见了池塘里那只有名的老王八。老王八惊恐地瞪着眼睛, 伸直有褶皱的头颈, 从一只倒扣的破瓦罐后面偷看莫滔; 莫滔憋得受不住, 嘴巴不知道怎么张了一下, 猛喝了一大口池塘底下的臭水……

空调突然发出咔咔咔的声音,像一个人的手被卷进了复印机,莫滔一下子睁开眼睛,怔怔看着房间里的暗。他想起来了,他在菲律宾。刚刚到达,是来潜水的。

打开门,他像吃了感冒药一样,昏昏沉沉往明亮地方走。不过夜里十一点,晚餐是收过了,地球上各个角落来的人还在夜色里坐着,喝酒闲聊。

他要了一杯莫喜多,从朗姆酒和糖水里把薄荷挑出来放在桌上,几口就喝尽了。一股凉意化成暖流,物理上暖了他心头。他坐着打开自己的潜水日志,翻到空白页上,一笔一描,想画出脑子里飞舞的豆娘……

他一瞥,又瞥见了下午的那个上海姑娘,现在她面对他这方向坐着了,没在笑。男生不是两个,只剩下了一个,背对莫滔。男生说:"要么是他,要么是我,你早做决定,我虽然同他是兄弟,也不能同他分享你!"

"你不要逼我。"女生的嘴嘟起来,眼睛看着夜色,没看男生。

"唉!"男生长叹了一声,仿佛叹息里藏着深的灼热,"小珠子,你想想我们的马拉松也够长啦!我俩中学坐在你背后,我俩看着你变啊变,我和他变成连体婴儿啦!再这么下去,你都快成我俩的娘了吧?现在,我已经准备好:快刀劈下来,连体婴儿一分为二,你挑一个,另一个自奔前程。"

莫滔听得出神,打响指又要了一杯"自由古巴",朗姆酒在可乐里,好比猫在夜色里,太有活气了!他喝着,听那女生回答。

女生说:"你俩约了我来,不是来玩?我上当了,你要逼我做我不想做的事!"

她越过男生肩头,戒备地瞟了莫滔一眼;莫滔和她目光接了一接,转过脸望着余烬未灭的烧烤摊,用英语大声喊服务生结账。那女生不再看莫滔,她伸出手,在那长相和脑子同样费劲的男生头发上撸了撸:"回去睡觉,别闹了!"

莫滔站起来回房间再睡,一路自言自语:"真是说得不错,有点像娘和傻儿子啦!"

早晨闹钟鸣响前五分钟,莫滔自然醒了。他按掉闹铃,把脚蹼、潜水靴、潜水袜、连体两毫米潜水服、面镜、一级头、二级头、潜水手表小心翼翼放进帆布包,一级头用毛巾裹着。他还往这包里放了浴巾、牙膏和眼镜盒,眼镜盒里放了近视镜和零钱。墨镜戴脸上,其他重要东西放进不带走的背包,背包直接锁进了房间的保险箱。

他在宾馆门口坐下来吃早饭:美式香肠煎蛋加咖啡。身体得了热气,近来一直发僵的胃舒缓下来,他呆望蔚蓝天空和同色海面。

见到加斯东,莫滔愣一愣,他本以为加斯东是个小伙,原来竟是个瘦瘦的小老头,大概五十五岁往上,头发都开始秃了。加斯东问:"现在就开始复习?"

莫滔跟他走进教室,加斯东开始在黑板上写字,帮他回顾每下潜10米增加一个大气压之类的常识,莫滔笑嘻嘻点头,抢着把知识点说出来。加斯东走完一套,说:"下泳池吧!"

莫滔发现自己忘记如何把气瓶和其他装备组装起来,等弄明白,从泳池浅水慢慢往下游到深水去,他还是熟稔的。加斯东让他把呼吸器二级头从嘴里拿开,放回去;把二级头扔掉,用手找回来;水下解掉配重,戴回去;面镜排水;脱掉面镜戴回去……加斯东把一块配重铅块掏出来放在池底,慢慢吐气,沉下脸去吻铅块,让莫滔照做。莫滔吐出胸中气,缓缓沉下嘴来,也碰一下铅块。加斯东往浅水游,回头细看莫滔打蹼,点了点头……

出了水,加斯东说:"喝杯咖啡,我们下海吧。"

四

很多人喜欢到东南亚潜水,这里服务到位。莫滔和加斯东坐着喝咖啡,潜店的小工忙着把气瓶和一级头连接好,固定到BCD上去,最后检查余量表,指针指在200巴。

加斯东介绍说:"现在去的潜点叫大屋礁,我先让你找到中性浮力,然后你跟着我。不用担心。"

莫滔问:"有海流没海流,大不大?"

加斯东做个苦瓜脸:"没什么好害怕的,潜水本身的意义就是放松。那里没有海流,平静如水族馆。"

莎拉满面春风走出店来,高高兴兴发音勉强地用汉语招呼一声"莫":"去湿一湿,俺,湿一湿吧!"

"哦,你嫌弃我们太干了!"加斯东看着她,若有所思地说。

"去你的,老不正经。"莎拉挥挥手,带个孤单的印度姑娘往泳池去找人。

加斯东背上重重的气瓶和装备,朝沙滩走去。莫滔放下咖啡杯,央求小工帮忙他将装备上肩:"重了点,我怕扭了腰。"

他小心翼翼跟上加斯东,螃蟹船在浅滩上下起伏,一个黑三角脸的菲律宾船工阴郁地站在船头,看他们吃力地跨上船去。海面多么美丽,淡绿中隐隐约约看见摇动的珊瑚影子,群鱼在船舷边忽隐忽现。船工示意莫滔和加斯东面对面坐,保持船体完美的平衡。他发动了雅马哈,船朝海的宽处疾驶……

到了潜点,加斯东做个"OK"手势,问莫滔可不可以下水。莫滔尴尬地把涂了牙膏防雾的面镜递给三角脸:"谢谢,帮忙!"三角脸一笑,接过去,俯下身子拿海水洗面镜,洗净牙膏,交还莫滔。

跟着加斯东跨步入海,俩人在海面上浮了三十秒,莫滔检查自己的面镜和呼吸器,加斯东什么也不做,看着莫滔。然后,俩人双双举起低压管,排出BCD余气,一下子,人浸到清澈海水里。

加斯东像块石头那样沉到了海底沙滩上,莫滔很久没潜水,他不停吞咽着,想平衡耳压,有几次痛楚来临,又悄悄减弱,大概折腾了半分钟;他觉得面镜死死扣在鼻子上,叫他头晕,于是他用力掰松了面镜,水没进去,人一下子松快了,耳朵也立马不疼了。他吐出长长的气,觉得自己降落下去,看见加斯东就在眼前。加斯东朝他点点头,领他往下潜。

他们降落到了一道海底峭壁前,峭壁是黑色的,仔细看,上面长满了纯黑色的软珊瑚,大大小小五彩缤纷的热带鱼类在珊瑚上打转。加斯东回头看莫滔,莫滔觉得自己很舒服,对他做"OK"手势。加斯东加力往下潜,莫滔头冲下跟着扎猛子,抬起手腕看潜水手表,深度一个劲儿增加,已经到了水下26米。

加斯东开始平游,用手里叮叮棒指给莫滔看稀罕的鱼;一条绿色笛子鱼漂过,没音乐,只有海水轻轻的咕咕声。加斯东用棒子挑开海葵和毛头星,叫莫滔看里面躲着的红身白点虾……往峭壁外侧看,但凡你有开阔空间恐惧症,就会心跳加速了:浩瀚的大洋无边无际,人像小鱼浸在巨大蓝色水体里,依赖背上那只储藏空气的钢瓶来呼吸。若空气耗尽没有救援,一个人顶多拥有三十秒钟清醒时间,然后就是焦虑和意识模糊,终至于失去知觉……

莫滔想其实这是最省事的解脱方式,快得让人费解,连回顾最珍惜的往事也来不及。

盘底不久,慢慢上浮途中,加斯东继续当一个卖力导游。两条柠檬黄的蝴蝶鱼好奇地环绕着加斯东,他看上去像个在鬓角戴花的老头;加斯东在离海面10米的地方掏出红象拔,拿备用二级头往里充气。俩人在5米深处做安全停留,莫滔感到不由自主的浮力,他竭力往下扎猛子,把肺里空气一个劲儿吐出来,还是不奏效。加斯东伸手扯住他,一直等到五分钟的安全停留结束。

浮出水面,莫滔鼻子里流出橙色液体,不是血,是某种有内容物的体液,他厌恶地把橙色东西往海水里抹。加斯东说:"我觉得你的配重轻了,应该要十二磅。"

回到大鲸潜店,加斯东飞快地卸下装备和气瓶,跑泳池去了。莫滔慢慢把气瓶搁到室外大木桌上,一道道解开快捷扣和搭扣,表演缩身术般把手臂从BCD里往外抽出来。只见那莎拉走着曲线从泳池边过来,脸上全是笑,好看得很。她直接跑到莫滔身边,叽叽呱呱说:"那边两个日本客人可真是滑稽透了! 他们听不懂英语也说'哈依、哈依'！路易斯在教他们潜水,结果那个日本人一'哈依',面镜还在额头上就潜下去了,喝了好一口水!"

莫滔觉得莎拉靠得很近,他笑道:"哎呀,那泳池的水,可没海水好喝!"

莎拉笑睨他一眼,似嗔似喜:"我们天天换水的。"

"那你还不亏钱?"莫滔说,"老板娘你不太会做生意!"

第二潜和第一潜隔一顿午饭,人要在水平面上待够休息时间。加斯东让莫滔吃了午饭随便什么时间来,来了再叫船。

阿罗娜海滩,人来了就知道,绝对是个小地方。游客都像海底礁石上的鱼,住在哪里就在半径500米范围里吃喝拉撒混潜店。

莫滔和餐馆老妇打了招呼,刚选个位置坐好拿菜单来看,就见那两男一女同乡人东张西望走过来,站在门口看菜牌。老妇像条海鳗从自己洞里射出去迎客。

他们坐下来时看了莫滔一眼,莫滔大大方方用英语问了声日安。女孩子甜甜回他一声"好";两个男的,一个腼腼腆腆对莫滔一笑;粗豪的那个没笑,用上海话说:"这个日本人我们天天碰到,也蛮会吃的!"

又旁听他们三个对话。原来两个男生在东边那家华人开的潜店交了钱。英俊的初学,下午要下泳池;满脸胡子的有潜水证,等那个学完,准备一起去潜。女孩子拿定主意不下海,打算一个人参加旅行团,薄荷岛一日游,看眼镜猴子和巧克力山。那巧克力山,是《哈利·波特》女巫骑扫帚飞来飞去的取景点。

"还是我陪你去吧！"方脸男生觍着脸，"张琪培训又用不到我，自有教练嘛！我总不见得在房里睡觉。我同你去，帮你背着包包。"

张琪笑道："今天我培训，明天我休息一天。要不，我们还是三个一起去？我也想看看眼镜猴子，别的地方看不到。"

女生嗲道："讨厌！一点机会也不给我，岛上这么多帅哥，白的黑的。你们太可恶，简直是老娘的拖油瓶！"

两个男生哧哧笑："我们俩，你选！一个当你老公，出局那个，只好叫你老娘！"

莫滔这年龄，看男孩子比较透明了。他闻言看看张琪，又看看那个"王气瓶"。就他眼光而言，张琪看上去比较有心计，他掩饰着自己；"王气瓶"其实一直在生气，不太快活。女孩子喜欢哪个？还说不好。很可能一个都不要！

五

下午潜水地点是PPB，名字的意思是"绝佳中性浮力"。

加斯东很早就跑到船上等莫滔，莫滔却磨磨蹭蹭，在潜店门口反复琢磨自己的装备。中午他吃了只龙虾，加斯东只翻开自己包包，摸出个三明治。老头身上的装备是他自己的，有点旧了，不过还不至于破。他回答莫滔的询问说："不，我一个人在菲律宾过。"他说法语，其实却又不是法国人，他说自己是意大利人。

这次俩人是背滚式入水，往后一仰身，气瓶首先入水，然后是头部。由于BCD充了气，人就像跌入水晶，身上一凉，眼前天海翻转，升上水面，一种晶莹剔透的舒服感觉。

莫滔略做努力，特意松了松面镜，鼻压马上平衡了，他直直降落在加斯东身边。水下是个白沙缓坡，潜水者顺坡而下，心情特别容易放松。水面上路易斯带着一对日本小夫妻和一个中国姑娘，看去都是初学者，空腔平衡做不好，一个下去，两个上来，像在锅里下饺子。加斯东恐怕是想帮一把，伏在沙地上，一直往上看。莫滔看看余量表，还是200巴。加斯东漂开一点，拿叮叮棒拨开水草，叫莫滔看。一只绿色海马，尾巴卷住水草，悠然在浅滩午睡；黑色的龙鱼漂过，像个迷路的贵妇人。

路易斯筋疲力尽，终于放弃了，他带着三个顾客向水面浮起。加斯东和莫滔转身向深处潜去。

什么是伊甸园？莫滔睁大眼睛从一簇簇花团锦簇的海洋生物上方漂过，千奇百怪的鱼虾海葵，都在动。阳光灿烂，海下是光的舞池。远处，海龟在朦胧光影里上下。暗处，海鳝游动……

加斯东带着路，他不是个多事的人，只安安分分带路。莫滔出神了，眼下他嘴里有一口气，气瓶好好儿地供着他，无忧无虑。岸上的事，命运的好歹，远在天外，丝毫不能来占据他。多日以来，第一次如此忘情。一条金枪鱼从外海游来，加斯东指指它，莫滔茫然看着。这里是大洋，无论金枪鱼也好，海龟也好，千秋万世，和他莫滔也就是金风玉露一相逢。过去不曾有缘，今后无由再见。海里没有人的同类，人潜下来，只是看看，只是看看，什么关系也不会发生，没有恨也没有爱。

什么是伊甸园？假如我们如潜水般经历人世，抱持看看的态度，没欲望占有什么，没欲望触摸美丽如触摸珊瑚，那是不是就如同在伊甸？

来到了 22 米深处，加斯东在岩礁间寻找着什么。莫滔腕子上吊着新买的水下手电，这是中国制造、特地向俄罗斯出口的水下手电，功力强大。加斯东向他招手，示意他伏低到白沙地上，加斯东打亮他的手电，莫滔也第一次拧亮手电，两束白光向阴暗的珊瑚礁底下射去，汇聚在一条鲨鱼头部，照亮了它木呆呆的眼睛和钩形的嘴。鲨鱼的背鳍露出来，是白鳍鲨。传说中噬人的鲨鱼被他俩搅扰了午睡，烦恼地晃动尾巴，只等无聊人类兴尽而返。

莫滔觉得自己有一瞬间和顺宁静地等待着鲨鱼，等待着可能的疼痛，希望那撕扯可以爽快些暴力些，希望一切很快就可以过去……

加斯东带领的上升悠然缓慢，因为这里是缓坡，的确感到浮力容易把控。等接近水面七八米处，加斯东从口袋里摸出一块包着扣带的铅，扣进莫滔的配重带。浅水增加的浮力被抵消，莫滔立刻感到悠然，稳稳停留在安全停留深度，看加斯东给象拔充气，用线绳放飞到海面。如果潜水员不想被来往船只撞到，象拔是唯一的浮标。

下午的海滩上阳光有点凶，游人大多躲在空调房里，或去了附近按摩店。加斯东脱掉潜水服，和莫滔击掌，致意今日同潜。萍水相逢的潜伴就是如此，在海里互相拜托，到了岸上，一切安好,还可以友善告别。

"下面几天我来潜,还同你去?"莫滔问。

"问莎拉吧。"加斯东点起一支烟,"我不知道啊!"

莎拉在店里。午后的潜店,连土著秘书都回家睡午觉了,空空荡荡,难得安详。

莫滔招呼一声莎拉,自己去储物柜上拿茶包泡茶。莎拉问:"你要不要咖啡?"莫滔拿着茶包犹豫,莎拉说:"我有古巴咖啡。"

莫滔等着看莎拉的古巴咖啡,莎拉打开前台底柜,拿出一大袋子深红色包装的SERRANO,她笑看莫滔一眼:"等着,马上就有!"她跑出前台,往教室里去。

莫滔走到阳光灿烂的潜店门外,加斯东杳无踪影,海和天浑然一体,一只瘦猫在大木桌下横杠上耸起肩骨,固执地闻着一摊积水。

莎拉拿来煮咖啡的壶,把咖啡粉倒在滤袋里,壶开始咕噜咕噜地蒸馏,莫滔靠在前台上,问莎拉:"你和蒂亚戈在这里待了多久啦?"

"五年。"莎拉说。

"生意好吗? 能挣钱?"

"还好。八月份和圣诞节欧洲人多,十月份和二月份中国人多,平时美国人、日本人和韩国人也不少。"

"菲律宾怎样? 难道这里的官儿……"莫滔大拇指和食指相擦。

"哦,你说贿赂,"莎拉摇摇头,"他们当然要贿赂。"

咖啡滴漏在玻璃壶里,悠远的香味,令一切苏醒。闻到这股香味,莫滔忽然走神,他想起自己跌落在父亲学校的池塘里,喝了池塘里的水,感到窒息。浮萍如雨滴,却不落下,遮住了他的天空。他觉得那时有一种力量,要把自己带走,去往令他战栗之处……

"给你。"莎拉递过滚热的黑咖啡,莫滔抿了一口,馥郁!

莎拉坐在前台里侧,莫滔靠在吧台前。阳光反射出细尘,尘土卷着咖啡的清香。谁也不说话,只有咖啡。

莫滔偷偷看了莎拉一眼,莎拉凝视着远处的海。

"上海,听说人比这里的鱼还多?"莎拉笑道。

"怎么说呢?"莫滔酝酿了一下,"我们市中心有个广场,那里有地铁换乘站。你在高峰时刻下地铁去看,就像到墨宝潜水看沙丁鱼风暴!"

莎拉开心地笑起来:"沙丁鱼风暴? 在地铁里旋转? 无法想象!"

"你们呢? 住在马德里还是巴塞罗那?"莫滔问。

"我们是阿利坎特人。你大概不知道这地方。"

"我去过。"莫滔笑了,"我去过那里看大理石矿。吃过一种粉红色的贝类,柠檬汁浇上去,贝肉就收缩成一团。"

"啊,是的! 我们爱吃这个!"莎拉眉飞色舞。

"太奇妙了,时空!"莫滔说,"你可以从一个跑开,进入另一个。"

"你明天还来潜?"莎拉问。

"我还来。我想去一次巴里卡莎,听说要预约?"

"好的。我今天约。巴里卡莎一定要去的,这是薄荷岛潜水的精华!"

"听说海流很大?"莫滔关心地问,"我不想同很多人一起潜,我想要一对一潜导。"

"这个季节,我们潜导不多。我看看能否找一个。"莎拉出神地望着前台一侧墙上的排班白板,"你知道,潜店的戏法,只有到出发上船,才万事俱备!"

"我必须要一对一潜导。"莫滔认真地强调。

"你不用!"莎拉笑了,"别担心!我问过加斯东,他说你很棒!"

莫滔扯动脸颊肌肉笑了一笑:"我有自知之明。"

六

吃了点国内带来的饼干和牛肉干,莫滔冲个凉,在房间里睡了两个小时。潜水是个累人的活儿,尤其对他这不尴不尬的年龄的人来说。然而,醒来还是白天,想看海上火烧云都还没到点,天际尚镶着冷色圈。

莫滔到吧台要了杯智利红酒,慢慢喝着看微信。朋友圈好比一个小小银河系,没他参与其中,照旧浩浩荡荡旋转。

看见那张琪从宾馆东面华人潜水店走回来,头发湿漉漉,脸上挂着高兴的笑。女孩子从隔壁小杂货店蹦出来,两个人手拉着手,跑下沙滩去。叫"王气瓶"的老兄杳无踪迹不在现场。莫滔一笑,知道自己成了半被动的窥视狂。

半被动的窥视里也有主动的好奇,莫滔想:"逻辑上推理,现在只有一个结果了。女生喜欢了两个里的一个,另一个退出便是时间问题。不过,以什么样子退出是看点。"

想起印象中那个"王气瓶",莫滔猜测他的身份职业:可能是个体育教练?或者是个……城管?而拼命掩饰自己的张琪却不叫人好奇,他可以是任何职业,一个普普通通的上海男人。他在朋友面前装,朋友一转身,他很自在地搂住了对方还在同他竞争的那个女生……

喝过红酒,吃晚饭还早。莫滔决定往东面繁华地走一走,看除了潜水,阿罗娜海滩还能干些什么。

路是泥路,坑坑洼洼。右手边海天生辉,妙不可言,左手边旅馆、餐厅、潜水店、水果摊、小超市鳞次栉比排开,人间气象,只中间路难行。这就是菲律宾岛屿:人需要的都有了,还顾不上雕琢细节。

莫滔走到一个分岔路口,要么往左手走上坡,要么沿海滩继续走泥路。他选择了走左手上坡路。甫一转身,正看见那"王气瓶"从一家按摩店闪身出来,满脸心满意足看起来愚蠢的笑,差点和莫滔撞个满怀。

莫滔停得一停,让过了"王气瓶",看清眼前是家旅行社,并非什么电话亭。这小小旅行社只一个柜面,柜面外头放一张长沙发,三个土著女孩在柜台里头坐着。

莫滔问岛上的旅游项目,无非看那些圈养在树林里的小小眼镜猴子,不过得花一天时间,因为散客凑成一车,大家你要看东我要看西,谁也不能早回。除了那猴,那巧克力山,还看什么蝴蝶与当地动物,价格出奇便宜。若要吃午饭,另外自愿掏钱。

莫滔付了钱,却不确定何日去,旅行社也随意,只要他提早三小时通知即可。这里是小地方,小地方的好处是自由度大!

旅行社出来再往前探,就都是些吃东西的地方。当地人爱好烧烤,炉子早已吱吱响,烤鱼、烤鸡、烤牛肉,乌烟瘴气。不过,侦查散步是有用的,莫滔发现了一家中国餐馆,里面坐满游客,清一色中国面孔。等胃不肯再敷衍当地餐品,中餐馆的存在实在有益健康。

走回头路,下到秀丽海滩徘徊。很多黑黑的菲律宾土著在水里扑腾,手里推一只浮动网篮,像捞什么海产品。海滩边有男女放着红白塑料桶卖海胆,只要你敢吃,他们就撬开带刺外壳,让你吮吸那美味的土黄色海胆黄。华人潜店的大船非常漂亮,浮在海边,上面空无一人,遗下一排钢瓶……海上的云变红了,该吃晚饭啦!

其实,潜水本身没什么可怕,只怕一样东西,就是突发的海流。莫滔被加斯东看出一直在害怕,他害怕的正是海流。每逢潜水,他总要问海流大不大。

今天他很有收获,快一年没机会下水,今天下了两次海。现在,他心里已经不想是否遗忘技术细节,那实证过了,时时当心即可。有样东西靠当心没用的:变幻不定的海流。

莫滔晚上俭省,在自己宾馆门口坐下,点了份烤鸡饭配当地啤酒。等烤鸡饭的时候,他有大把时间想海流的事。

他没学潜水时就听闻过海流的可怕。他知道古都金陵有个女潜水员在科隆群岛失踪,怕是碰上了人见人怕的下降流。莫滔尝试过放流潜水[1],那是在印尼,船把你载到海流的上方,下饺子般把人下到海流里。像风吹蒲公英种子,潜水员们顺流而下,好比坐上了顺风车,不需要自己打蹼。周围珊瑚如宽银幕电影扑面而来,好一番美景。到了气瓶快耗尽,大家一起升水,船已在等你,它是跟着你们漂下来的。那是愉快的体验。

他也尝到过不那么愉快的:考PADI高阶证书需要夜潜,其实就在巴厘岛东岸,潜的是图蓝本的美军自由号运输舰残骸。夜色里莫滔跟着女教练潜,周围上下到处是夜潜人的手电光,简直跟逛海底夜市似的。不过,升水途中碰到了难得的海流,海流从东南往西北,沿着岸冲下来,女教练在水下急得像只野猫,等奋力逆流浮出水面,已经不由自主被冲出二三百米,如若残骸不是紧靠岸边(这船是被历史上的火山岩浆带下海的,并非自然沉没),很难说当天晚上会不会遭罪。

送上来的烤鸡出乎意料地好吃,菲律宾人用了神秘的作料,叫鸡肉产生植物的芳香。莫滔想起那晚从图蓝本的海水里冒出来,水凉得很,腿肚子因为用力打蹼抽筋了。教练带着去"安全停留"土餐厅吃晚餐,他点了"马依马依",就是鲯鳅鱼,中国人叫"鬼头刀",也就是《少年派的奇幻漂流》里派靠着吃它们活下来的那种鱼。这鱼是色彩变幻的大家伙,在图蓝本卖得很便宜,鱼肉好吃极了,满满一大盘,嫩嫩的,跟随冰啤酒顺流而下,进了莫滔肚子。

---

[1] 在洋流强劲处下水,顺流而下,在洋流的下游出水上船的一种潜水方式。

要猛地来上升流,休闲潜水潜得不深,拼命吐气扎猛子吧,情形再坏,也就是进高压氧舱,还能捡回条命;怕只怕一个突如其来的下降流把你压到七八十米深度去,那就太复杂难料了。上升过快是个死,升不上来也是死。

马上就要去巴里卡莎,巴里卡莎绝非什么疗养胜地,那里常常出现危险的海流,其中不乏下降流。哪怕下降流不一招致命,对于没经验的人来说,应对失措也是致命的。

莫滔想到莫测的大海流,不由得一挥手,又要了一份烤鱿鱼,爱吃就多吃点吧。这顿晚饭利于冥想,他第一次没在饭桌边看见那两男一女。

七

又一个早晨他自然醒,醒在闹钟鸣响之前。

阳光比前一天更灿烂,大鲸潜店里没什么人,前台坐着那秘书。秘书对莫滔微笑,其他人不见踪影。

"今天谁带我去潜呢?"莫滔微笑问。

"汉斯。"菲律宾女人回答,"他马上就来。"

"莫先生,你的BCD和气瓶我还没装,"一个黑黑胖胖的小工走过来,"你的呼吸器是好牌子呀,我怕放在门口被人踩到。你下海前我再帮你装。"

"好呀! 谢谢!"莫滔拍拍小工肩膀,琢磨什么时候给他小费合适。

来了个眼珠子蓝蓝，眼袋松得有点往下挂的西方老头，腰还有点佝偻。莫滔朝他点点头，正准备走开，老汉说："是莫先生？我是汉斯！"

"汉斯？"莫滔迟疑了一下，"您带我潜水？"

"是啊！"汉斯毫不迟疑地回答，"我在这海滩上带人下海潜水已经二十五年，每天平均下水三次！"

莫滔肃然起敬："您家也在菲律宾？"

"我一个人过日子。"汉斯说，"喏，就在前头海滩边上，住在朋友海边别墅里。"

"今天你准备带我潜哪里？"莫滔指指店里海图上密密麻麻不知如何挑选的潜点。

"潜哪里？"汉斯露出一个苍老的微笑，"去看沉船吧？那船不大，就叫作'大鲸潜店沉船'，怎么样？我喜欢那个地方！"

"好！"莫滔不知道为什么，有点喜欢这德国老头，他潜了二十五年，恐怕有资格对这里所有潜点如数家珍。

上了船，太阳烤得人不耐烦，清澈的海水如同微笑的妇人，让人靠近。

汉斯和驾船的三角脸土著打招呼："里铎，往沉船去，那里今天很平静吧？"

里铎古怪地笑了笑，说了句土话，汉斯露出羞涩的笑容，笑容很像老年人。

到了地方，船熄了火，里铎主动伸手接过莫滔的潜镜，俯身于船舷，在海水里洗去牙膏。汉斯先下水，莫滔交叉小腿，脚蹼翘起，也背滚式入水，享受海浪对他的吞咽。莫滔戴着潜镜一低头,好家伙,汉斯已沉到十来米深处等着,他看也不往上看,凝在水里,像沉思者。

莫滔觉得自己也算一个好汉了,没怎么做空腔平衡,人就沉了下去。也许得感谢加斯东替他找到了正确配重,今天腰里正好十二磅铅块,大约相当五公斤半。找到中性浮力是潜水快乐的前提,好比知道自己酒量,恰恰喝到那个点,停下来不喝。

汉斯像等了莫滔半辈子似的,一看到他稳定的眼神,彼此做个"OK"手势,就举起低压管,一边连续排气,一边石头般直坠下海洋深处。莫滔照做,把肺里空气连续排空,人往下坠,海水越来越蓝,耳边越来越寂静,他看看潜水手表,深度好比股市不断报出的上升股价,短短两分钟竟然就下潜了近30米!莫滔知道如何形容这速度,他做过对比:这就像陆地上一个人在十一楼小高层建筑顶上,两分钟内俯冲到地面。

蓦然见到了那沉船!船就在他们身下不远处,颓然卧于海底白沙上,船身笼层轻烟似的,围满大小游鱼。

汉斯像只蜻蜓,朝沉船飞下去。莫滔有点晕,他看看潜水手表,32米了!

大海如一只巨大无比的蓝色染缸,呈现没阳光直射的蓝色空间,凝滞的、无声的、眼睛望不穿的暗蓝……莫滔觉得自己是琥珀里那只小虫子。

他跟着汉斯头冲下刺向那不大的沉船,五色的鱼在眼睛里越来越大,突然他感到一种异样,从未有过的一种感觉,仿佛人大白天跑步,突然跑进了梦里,轻轻的、淡然的,额头像被情人的手拍了一掌,有了昏厥的快感(如果昏厥能有快感的话)。

他有点惊慌,怕接着来什么剧烈的生理反应,不过,他已到了沉船边,看见了船栏上的铁锈和铁锈上开出的繁花,那清晰的五色的纹理叫他精神一振。

他发现自己浑身没有一丝浮力,在水里能像在床上般随意翻身,竟比在床上翻身更容易更流畅,约等于宇航员在宇宙飞船外的失重状态。声音已离他远去,这里只有寂静,还有一艘长眠海底的船……

汉斯看看莫滔,莫滔做个"OK"手势,汉斯就继续低下头伏在白沙上,像一只垂垂老矣的犬。莫滔也朝白沙潜去,看看潜水手表,海下35米!电脑提醒最多逗留十一分钟,否则要进入额外减压程序。

一条橘色和白色条纹的小丑鱼好奇地游到莫滔潜镜前,像3D动画般前后游动,忽大忽小,允许他近视的眼睛看到纤毫毕现。莫滔欣喜地朝小丑鱼伸出手指,小丑鱼围绕他手指上下翻飞,像一个人手指上变出只花蝴蝶……

那种白日做梦的感觉加深了,如同喝到自己酒量的人又加码喝了一大杯,小丑鱼发出了嘻嘻笑声,变成一个小小孩子对巨人莫滔施以魅惑。莫滔不由自主对小丑鱼说:"你跟电影里一模一样,甩尾巴好帅!"说完,他心里一惊,想到了氮醉。这一定是氮醉!

他往上浮起两三米,脑子骤然清醒,正如从梦里醒来。

汉斯还在船边,他安详地呆呆望着沉船,像看着他的某段记忆,享受氮气制造的醉意。莫滔看看潜水手表,还有滞底时间,他再次一个猛子扎到35米,游到船的另一侧,氮醉立马又回来了,他又觉得自己成了宇航员,在蓝色的空间飘飞……他仔细看沉船船体,看见一条硕大的海鲈鱼卧在船中央,老太婆式的嘴一鼓一瘪,让人觉得回到了外婆家……

汉斯招招手,带头上浮,这里深,来的人少,珊瑚大而鲜艳,珊瑚上的鱼比浅海里那些更好奇,巨蚊般绕着莫滔不肯游开,莫滔几乎可以抚摸那些手掌大小的鱼,它们是海里的宠物……

汉斯上升起来有点快,比加斯东放肆。因为在深处逗留好一会儿,莫滔耗气比往常快了许多,下海不过半小时,气瓶剩下的气就接近50巴了。汉斯放出象拔,两人做完五分钟安全停留,浮出水面。

船呢? 船不见了!

莫滔喊道:"船呢?"

汉斯尴尬地回看他,摇摇头。

船再次不见了。记忆如同一个拦路大汉横着跳出来,莫滔一瞬间不知道自己是在太平洋靠近澳大利亚的海域里还是靠近菲律宾的海域里,为什么总被船抛弃?

远远地来了一艘船,莫滔呆呆望着,看见那船泊在了水上,有个黑黑的船工呆坐不动,仿佛正在午睡。汉斯摇摇头:"那不是我们的船。"

"我们的船"如蒸汽般消失,太阳火辣辣射下亮光,人的脸很快就干了。莫滔开始忧虑了,他看看气瓶余量表,里面还有40巴,他往BCD里多充了些气,让自己浮得更高些。他竭力躺在自己的气瓶上,节省力气。可是这时候脚蹼却往下扯,让他躺得不舒服。

他想：这个海域没听说有鲨鱼，也没听说有大海流。上帝保佑，希望这两个不会恰巧经过！若是恰巧来了，只求上帝让一切都快些结束，别让人太受罪。

再看汉斯，老头无奈地抱着红色象拔，眼袋几乎垂挂下来，特别无助……

八

旅行社门边站了几个散客，观光车迟到了。早到的莫滔在旅行社长沙发上占到一个位子，房里有空调，早八点就热辣辣的阳光奈何不了他。

车子不大，是辆中巴。门口骄阳里晒着的人首先上了车，莫滔慢慢走出来，上车，主动钻进车厢去，坐后座角落里。

司机戴着墨镜在车外张望。莫滔前面空着一个位子，左边不空的位子上坐了个美国老头，头上缠星条旗当头巾。莫滔身边，还空着两个座位。

已经比集合时间晚了十五分钟，大家都等得不耐烦了，司机犹豫要不要出发。正在那当口，两男一女飞奔而来冲上中巴，正是那三个！

女生说："去，你们两个坐到后面去！"她往莫滔前座坐下时，看见了莫滔，脱口而出："你好！"

莫滔还是用英语对她说早上好。只听身边落座的"王气瓶"说："咦，怎么老碰上这个小日本？"张琪笑道："日本人本来就是邻居。"

莫滔想："难道我注定旁观这三个？要我旁观什么呢？"

第一站便去看眼镜猴。司机宣布中巴要行驶四十分钟。车子出了阿罗娜海滩，马上进入了丛林窄路，颠颠摇摇。

"王气瓶"坐在莫滔边上，伸手扯扯前面女孩子头发："喂喂，你怎么又坐到我俩前面？上学时还没坐够？"

女生甩甩头发，不响。张琪轻轻说："扯一下头发，罚款一千人民币！"

大概车上只有两个人懂他。一个是那女生，一个是莫滔。莫滔想：事情到了这一步，这张琪忍得辛苦！

"一千？""王气瓶"笑道，"我付一万怎样？"

女生不说话，好像没听到。张琪咕哝说："说什么大话？人家付你王建一万两万我见过，你就算只付一千，我也没见过呢！"

原来这个粗人叫王建。张琪点了他的名，他伸出胳膊，卡住了张琪脖子。下手很重，卡得张琪憋红了脸，一挣脱就咳嗽起来。女生坐在前面，没看见。

莫滔转过脸，关心地看看张琪。张琪舌头伸在嘴巴外，咳得差点流下口水，他气愤地说："难道我说错了？你当巡警那会儿，路边卖外烟炒外汇的黄牛哪个不供着你？"

王建笑："放屁，我警风端正，从不捞外快！"

前头女孩不回头，突然说："后头那位，你警风端不端正我不知道，上中学那会儿，你学风我知道！"

张琪笑："那个谁，考试不肯给'王气瓶'看考卷，王兄等人上厕所，就把人家书包扔到老楼屋顶上去了！哈哈！"

"放屁！不是我扔的。你小子扔的！"王建打个哈哈，黑的方脸上笑得得意。

"张琪你也不是好东西！"女孩还是不回脸，在前头座位上悠悠地说，"跟在王老大屁股后面当跑腿儿的。"

"哪里哪里，"王建高兴了，"他何止跑腿儿？我去巡街，他假装买外烟，先把卖外烟的扯住，我上去才罚到款！那钱，他才没少用！"

"啊？"女生回过头，瞪了这哥俩一眼，"你们把罚款吞没了？"

王建和张琪都尴尴尬尬笑起来。

两个都是小混混。莫滔鼻子里轻轻出一声气，闭眼打起了瞌睡。年纪不饶人，何况昨天又被船撇下，在凉水里泡久了。

亏得其他潜店的那艘船看见莫滔求救手势驶过来，问明白了，疾驶回去通知大鲸潜店，三角脸里铎才阴着一张脸驾船来，让莫滔松了口气。莫滔一边谦让汉斯老人家先上船，一边准备回去投诉这里铎。

莎拉正好在店里，她没看出发生什么不愉快，笑嘻嘻招呼了莫滔一下："去看沉船了？爽？"

莫滔把气瓶卸下，潜水服也不脱，就跟进店来对莎拉说："上了水面船不见了，我们在海上漂了半小时！太过分啦！"

莎拉挥挥手："没事没事！我们这里到处是船，实在不行，别家的船也会接你们回来。又没有海流！"

莫滔说："莎拉，这可不是理由。"

"哦！"莎拉看出了他的失望，"好啦，别生气。这边所有潜店都一样呀,我们的船,还要接送其他潜水的客人嘛!"

莫滔无话可说,恨恨道:"希望不会再有下一次!"

莎拉耸耸肩,不理他,手指在墙边白板上查,查到了:"巴里卡莎明天名额满了,后天也满了,只有大后天。大后天去的是大船,会跟着你们不走,放心!"

莫滔想了想:"明天我去看眼镜猴子,不潜了。后天,后天……"

"莫,你是个男子汉哟!"莎拉眼神诡异地看他,"怕什么哟!后天你来,我当你的潜导!"

眼镜猴子们被围在一个树林里,土人在树林前头卖参观票,在出口处卖纪念品,纪念品基本是长毛绒的眼镜猴子和木头雕的眼镜猴子。

一车人晃晃悠悠买了票进门。领大家看猴子的有两个导游,男的带几个西方人;女的把两男一女、莫滔和一个孤单的韩国男人归在一起往里带,一边走,一边严肃地说:"保持安静,不要靠眼镜猴子太近,不要用手摸猴子!"

王建听了女生的翻译,笑道:"什么猴子这么宝贝?我出钱,买一只回去让张琪给我养着!"

导游把大家带到一棵散尾葵下,指指枝杈间,但见一只拳头大的猴儿,指节细翘,爪子紧紧抓着枝干,头埋树叶里,不看人。王建伸手去推那猴儿,女导游生气地嘘了一声,用英语说:"不要碰!"王建理也不理,在猴儿腰身上点了一点,眼镜猴子吃惊地抬起脸,两只玻璃珠子似的大眼睛简直占满整张脸,跟《指环王》里的"咕噜"似的,惊恐地瞪着人……

女导游气得七窍生烟："中国人，别碰我们的眼镜猴子！"王建听懂了，他翻起一对儿白眼，对女导游说："是我碰猴子，跟中国有啥关系？"

女导游喊来了管理员，管理员解释说："眼镜猴子是野生的，我们尽可能不要去打扰它们……"王建哼了一声："不打扰它们？可以啊，别圈起来卖票让人看哪！你们打扰它们挣钱，我付了钱，不能摸一摸？废话少说，这只我摸过了，你们开个价，我买下来！"

张琪笑得几次三番要噎住，女生说："难为情死了，你们这两个赤佬！老出洋相！"

看巧克力山时候，两个男生，一左一右拱卫着女孩，轮流和她合影，还请莫滔替他们三个按快门。莫滔看他们三个站成一排，两个男生都搂着女生的腰，女生虚假地欢笑，张琪有点气呼呼，倒是王建笑得大方，牙白生生龇着……

中午在一艘平底船上吃自助餐，船溯河而上，两边有椰子树和开满红花的凤凰树，男女两个歌手唱美国歌和邓丽君的《甜蜜蜜》……顺流回来路上经过岸边一个平台，土著们已盛装等在那里。先载歌载舞，后来跳起了竹杠舞，邀请船上人下船一起跳。

满船人腼腆，王建一跃而出，粗壮的身子灵活非常。起先竹杠还慢，后来越敲越快，王建腾挪得当，一下也没被夹住，赢了满堂彩；张琪笑着看，等喝彩一停，他也跳出去，和王建来了个双人竹杠舞，他长得俊美，满脸笑容，不比王建像个易装军阀，他赢得了女人的喝彩声……

下午回程车上，两男一女一直兴奋地聊竹杠舞。女生在他们跳得起劲时候,往土著表演队手里塞了不少小费。王建得意扬扬地说:"小意思,以前我们在中学足球队踢球,身子可比现在灵敏!"

"你不是灵敏,你是一尊土炮,听说一球把足球网踢破了!"女生笑他。

"你问张琪,他射门的每个球是谁传给他的?外行看热闹,内行看门道!"王建拍拍张琪脖子。

张琪推开他手,承认说:"这个倒是事实,传球的比射门的更灵巧!"

"王气瓶"仰天一个哈哈:"算你张琪说话还有点良心!"

九

莎拉对莫滔说:"你不是害怕海流吗? 走,我带你去放流潜!"

她没笑,她那样子看莫滔,像是他长辈。

莫滔眼神躲了一躲:"流大吗?"

"流大的地方才看得到东西,否则只是看珊瑚,跟浮潜没啥两样!"莎拉神色怪怪的,像要伸手推莫滔,把他推到船上去,"我带着你,你不需要担心。"

蒂亚戈终于出现了,他出现在莫滔背后,扑哧笑一声:"莫,莎拉是个好教练,你今天幸运了。"

莫滔这时候有了豁出去的心态,他回头看看蒂亚戈,转头对莎拉笑:"走！走！潜去！"

莎拉说:"你配重太多,不需要十二磅,拿掉一块！我教你怎么做空腔平衡,怎么快速下潜。"

莫滔捂住配重带:"不不不！我需要十二磅,否则上来时浮力太大,辛苦！"

莎拉伸出右手,食指在莫滔面前晃:"听我的。我会让你知道怎么做。"

船出海滩,他们碰到了华人潜店的大船。大船上密密麻麻坐了二十来个人。莫滔看过去,看见两个熟人,自然是王建和张琪。

莎拉朝大船招招手,对莫滔说:"你看见了？他们也是先在一个潜点放人下水,然后去下一个潜点放另外的人。我们比他们谨慎,他们还拿这船去放流潜呢！"

莫滔张大嘴巴:"这太过分了吧？他放流潜,船必须跟着,其他潜点人出水,碰上有问题,没船搭救！"

莎拉耸耸肩:"我们的船其实不远,马上会来。至于他们,我就不评论了。"

果不其然,华人潜船往两个潜点放了人下去,不多久,又跟上来,朝莎拉准备放流潜的区域驶去。

莫滔吐出舌头,对莎拉说:"不得了,他们没规矩！你看,那个人刚学潜水,初级潜证可能还没拿到,他们就允许他放流？"

莎拉看看他指着的张琪,张琪穿了潜水服,脸色发白,呆呆坐在船舷边咬手指。王建光着上半身走来走去,同潜导有说有笑。莎拉说:"我不知道。"

华人潜店的大船和莎拉的螃蟹船停在同一个礁石区。莎拉对莫滔说:"你记住,下水后跟着我尽快下潜,把肺里空气持续吐出来,吸一小口气,继续再吐,空腔平衡连续做。到水下10米跟我会合。然后我怎么做你就怎么做!"

莫滔为难:"我的配重轻了。"

"配重不是问题。吐气才是关键!把气吐完,吐到肺部没浮力。"莎拉说,"来吧,莫,潜水就是彻头彻尾放松,紧张不属于潜水词汇。"

她按着面镜,另一只手拢着腹部配重带,跨步出去,扑通到了海里。

莫滔下意识又试了试呼吸器,然后也跨步下水。

他们同时举起低压管开始放空BCD的气,莫滔在水下看见莎拉做手势叫他吐气,他使劲儿吐气,吐到胸口发痛,人并没下沉多少。莎拉又示意他把腿交叉起来,没想到这样一下子就沉下去……

在10米深的地方两个人脸对脸看了看,一切顺利。莎拉对他挤挤眼睛,转身在前领路。莫滔眼里有晶莹剔透的大海和一个曲线玲珑的女人……

海流不很大,轻轻把人往前推;人好比浮在半空里慢慢掠过"大地","大地"上是一簇簇珊瑚和列成队形游泳的鱼。莎拉第一次逆流打蹼停下,是指给莫滔一条长尾鲨。长尾鲨体形不大,一米多长,孤独地在十五六米深度环游。他们视野里出现了四个潜水员,除了两个潜导,其余两人一个是王建,另一个自然是新手张琪。张琪手忙脚乱,在浅水里上下折腾半天才下来,大串气泡溢出呼吸器,证明他呼吸急促心态慌张……

莎拉第二次逆流打蹼,莫滔已同时看见了外海方向悠然游过来的拿破仑鱼,中国人叫它苏眉鱼,这是条如同戴着拿破仑军帽的大头鱼,体形有陆地上中等野猪大,嘟着厚厚嘴唇,洋洋洒洒游了过去……水流突然加速,莫滔看见莎拉"飞"向前方,她双手交叉,脚蹼翘起,安安稳稳回头观察莫滔,莫滔也照样交叉了双手,跟着她"飞"……莎拉松开手,指指左后方,莫滔看去,似乎张琪面镜进了水,不知道怎么排水,正呼噜呼噜在水里大耗真气。两个潜导围住了他,王建打着手势,样子很着急……

莎拉第三次逆流停下,是捡起珊瑚礁下谁丢失的一只水下相机,相机的吊绳断了,她操作了一下,看见了里面相片,她笑着让凑上来的莫滔看相片:海龟和鲷鱼群……

就在气瓶余气接近70巴时候,一群五只魔鬼鱼从大洋深处浮上来。黑色的大蝙蝠啊,细长的鱼尾如鞭子,森森然编队掠过潜水员头顶,白色肚腹上阴郁的小眼睛透出戒备之色……莎拉抓住莫滔的手,让他在水流里停留,观看魔鬼鱼;莫滔拉着莎拉的手,一种久违的柔软情绪从心里泛起,好比乌贼鱼释放出一股浓雾……

5米深度安全停留,莫滔又控制不住往上浮,莎拉示意他长长吐气,他再怎么吐气也控制不住上浮,只好无奈地一次次扎猛子,狼狈不堪。莎拉放象拔,两人出水,船就在眼前,莫滔有点脱力,莎拉帮他拔下脚蹼,让他先拉住放下的木梯,上船……

那边大船上,潜导已先把张琪弄上去。小伙子大概吃了好些海水,一个劲儿趴在船舷上干呕。

莎拉看着那边大船,说:"计算得很精确呀,这里放流潜结束得快,船驶回去接那两拨人,大概正好!"

她笑着看莫滔:"不错呀,莫。潜得可以! 配重我还是让你加回去吧,你好像很容易浮起。"

十

夕阳下去后,天和海真的无法分辨,都是布料模仿不了的灰蓝色。若没那些趴在水面的螃蟹船,海平面很难用肉眼找到。

网上有许多回顾巴里卡莎潜水的文章,众多老手也认定幻流很难对付。潜水者难免会想到意外、担心意外。万一一去不返,总得事先留下些交代。莫滔出门前已在家里留了书面交代,此刻他拨通电话,不温不火和妻子聊了一会儿天,什么敏感话题都没碰。

晚餐点了一条有点贵的石斑鱼和一条鱿鱼,都烤得金黄,饱食一顿。记过账,莫滔拿起一瓶冰镇嘉士伯,去海滩散步。海浪轻轻拍沙滩,他仔细看,这里没太多可以捡拾的贝壳,论起贝壳,还是他从前去过的塞班岛和智利海岸丰足。

他靠在海边椰子树树干上,轻轻哼起遥远年代爱唱的歌《外婆的澎湖湾》,他让啤酒的细沫冲着喉咙,觉得往昔时代已彻底寿终正寝,也许,往昔都躲到海底珊瑚礁底去了……

走几步,莫滔在一条望海的石凳上坐下,闭起眼睛听海涛。

"先生,你好!"有个女人对着他说英语。莫滔勉强自己从遐思里回来,睁开眼睛。他愣了一下,才回过神:是那个上海姑娘。

"也许我打扰你了,先生。"姑娘打个手势,这种手势只有上海女人才有,优雅,但不太自信,"我不知道可不可以同你说几句?"

"当然,欢迎。"莫滔用英语回答她。

"我在这里没熟人,除了和我一起来的两个朋友。"她柔声说,"我想和年长的人说说话,有些事我还是缺少经验。"

"明白。"莫滔点点头,"我比你年长,也许可以为你效劳。"

"可是,先生,你是做什么的呀?你看上去很有知识。"她认真看他,眼光有点狐疑。

"是吗?这么说吧,"莫滔没透露自己什么也不是,只是个寓公的真相,"我研究哲学。"

"哲学?太好了,简直正好!"女生粲然一笑,"你可以叫我小珠。先生,哲学上来说,什么是选择?"

"什么是选择?"莫滔想起张琪和王建,想起那两张生动的脸,"选择,究其本身来说,就是解决问题。是的,解决掉问题而已。"

"解决问题?有意思。"姑娘面对莫滔站着,她的白裙子在风中飘,莫滔喜欢她的青莲色衬衣,她身材丰满,但眼神骨感,身上时不时飘出一股薄荷香气。

"问题不那么容易就解决,"她耸耸肩,"也许可以不选择?"

"选择的意义是结束难以忍受的现状。"莫滔脱口而出,不知道自己这么说是为什么。

女孩子吃惊地看着他,回头远望海天,她望了好一会儿,对莫滔说:"是的,先生你说得真好!"

莫滔坐着不动,上身僵硬,他不想站起来,也不敢请女孩子坐下,生怕会吓跑她。他被动等待着,等待她再问其他问题。

终于,女孩子在他身边坐下了,问他:"你有烟吗?"

莫滔带着白万宝路和白色Zippo打火机,但通常不抽烟。他递过烟盒,姑娘抽了一支,他为她点上火。

她吸了一口,吐出轻烟:"选择会付代价,这让人恐惧。难道你总是勇于选择?"

莫滔自己也点上一支,他控制着不让自己思绪万千。他谨慎地说:"其实不是我们自己选择,是上帝。"

女孩子说:"先生,你相信上帝? 我是信佛的。"

她身上又传来那淡雅的香水味道,清洁而文雅。莫滔说:"今天我去潜水,在海底下碰到你的朋友了。"

"是吗?"女孩子惊讶极了,"这么说我真的该同你聊天! 我的直觉好准! 你和他俩一起在海底?"

"是的。放流潜水。有一个小朋友似乎不该去,他刚刚学潜水,放流比较危险。"莫滔说。

女生把烟蒂放到脚底下碾过,捡起来包在餐巾纸里,在手心里捏住。她转过身,鲜润的脸盘对着莫滔:"先生,如果我问一个疯狂的问题,你不要见怪!"

"什么?"莫滔被她的年轻美艳一震,往后缩了一寸,他觉得她确实有点疯劲儿了。

"我如果从他们两个当中选择一个,那另外一个会不会……

会不会……报复？"

"报复？"莫滔重复一声她的英语用词,她用了一个强烈的词语,通常会引发生命危险。这是她问题的原意吗？还是她的英语不够好,只有有限的词汇呢？

"你不可能知道,你不可能。"他安慰她,"谁能猜测呢？按照我的看法,做事不能瞻前顾后,随它去好了！"

"是吗？先生。也许只有如此！"女生站起来,以日本式的态度朝他鞠了一躬。莫滔无奈,也站起来,假装成日本人欠身还礼。

"谢谢先生,感谢你听我胡说八道。沙扬娜拉！"她转身跑走了。

莫滔呆呆站在原地。这三位的故事快要进入转折点了。牌就要摊开,面具就快撕掉,伤心总是免不掉！

他想起那个方脸的粗鲁汉子,并不为他感到可惜或怜悯,也许他的确应该出局,以失败者的身份体面地离开。

夜晚很热闹,人到了海边度假就会变成夜行性动物。

他走到东面交叉路口去。走过那中餐馆,看见张琪和王建正和华人潜店那几个潜导在室外座上斗酒。张琪笑得很俊俏,王建粗豪地站立着,好比一个石杵杵在地上:"喝光！一口闷！五十二度的小糊涂仙,好酒！"他挡住两个歪歪倒倒的潜导:"不,小张不能喝了,他酒量小,他的酒我代喝！"

潜导把酒瓶歪下来往王建杯子里倒双份的酒,王建看也不看酒瓶,只推开潜导乱挥的手:"我双份的,看见了？要喝一起喝,谁也别蒙人,喝光,我陪你,底朝天！"

"好了,好了,"张琪站起来拉他,"明天还潜水,不要喝多了!"

"我们都是把白酒带到水底下喝的人!"潜导哈哈笑,"记得那个让·雷诺演的电影,拍潜水的那个? 水下喝,才是真爽快!"

"水下喝就水下喝,怕你,我不叫'王气瓶'!"王建边拉扯人边好笑,"我看你们已经喝到下不了水啦!"

莫滔不由自主摇摇头,快步走过中餐馆,进了潜水装备店。

十一

巴里卡莎岛就在前方。大螃蟹船稳稳前进,蒂亚戈和莎拉夫妻俩满意地看着一船潜水客。

本来的计划是两对南美夫妻,年轻的一对带来了一方的父母,他们归蒂亚戈导潜;莎拉是陪着莫滔来的,莫滔非要一对一潜导不可。可大早上的又来了两个散客,一个是印度裔马来西亚女人,另一个是中国来的小伙子,不会说英语,直到见了莫滔才决定一起去潜。

莎拉多了两个潜客,宽慰莫滔说:"我们还有霍华德,他是菲律宾潜导,常驻巴里卡莎,让他带这两个客,只麻烦你给这中国人当一当翻译。"

莫滔满口答应,做生意本来是这么回事,岂有把客人赶走的道理? 昨天临离开潜店,蒂亚戈气呼呼回来,告诉莎拉有一单生意黄了。他们不知从哪里接来三辆露营的车,本来安排到海边自己的小营地。哪知道其中一辆车的菲律宾客人挑剔营地离海太近,说海雾会弄坏他的好车,一言不合带着三辆车全走了。莎拉脾气算好的,没大呼小叫,只责怪蒂亚戈不会交际,心疼那没赚到的钱。今天平白多出两个客人,正好替莎拉冲冲晦气。

船上放了果酱面包和几串香蕉,也有茶包和三个热水瓶。蒂亚戈陪着南美客人说西班牙语,莎拉笑嘻嘻跟莫滔坐在一起,回答印度裔女人和中国小伙子的提问。海鸥绕着船飞,湿润的海风滋润着呼吸。每个人都端起了茶水……

船直接开到巴里卡莎岛的沙滩附近,第一个潜点就紧贴岛边。

莫滔惊讶:"怎么离开岸边这么近?"

"是一个峭壁。"莎拉说,"直插深不可测的海底!"

这峭壁被潜水客尊称作"大教堂",想来必有大景观。莎拉让莫滔第一个装备起来,把印度裔女人和中国小伙子交给了从小螃蟹船上跳过来的霍华德,一个晒得暗沉的结结实实的菲律宾汉子。

他俩带头跨步入水,莎拉说:"你记得把腿交叉起来,就不会下意识踢脚蹼,下水就快。"莫滔打个"OK"手势,照做,一下子浸入了有点幽蓝的海水。

水下6米停留了十来秒,莫滔跟着莎拉向斜下方潜下去。峭壁出现在左手边,阔大绵延,远看极壮观,脚下看不见海底,像跳伞的人看不见地面……

蒂亚戈带着两对夫妻跟了下来,那两对夫妻潜技娴熟,飘飘然就从他们身边游过去了。蒂亚戈向莫滔打了个招呼,伸手过去,从莎拉手里接过一支手电。莎拉慢慢向峭壁靠近,叮叮棒在海葵和珊瑚间翻找什么,突然,她向身后的莫滔招手,让他看海葵和软珊瑚间一个暗洞,一条海鳗正张开有牙齿的嘴威吓他们……

莫滔的眼神掠过莎拉曼妙的腰肢,她比海鳗更有诱惑力……

忽然看见吐出的气泡不是直直上升,而是向前方斜着飞。莫滔感到了那股突如其来的海流,海流温和地将他推向前方。

莎拉拿着小巧的相机在拍摄峭壁上的蓝花海兔,她回头看了看,向莫滔招招手,莫滔逆流向她游近,凑过去看她拍摄的相片。

他们一起顺着海流往前漂,莎拉举起低压管,继续下降深度,莫滔等她停止下潜开始平漂,看了看自己手腕上的潜水手表:28米深。莎拉笃定地将手交叉在胸前,回身以坐姿看着莫滔,莫滔也交叉起双手,故作潇洒地朝她一笑……他们看见了海龟和大石斑鱼,看见海扇和蛇形海鞭,看见一队别人家的潜水客互相拉着手潜……

等莎拉和莫滔慢慢上浮到20米的时候,海流加强了。身在水里,除了看见峭壁上的各色珊瑚像火车窗外的树木一样飞驰,不能感受海流速度。莎拉俯身向峭壁潜去,用手招呼莫滔靠拢;这时候,莫滔也瞥见蒂亚戈带着那两对夫妻靠紧了峭壁,伸手抓住硬礁石。

莫滔向莎拉游去,拍动脚蹼却仍在原地,他奋力猛拍脚蹼,莎拉抓住了礁石,伸出自己大腿,把她的脚蹼送到莫滔面前。

莫滔抓住莎拉脚蹼,又一把抓住她小腿,才顶住了海流的力量,他伸手过去和莎拉相握,莎拉拉他贴近峭壁,他也一手抓紧了一块礁石……

等了一会儿,莎拉放开莫滔手;海流小下去,各路人马都浮起来,夫妻俩带着客人继续观赏峭壁,慢慢上浮。

天气晴转成阴,阳光收敛起来,大海呈现完全不同的脾性,如今是阴沉沉的了,透着不可捉摸的心机,叫人不敢朝底下广大的阴暗里张望。

蒂亚戈的人马不见了,霍华德带着两个新手在靠上的峭壁边,不太游动。莎拉在莫滔前头往上游。他看她一眼,只看见曼妙的大腿和高翘的臀部,潜水服把人的身材勾勒得淋漓尽致……莎拉忽然停在那里,手向后招呼莫滔,莫滔浮上去,莎拉指指前头:但见一条黑白环纹的海蛇,下半身打着旋,向海面游去。莎拉做一个非常激烈的手势,表示这种蛇是会叫人惹麻烦的。

莫滔知道环纹海蛇,据说被它咬到,人挨不过几分钟。可是,傍着莎拉,他感到一种奇特的安全感……

别家潜店那队人浮了上来,离他俩越来越近。莫滔认出了张琪和王建。王建比较老练,手里拿着照相机;张琪慌慌张张,一直把手按在面镜鼻尖上,不停在做面镜排水。

莎拉伸手到珊瑚下,拎起一条死掉的河豚,莫滔看那鱼,显然是被捕食者咬掉了腹部,空空地成了一张鱼面具……

离海面不过十来米了,气瓶气还足,不急着上去,莎拉带莫滔去看一只瓮形的大海绵,海绵是蓝色的,瓮里住着一对小丑鱼,转动眼珠看人……

这时候,莎拉和莫滔都看到了王建,王建如一个贼般溜到张琪背后，伸出手去，摸向他的气瓶，一下子拧紧了气瓶开关。

张琪本来在面镜排水，他停顿了一小会儿，抬起头，困惑地四处望了一圈，突然对着潜导做割颈动作，眼睛在面镜里睁得圆圆的。

潜导靠近他，试图弄懂他的意思，张琪发昏了，也不伸手去拿潜导的备用呼吸器……正忙乱，莎拉一个蛙泳游水，靠拢去，打开了张琪的气瓶开关，她指指王建，做了一个警告手势。

张琪呼吸到了空气，潜导拎着他，慢慢上浮去海面。王建若无其事地凑到珊瑚上看海马……

出水时候，大鲸潜店的船就在身边，莎拉拿掉面镜，笑嘻嘻让莫滔靠拢她，她脸庞凑过来，脸贴着莫滔，拍了几张合影，背景是碧海白船……

上得船来，蒂亚戈和他的客人还在海下，霍华德和印度裔女人在船上坐着，中国小伙子跳到海里游泳去了。莎拉倒了两杯热茶，递给莫滔一杯，莫滔觉得她眼光里的糖分增加了……

十二

当天第二个潜点是"皇家花园"。下水时候，接近正午的天空云层散开，红日高挂，海域映得透亮，一扫上午海下的阴沉。

第一潜到了海下28米，第二潜按理就不应当超越这个深度。

下到十来米深处，大鲸潜店的潜客遭遇海龟群，同海龟玩得不亦乐乎，纷纷合影。等看见华人潜店的潜水客也次第下水，他们才把海龟留给后者,向前探寻……

莎拉还是慢慢浮在珊瑚上拍微观照,蒂亚戈和霍华德的人马都漂出了莫滔视野。她向他一招手,俩人一起慢慢观赏着,逐渐降落到十七八米深处,大海岂不就是一颗蓝宝石? 蓝宝石里,岂不只有你我两个潜客?

突如其来,没做任何动作,莎拉和莫滔就向海洋深处插下去。看那手腕上的潜水手表,25米、30米、35米……

正如晴天一个无声霹雳,他们真遇上了传说里的下降流!

莎拉一把扯住莫滔的气瓶阀门,示意他往BCD里充气。BCD不停地鼓了起来,可深度却还在增加,竟然已到了水下42米深处! 莫滔几乎能听见自己肺部的轰鸣,他惊恐地去看余量表,气瓶余量一下子已降到120巴!

莎拉环顾四周,看见有两个人,不是大鲸潜店的人,是早上那两个中国人。莫滔没看见张琪和王建,他惊恐不已,脑里空白。

莎拉观察气泡,气泡是往下的,下降流非常强,把他们压住了。现在落到45米深度,他们顶住了,不再往下降,但也浮不上去。莎拉一手扯住莫滔,一手放在低压管上,仔细盯着潜水手表上的深度,而潜水手表提示的45米深度安全停留时间只剩下五分钟……

忙里偷闲,她扭头看了看那两个中国人,他们往下落到50米左右深处,在那里试图往上打蹼……莎拉一看见电脑安全停留时间接近完毕,就四十五度斜着往上打蹼,莫滔学她样子,奋力折腾,终于一起上浮到海下39米。

39米有了稍多安全停留时间,可是,这依然是耗气的深度。

莎拉察看莫滔的余气，竟然只剩下80巴！她非常忧虑地凑近他面镜，看着他眼睛，用手示意他慢慢深呼吸，不要喘气。莫滔点点头，冷静下来，照做了。

他和莎拉一样，看见了离开他们十来米深度的张琪和王建。王建拉着张琪，一直在直直向上打蹼。莎拉向王建做了几次手势，让他往斜刺里用力，呈四十五度上浮，不过王建根本没朝她看。莎拉停留了五分钟，又和莫滔斜着上浮到海下33米。

莫滔知道自己氮醉得很厉害，恍然梦中，渐渐忘了下降流的凶险，只觉得莫名其妙地开心。莎拉是谁呢？好亲切，又非常聪明，仿如人间没有的仙女，这会儿正在一个奇怪的地方照料他，叫他觉得周身轻飘飘。他看见王建查看张琪的气瓶余量，张琪露出一种微笑，吐出的气泡和王建的气泡相比，简直是浓烟，都缓慢向下沉……

莎拉把莫滔扯到28米深度，他的氮醉顿时解除了，一下子意识到周身凶险：他的气瓶余量已到达了理论上该马上上浮至水面的50巴，然而他还在28米深度！莎拉和他的BCD都充足了气，却一点不见浮力，这下降流持续了很久，没有减弱迹象。

莎拉看了看深度提示，低头去望王建和张琪。张琪已经把自己的呼吸器二级头甩掉了，拉着王建的备用二级头吸气。两个人一起呼吸王建的气瓶，人都还在三十五六米深度！

莎拉感到下降流松了一些，她试着直线上浮，还是吃力，改成四十五度上浮，两人到达了23米深处。她看看莫滔的气量，只有30巴了。莫滔小心翼翼吸着气，憋得昏昏沉沉……脚底下那两个，仿佛找到了上浮窍门，也斜刺里浮到二十五六米深度，离开莫滔只一箭之遥。张琪醒悟过来,惊恐地大口呼吸,气泡乱冒,大珠小珠蒙着他脸⋯⋯

莫滔吸不到气了,他没向莎拉示意,该来的时辰终于来了,最好别在女人面前像个孬种。他闭起眼开始想这辈子最美的那些瞬间⋯⋯

莎拉警惕地看看他越来越细微的气泡,把备用二级头递过来;他摇摇头,对莎拉笑了笑,想甩开她,独个儿往海洋深处坠落下去⋯⋯莎拉啪地在水里打了莫滔一个耳光,把备用二级头塞进他嘴里,一手拎住了他的气瓶头⋯⋯他俩也开始共同呼吸莎拉的气瓶,莎拉还有50巴余量。现在深度18米。每上浮一段距离,就要奋力打蹼,快速耗气。

只有赌上一赌了,莎拉示意莫滔把小腿盘起来,不要打脚蹼,降低呼吸量,她一个人打蹼,把他带上去。莫滔明白她意思,他们一下子又上浮了不少。莎拉的气瓶余量接近了25巴!

他们不约而同低头寻找王建和张琪,这两个也上来了不少,不过他们的气瓶恐怕撑不住了!莫滔想起上午王建潜到张琪背后关掉他的气瓶⋯⋯当然,常常都有人这么恶作剧,开同伴玩笑而已⋯⋯

莎拉是行家,他看见张琪已经吐不出大珠小珠,气泡越来越小,在他伏低的头颅周围萤火虫光般绕着。

这时候发生了一件奇怪的事:王建伸手在张琪的头顶上抚摩,他扯掉自己嘴里的呼吸器二级头,往海里一扔,奋力斜刺里打蹼,打个不停。下降流减弱,两个人瞬间接近了莎拉和莫滔的深度⋯⋯

莫滔看见王建扯掉了自己的面镜,露出一个粗野而用力的笑容,他的嘴里冒出一小串气泡,脸慢慢凑到低压管口想去吸BCD里的余气,突然身体就僵在蓝色水里不动了。张琪抬起头,他还在呼吸,他看见王建的脸,他凝视那张僵掉的脸,忘记了踢动脚蹼……

下降流瞬间就消失了,莎拉一看见潜水手表上深度跳动,立刻抓过莫滔的低压管一起放气,不让自己快速上升,张琪却被充满气的BCD像放火箭般一下子冲到水面去了……莎拉踢动脚蹼,见气瓶还有余量,不由得在海水里就喊了一声"感谢上帝"……

隔着薄薄海面看见扭曲的天空,池塘里那老王八绿豆大的目光从莫滔记忆深处浮起:老王八不想吃掉落水的孩子,老王八惊恐不已,老王八划动脚蹼升上池塘水面,它吸引了听见水声想过来看看能否捞王八下酒的门卫,门卫奔来伸木棍撩王八……小莫滔见浮萍分开,天上一个高大人影,他伸出手去,一把捏住了蛇般入水的棍子……门卫没逮到王八,却捞出了活小孩……

后来,黄昏的海里,他在大青衣不舍的缠绕中分辨出那天边的黑点是驶回来找他的澳洲潜水船,他喜极而泣,他不能不信天上有一对眼睛,那眼睛的主人照看着自己……

若不是莎拉,这些年以来,他差点忘记了天上的眼睛……

第二天上午,莫滔走来大鲸潜店告别莎拉和蒂亚戈。蒂亚戈在泳池里教两个新到的日本客,他必须为前一天自己的客人全部脱险感谢莎拉和霍华德,他们是他潜店生意成功的秘诀。

莫滔结清了款项,不过他不知道如何对莎拉说他的感觉,那感觉像许多不同的东西搅在一起,无法先说什么后说什么。莎拉看看他,笑了笑,叹了口气。

他们一起浮到水面,看着华人潜店的船工打捞王建和张琪,张琪脸上不知道是鼻血还是吐出的血,反正非常可怕,不过他还在喘气……莫滔在水面握住莎拉的手:"你为什么把自己的空气给我?我差点就害了你了!"莎拉搂住他呜咽了一下:"下降流太强了,我从来没见过,你的忧虑是对的!"莫滔也搂住她:"谢谢你救了我!"莎拉放开他,看见蒂亚戈他们纷纷出水,她笑了:"谢什么?你是我的客人,我要保住自己饭碗!"

"我该怎么感谢你呢?"莫滔叹了口气,望着潜店外一望无际的蓝色海水和天上白云。莎拉不知道她偶然间驱走了他心里长久的魔鬼。

莎拉敲敲桌面:"我说,你昨天该付我双份的一对一导潜费嘛!"

莫滔依言付了钱,他说:"我还会再来!"

他拥抱了莎拉;莎拉说,很高兴和莫你一起潜水。他向泳池边的蒂亚戈挥别,蒂亚戈高喊道:"你和莎拉潜水很开心嘛!"

他走进自己宾馆拿行李,正看见殡仪馆的菲律宾人从华人潜店里抬王建尸体出来。那女孩哭着跑在担架后面,只不见张琪的影子……

莫滔深吸一口气,分辨出这口气里不再有死亡,生命喧嚷骚动。

5

跟姑妈去看小象

一

她轮流瞅他们俩,空气在炎热温度下正在膨胀,三个人都透不过气。

如果这是个玩笑该多好啊!

两个男生都没动,严肃得像雕像。一个是大卫像,金发碧眼鼻梁如刀背;另一个是成吉思汗像,团头肉鼻一堆儿圆润。她没笑,甚至触景生情流下一滴泪。她转身涉水向岸边走,潜水度假村看上去如一块雕刻过的玉。

当天下午,瑞典人佩尔松和韩国人金结伴走了。他俩化敌为友,都没来同她说再见。说再见是繁文缛节,谁也不至于蠢到陪一个女人去死。

她把自己锁在客房里,从房间阳台可以看海,这是红海,盐度最高的海,埃及海岸的海。她感觉金字塔在自己身后,法老高高盘踞在塔尖上,古老而挑剔的目光越过云雾阳光投在她背上。她对法老的权威嗤之以鼻,也不再承认生活对自己拥有主宰权。

她找到了自己内心深处的铭文,她相信自己血液每一次循环都要从这铭文上淌过。铭文不可能是很多歪歪扭扭的小篆,她知道那是简单的两个字:蔑视。

她慢吞吞整理了一遍行装,也把潜水设备和水下摄影器材仔细梳理了一遍。她明白那两个差点为她决斗的年轻男人已经离开,她冷笑了一下,一口喝干一直在小口小口抿着的威士忌。

打开门,她走去海边,海边长满碱蓬。海风带着海的湿沉气吹散她额发,她觉得青春即将从自己光洁的脸上如落日般隐去,没更多游戏可以玩了。

她掏出手机,把自己的定位发了出去。紧跟着,她给他留言一句:放马过来吧！蓝蓟花号夜潜?

很多年以前有个春天,姑妈心血来潮,去比自己年轻十多岁的小弟弟家带侄子逛动物园。姑妈是个规规矩矩的出纳,她没宏大人生计划,她养大了自己的孩子,只遗憾忙于谋生的弟弟和弟媳周日里慢待了他们的独子。小孩是渴望玩的,她可以代他们夫妻俩满足一个男孩子的渴望。

姑妈没空手来,她从不空手来到他的世界。姑妈带来了金鸡牌冰砖和一大玻璃纸袋的油果果。离开很远,他就看见了油果果白色的糖霜。

姑妈牵着他手离开房客众多的两层楼房子,走到马路上。姑妈扶扶眼镜,她白而圆的脸上最光亮和气派的是她的前额。姑妈有凸起的浑圆的前额,上面没一丝皱纹,证明她当财务人员是可靠的,只有聪明人才有这般面相。姑妈笑说："我们要去看一只才来的小象，它叫版纳。"

梧桐树都绽露了黄的嫩芽，空气有清甜气味。这城市的女人一旦不上班，就拼命往窗外竹竿上晾晒刚洗出来的床单和内衣。姑妈牵着他手，小心翼翼抬头观察："当心，这里有条长裤，不可以从裤裆下走过，否则你长不高！"

他在满街的裤裆下游走，姑妈无所谓，她不用再长高。一旦他没躲过某个裤裆，他只好立定，用力往上蹦起，跳三跳。他已经在想动物园里的光景：猴子红屁股，河马像校长，老虎变睡猫，鹦鹉叫喳喳……本地八哥鸟比鹦鹉会说话，上次八哥就叫了好几遍：讲呀侬讲呀！讲呀侬讲呀！再会！阿乌卵！阿乌卵！再会……

姑妈找到了14路长辫子电车站头，她吁出一口气："告诉我，侬是乖囡吗？"

二

他认识她已经蛮多年了。爽气点就这么说穿了吧：他一认识她就展开了炽热的追求，她沉迷过他一小段时间，然后她拔腿跑了。这不是打比方，她真是拔腿跑远了，跑出了国，到国外念书、毕业、做事，基本没回过大城，除了短短的象征性的探亲（总是在去往他处的途中，在这城市做一降落）。他追去过国外，记忆中仿佛从没找到她那般，也许事实上还是在美国见过一面。

本来应该早就忘了他。完全是偶然，她回来探阿爸的病，阿爸确实已病入膏肓无药可救,见一面少一面咯! 她母亲因为生她时难产而撒手人寰,阿爸为这个,曾经恨过她。后来他对独女不在身边早认了账,他对她说过:"不必回来,我去同你妈会合是喜事。房子你要继承的,房子现在值钱了。你直接回来处理后事就好。"但她知道自己还是想见阿爸最后一面的,她离开了阿爸就没有过正式的家庭,她想尽一次家人的责任。而回来探阿爸,阿爸随口说到了他。

阿爸交代完所有事情和附属的细节,明显松了一口气,简直有点喜气洋洋,她看着阿爸笑了。父女一起放松地笑,好多年没有过了,她感到悲伤的幸福。就在这样的时刻,阿爸说:"你还记得庆阳吗? 庆阳现在可是个人物了。"

阿爸小心翼翼征得她的同意,拨通了庆阳电话:"庆阳,你没出去旅行? 那好,你来医院看看我吧,我怕是撑不住啦。晓霜在,她回来了。"

庆阳没学别人那样同她在电话里寒暄,瞬间他那边就挂断了。她琢磨庆阳对她是怎么个心态。这不那么好捉摸,毕竟有很多年汇聚成一条大河在他俩之间淌过去了。

阿爸打完电话,人就开始感到特别不舒服,医生给他打了针吗啡,帮他止疼。空气里满是病人呼气的咝咝声,房里飘浮着清洁剂的苦味。她忘记了庆阳,看着阿爸,明白了什么叫气若游丝。她惊诧地抬起头,从白日梦醒来,几乎跌落另外一个白日梦:庆阳来了! 他头势清爽①,西服笔挺,打着领带,皮鞋锃亮,只

---

①上海方言,即头发造型清爽干净。

差胸口没挂上怀表了。他的跟班站在走廊里，一个捧着果篮，一个搂着鲜花……

　　他的记忆从第一辆电车开始。要到达动物园，姑妈和他必须换乘两次电车；最后一次是无轨电车，跑在铁轨上会当当发出响声，是他期盼的节目之一。

　　第一次换电车，车窗外就有了不同寻常的风景。这条线路的电车穿越的区域比他惯常活动的区域野多了：越来越多的大树，爱怎么横过来长都不会被修剪，枝条不会探到人家窗户里去，周围根本没房子。行人越来越少，街上渐渐没店面的了。

　　姑妈不耐烦看这些野景，她低头看看车窗边位子上乖乖坐着望洋眼①的他："以前你见过大象吗？"

　　他摇摇头，又点点头："上次去动物园大象馆没开放。老师给我们看过图片，象鼻子长得像嘴里叼条蛇。"

　　姑妈文雅地微笑了一下："大象活得很长，和人寿命差不多长。它们还有非常好的记忆力。印度人夸人家记得住，就说'记忆力跟大象似的'。大象一家人住在一起，无论到哪里，都不肯分开。"

　　"姑妈，你怎么知道的？"他问。

　　"看书，书上说的。"姑妈笑笑，"等你多识字，我给你书看。"

---

① 望洋眼，上海方言，漫无目的地远眺。

三

庆阳比她大了十来岁,他是隔壁童家姆妈的远房侄子。从前她不晓得童家姆妈还有这门亲戚,童家姆妈六十大寿在家里摆圆台面,庆阳才露面。

说句公道话,庆阳人样子真是不错的。记得那天她下课回家,童家热闹得二楼没一家人家可以耳根静一静。她下楼到无花果树下踢毽子,远处太阳落山,红彤彤咸鸭蛋蛋黄似的挂在院子门口公孙树树梢上。她眯细眼睛看夕阳,阳光里庆阳穿着淡黄休闲西服和咸菜绿长裤走进来。

她看着这个身材符合花花公子形状、神色却很亲善的男人笑吟吟走近,她扭过头,看夕阳染金的围墙和墙边凋零的夹竹桃花。她又回过头来,年轻男人微微欠了欠身,很亲切地问她:"小妹妹,童家是这个门洞吗?"

她因他的亲切,也亲切地回答:"就在楼上,你是他们家谁?"

他笑说"侄子",看着她。因为背对夕阳,他的脸一下子黑乎乎的,她看不清。他又问:"那么你是童家的谁呢?"

"谁也不是。我是邻居。"她笑笑,觉得不能和陌生男人多说话,应该走开了。

他点点头,忽然伸出手,向她要什么的样子,她大惑不解。他从她手里轻轻拿起了鸡毛毽子,同时弯腰把手里袋子放在地上。

他走到夕阳余晖里,脸朝向了阳光,他登时变成金色的,神色也放微光。他玩起了毽子,嘿,他是个老手,只见毽子变成了他养熟的小鸟,在他身上到处停一停、停一停接着飞……

他把毽子递回给她,笑着上楼去。她追问:"喂,你是杂技团的吗?"

"不。"他的脚步声在木梯子上,发出回声,"我不是玩杂技的,我是乐团的,我吹号!"

吹号的庆阳大张旗鼓地爱上了她,她还是个高中生,不适合被年纪大一截的男生公开追求。不过庆阳大概被音乐"毒害"了,不晓得无声世界的秩序。他只会高调低调,要不让他有调调,他就不知道怎么玩。

放学路上她被庆阳堵住,庆阳还是那身惹眼的西服,很合体很飘逸,像动画片里逃出来不肯回去的青年。庆阳说:"请小妹妹吃杯咖啡。"

跳上叮叮当当响的无轨电车,他兴奋起来了。姑妈冷眼瞅着他,他从车窗伸出手,扯下香樟树伸到车厢边的枝叶,老练地找到叶脉上的香囊,掰开,放在鼻子下闻。像猫咪嗅了猫薄荷,他恨不得在无轨电车上开演唱会,喉咙里哼着别人听不惯的噪音曲。

"姑妈,小象版纳哪里来的?"

"云南西双版纳森林来的。"

"哦,森林里不是蛮好,为啥一定要来动物园?"

"小象它自己又不要来。为了让你这种小朋友看看,动物园才一枪麻醉它,把它运到动物园让你看的呀。"

"哦！这样啊。那么我今天好好看看，过几天它回去了，我就看不着了。"

"它不会再回森林去了，动物园给它造了房子，它一辈子住在这里让小孩子看。"

"啊？"他大惊失色，不再拉着立杆绕圈子，"姑妈，那小象的妈妈不想它？"

姑妈想回答，愣住了。

"森林不知道是什么样子？我将来肯定要去看看。"他并不期待姑妈回答，他只是随便感叹了一下，马上忘了自己说什么。现在他望向西郊的树林，开始琢磨森林了，"姑妈，森林一定比郊区树多，我知道的，还有不关笼子的野猴子在树上飞。"

四

她到达红海已经两周。红海裂在大陆之间，虽没有发生海啸的可能性，但潜红海也有潜红海的难度和危险。

埃及人心性与她因潜水常打交道的印尼人或菲律宾人不同。印尼人和菲律宾人是周到的，习惯于服侍客人，晓得服务态度和自己饭碗有关系；埃及人则粗豪不少，对待客人多少有点马马虎虎。据她留心观察，埃及人怕是被常来这里潜水的俄罗斯人和欧洲人宠坏了。俄罗斯人和欧洲人都以会照顾自己著称，他们不习惯有人代他们自己做事，也不肯给多小费，所以埃及人就养成了冷眼旁观的习惯。

可一旦坐上橡皮小艇去潜沉船,风高浪急,她一个女子,背着气瓶不讲,还带上累赘的摄影设备,没人照顾可怎么行? 单说从海里翻身上艇,她也非磕碰得浑身青紫不可。

有男人献殷勤,也让她耗神费劲。大多数献殷勤的男人懂得适可而止,保持风度,但也有吃定她以求一逞的。她为了摆脱太近身的荷尔蒙气团,只好跟这种男人摊开她底牌。

佩尔松和金本来素不相识,都是潜水时主动替她扛水下摄影机喝到了她请的咖啡,然后两个人迅速对峙起来,让她好不尴尬。这好比两只公乌鸦大庭广众不避嫌地抢食一块鲜面包。乌鸦可以对打,但她不是面包。

于是她邀请他俩一起岸潜,去潜岸边海下25米深处的一艘小沉船。她特意在沉船边用写字板告诉他们自己有意于进入被禁止探寻的沉船内部……五分钟安全停留出水后,乘佩尔松和金还在擤鼻子抹眼睛,她开出了自己的条件,让这两只雄性动物瞬间停止分泌荷尔蒙。他们的确是理性的地球村男性,知难而退,悄然而遁。

像她这般三十五岁的女人,男人在她眼里,不仅仅是耳边的甜言蜜语和床榻上的翻云覆雨。她也许无比寂寞,但无心重复套路。海底世界给了她某种具体的充实感,让她,怎么说呢,不一定非要男人不可。

不过,佩尔松和金的不辞而别还是刺伤了她。她发现整理行李和设备不能让自己平静下来,于是她想起了他,一冲动,她给这位独一无二的大鼻子情圣发了手机短信。

如果他还那么在乎她,真那么不达目标死不瞑目,真想超越《霍乱时期的爱情》,他可以来红海找她,她还足够年轻,身上没有酸味儿。她在这里潜水,暂时还没离开的打算。

下了有轨电车,离开动物园就只有一箭之遥。暮春的暖风吹在姑妈额头上,他觉得春风在她圆润的额上打滑。蔷薇开得正盛,动物园周围小洋房和宾馆篱笆上垂下一嘟噜一嘟噜的粉红花,蜜蜂向花朵发起冲锋。

姑妈露出一种成熟妇人的骄傲,她抬起脸盘享受阳光。她在安静的动物园园边马路上踱步,走在上街沿,不用留神汽车。小小侄子跟在她身后,也在安全的上街沿。她回头看过几回:平时出门少的小可怜被路边碧绿的蚱蜢勾引住了,不停蹲下身子用手掌扑蚱蜢,追着跳起来的丝丝绿线跑。

五

庆阳没回复她短信。他这人就这脾气,要么他突然出现在你眼前,要么他平心静气,仿佛消失了,理也不理你。

他对她,很明显斗了半辈子气了。那么些日子过去,于医院重逢后,在她时隐时现的轨迹面前,他已养成风格化的回应方式。

不过,他潜水是为她学的,这大城里的老百姓没事还想不到潜水这种娱乐项目。他为争取与她有共同语言，不声不响到跑澳大利亚大堡礁花了大笔钱考证。他其实不喜欢跳进汪洋大海，大海让他紧张，让他有绝望感，但他说有她在海里他就顾不上害怕。

这句话是暖心的，暖了她很久。

阿爸的后事是庆阳帮她主持的，没庆阳她都不知道该如何是好。离开生养她的城市久了，回来完全找不到路、摸不清人心世故。阿爸像是明白她靠不住（他是重仪式感的人，在乎自己身后），所以最后一刻帮她把庆阳找来了。阿爸不会撮合他俩，当年就是他密谋赶走了庆阳，免得庆阳坏了她一枝花。阿爸只是老谋深算，知道庆阳为她随时都肯全力以赴。

庆阳在她放学路上拦住她请吃咖啡，她跟着去了南京西路凯司令。没想到庆阳设了埋伏，二楼凯司令堂吃间里都是他同党，搞起了小小一个乐队。庆阳等服务员送上滚烫的上海咖啡，还耐心等她喝几口，才朝早已不耐烦的小提琴手、中提琴手和大提琴手们一挥巴掌，凯司令立马变成了小剧场。他自己笑嘻嘻盯着她看，看得她难受。他跳起来加入了乐队，开始吹他的萨克斯管。她一下子被沙哑的音乐击中，感到丝丝缕缕的幸福。然后他换了黑管，演奏她听得懂的电影插曲，让她在咖啡制造的清明里窥见平凡日子的愉快纹理。

庆阳还没达到他的目的，他只是以他训练有素的兵法清空了他前进的道路。那些毫无手腕的中学男生在他映照下显出了黯然无光的底色。她眼里的男生减少了，只剩下寥寥两三个。

阿爸却不是被庆阳惊动的，他是被一个盖在自己乱发下的校园诗人刺激到的。面临高考使诗人失去了本就浅薄的镇定，他以诗人的想象力和胆色向中学及大学的学校管理层递交了"免高考申请"。诗人的理由是他决定乘着夏天进藏采风，顾不得高考俗务，申请大城最高学府鉴于其诗歌作品给予他"免试直升"待遇。还别说，他的申请得到了中学校方的支持，名誉校长是位退休教育家，欣然为他写了长长的推荐信，真可谓爱才心切。

校园诗人八字没一撇，却想得挺多。浪漫诗意变成男性荷尔蒙的卧底同伙，一旦得着机会，就想撞开城门，放同党进来。他懵懵懂懂昏昏沉沉，多半还发着高烧，浑身乱抖，骑车来到她家楼下。

阿爸开恩，接待了这毛头小伙，问他来意。

诗人喝了口晓霜敬上的热水，看着她阿爸，开门见山："爷叔，我可能要直升了。我准备到西藏采风，问问您同不同意让我带上晓霜一起去？"

阿爸后来告诉晓霜，当时他想跳起来去开药箱，找点阿司匹林让诗人吃下去，实在不行，就请他吃奎宁。

诗人带来的只是阿爸一场心有余悸的讪笑，可是，擦亮了眼睛的他看见的却是有组织有计划的疑犯——号手庆阳。庆阳自己不检点，晚上到隔壁弄堂找了个晒台吹号，想让晓霜的情绪持续升温。这下子暴露了。

他追着绿蚱蜢站起蹲下，总差那么一掌。蚱蜢从他嫩嫩的掌缘跳开，跳到路边宾馆门口停泊的一辆大卡车底下去。姑妈慢慢往前走，她大口吸着新鲜的郊野空气，面孔仰得高高的，太阳给她眼帘涂满了红色，还有火苗在眼皮上隐隐跃动。

他看了卡车一眼，司机高高坐在驾驶室座位上，正在抽烟。他低下眼睛，看见好多只蚱蜢躲到了车厢底下的阴影里。他跪下来，伏下身子，伸手去轮胎后面扑蚱蜢。他跪着，全身挡在卡车前面，头还没轮胎高……谁也没注意到他。

六

自从阿莱克斯离去之后，她的爱情就像一摊烛泪，从滚烫渐渐冷却，她根本无法挽救它从柔软转向僵硬。现在这烛泪只保持了红色，却落满灰尘。

晓霜离开大城到美国去是突如其来的，与其说是她的期待，不如说是阿爸的布局。恐怕只为防备庆阳，他尽早实施了早已筹谋的计划。

阿爸送她上飞机时不动感情地说："霜霜，原谅我曾在大街上打你，我为了你好。等你到了我这年纪，你就明白我的用心。"

她没回答阿爸，她心里想着号手，也许并不是因为爱他，而是觉得这真残酷。庆阳没做错什么，他只是掉在爱情的油锅里，在滚油里吹萨克斯管。

她到了美国眼前一亮，没过几个星期，她真就把家乡大城抛在了脑后。不但忘了外滩、淮海路和静安公园,也忘了阿爸,忘了号手庆阳。

她来到美利坚的时候国内出来的人还真不多,像她这般从小生在大城里的女子更是凤毛麟角。不但比她早出来的男生蜂拥而上献殷勤,爱好异国情调的美国小伙子也忍不住走过来搭讪她。她搞明白自己的优势,立马进入了状况,或者说得更准确点:她迅速理解了自己的新地位。

她没那种只能和同胞打交道的土气,她生来是洋气的,她家坐落在大城往昔公共租界的中心地带,住的是主人被驱逐而空出的小洋楼。

她到达纽约是来美国的第二年,她结束了打工生涯,离开了语言学校,准备一门心思考大学。

到了纽约她第一次真正谈恋爱,恰恰给阿爸的如意算盘一记她盼望已久的响亮耳光,她冷漠地拒绝了阿爸老友那身在纽约的儿子(据说曾指腹为婚)。她对那同样是大城出来的小男人霸道的殷勤反感到极点,几乎就为了做给他看,也做给阿爸看看,她轻易接受了一个白人校园歌手,成了老外的honey(甜心)。阿爸在越洋电话里骂她,她吐出一口浊气,脸上第一回有了成年女人自得的微笑。

后面不要说了,她并不爱歌手。她在岁月的交替中换了不少男友,都是白人,她习惯了轻松和自由的男女之情。其实她有点害怕黄皮肤男人,她觉得他们总在心里藏着什么,觉得自己一不小心就会成为那些内心情结的猎物。她把号手庆阳忘记得一干二净,他似乎属于她的上一次人生。

直到辗转在澳洲悉尼遇见阿莱克斯她才惊喜自己终于碰上了爱。这时候她都快二十八岁了，不过阿莱克斯还是来了，上帝把她的幸运安排在这儿呢。

是阿莱克斯带她认识了海洋。阿莱克斯是冲浪和潜水的老手，他经营自己的电缆公司，所有的假期都在海上。他有自己的一艘小帆船，常年泊在悉尼港。

她的潜水执照是阿莱克斯执教和颁发的，她的水下摄影技能都是阿莱克斯手把手带出来的。她在纽约举办了两次个人水下摄影展，她和阿莱克斯筹划了海底婚礼，准备让阿爸从国内飞到悉尼，然后阿莱克斯邀请亲友一起到道格拉斯港去，在那里的河口饭店举行仪式。

人生于她真像戏剧。离计划的婚礼还有几个月，阿莱克斯同她飞到埃及参加一次为期一周的船潜。红海海底甚至比大堡礁更美丽，船潜可谓完美，直到毫无征兆地发生事故。

事发前他俩潜到了海下 56 米，当然只使用休闲潜水的装备（他们在摄影时常常这样做，从来没发生任何问题）。他们按照潜水手表的提示慢慢升水，阿莱克斯在安全停留时失去了知觉……事后痛定思痛，她怀疑问题出在前一天的夜潜。他俩停留在沉没的英军舰艇蓝蓟花号船舱里不停地拍夜景。几乎耗尽了气瓶，升水有点过急。当时没发生状况，也许状况延后了……

失去了阿莱克斯，晓霜像一个人意识自己罹患癌症，一步一步感悟到自己失去了生命的精华。有两年多时间她就是一摊咖啡渣，不但不工作，几乎不能见人。她想自己就是晚年的张爱玲，可以躲起来，让人从门缝底下给她塞生活必需品。

等她从哀悼里暂时走出来,她恢复了健康和美貌,但自己明白内里已是残花败柳。她看待靠近她的男人仿佛猪笼草看昆虫;她看电影里演出的爱情,像关公老爷呆呆看些舞大刀的。

他腻在卡车前跪着,伸手不断掏小蚱蜢。小蚱蜢像同他玩躲猫猫,一会儿出来,一会儿藏到轮胎后。这轮胎可真大真厚。卡车每边各有两道大轮胎,前后八只。

司机扔掉了烟头,从后视镜里向人招手,他看看空旷的道路,准备打火。要赶到苏北吃晚饭,得趁早赶路。

七

庆阳英文也说得很好。他本来只会吹号,不会任何外语。学外语是环境所迫。

庆阳阿爸当然搞音乐,曾是指挥系高才生。然而革命的飓风吹散了他的音乐理想,他不能指挥交响乐,他的专业梦被时代热浪熔掉了。

得知庆阳看中的女生是晓霜,阿爸特意找机会在一旁相了相。他对儿子的品位给予了热情赞扬。后来,晓霜阿爸为阻止女儿和庆阳幽会,追到大马路上,当众用鞋底抽晓霜,庆阳恨得几天睡不着。庆阳阿爸就叹气说了一句:"娘希匹!我儿子这么憋屈,天杀的这个世道!"他摇摇头,没安慰庆阳。

晓霜被家里"护送"到美国,她立刻给庆阳写了信。庆阳还在犹豫，阿爸特意脱下鞋子，用鞋底抽了他一个耳光："美国有啥了不起？我卖血也要送你去！"

庆阳就这样离开了大城的市立交响乐团，他同意阿爸：自己这么俊朗一个男人，绝对不能让女朋友被别人抢走。

别管有多难，大男人迎难而上。白天他啃英文，晚上有乐团老兄弟拉他去宾馆奏乐赚外快，凑他自己的旅费。

等他克服千难万阻拿到美国签证，他不知道晓霜在美国已换了两任白人男友。不过，晓霜知道庆阳要来美国，可真高兴坏了。她到处给庆阳置办东西，帮他租好了房子。

没必要描绘人人可想而知的重逢以及彼此发现真相的苦痛。大家都是体面人，晓霜祝福庆阳；庆阳苦一点，但也没难为晓霜。

庆阳是这么一个人：他猛地离开了纽约，去了美国其他地方。到底去哪里，他没告诉晓霜，也不再同她联络。

有一段时间的黑洞，当时庆阳不愿意诉说，很多年之后，他同乐团的老朋友一五一十点点滴滴都说了。庆阳说："这辈子我真要感谢女人。我在汽油站打工糊口，老板每个月付我五百美元工钱，外加中午给我一顿盒饭。我饿，我他妈的真的饿……不知道从哪天开始，突然有人每天让快餐店送快餐给我，让我吃饱。我问了，只知道是女人送的，不让我知道到底是谁。美国女人同情我呀，唉，女人养活我。"

庆阳在加油站有女人送东西给他吃。后来他活络了些，改去替人卖汽车，竟然有女人为让他挣点钱，好好的车开着，又跟他买新车。有的女人喜欢漂亮小伙子，但又保持着欣赏的距离，这熏陶了庆阳。

他的天性被照亮被烘暖被湿润,不得不发出芽来。庆阳没想到美国没让他发达富裕,却让他发现自己,搞明白自己正是那种别人做梦盼望成为的情圣。他瞬间懂得了女人,最难能可贵的,他找到了直达女人内心的沟通方式。

很快,他小试牛刀,如鱼得水,各种肤色的女人都像河里的鱼挂到他钓竿上。一切归功于他说起话来,能动人的心弦。

那时候,庆阳根本不回忆自己在国内过的日子,他注重今天盼望明天,绝不思考过去。也许他也不会有机会想起有着白皙圆满额头的姑妈,他不会回忆那天:

> 他从卡车轮胎前失望地站起来,没逮到蚱蜢。他往前刚刚迈出两步,卡车一阵响声,嗖地从他屁股后面开到马路上去了。姑妈沉浸在春阳里,根本没回头。
>
> 他眼前一黑,年纪再小,他也明白死神刚才是碧绿色的。

八

庆阳成了泡女人的高手。

他面对任何女人都大大方方。他走进成衣店买衣服,看见女营业员长相很像希腊人,大眼睛白脸盘,殷勤招呼。他试试衣服就对人家说:"你的眼睫毛很好看。"

庆阳说:"衣服我买了。"掏信用卡付款时问:"你几点下班,我可以请你吃晚饭吗?"

白女人看看庆阳,他一脸自信。女人说:"Why not?(为什么不呢?)"

是啊,为什么不呢?

他随朋友跑到阿根廷布宜诺斯艾利斯去谈生意,朋友为了生意,他就是去瞎逛。地铁上他看见一个女子,对朋友说:"这个有味道,南美的味道。"朋友说:"好好,你少惹事。你不会说西班牙语。"话音未落,庆阳同人家对上眼了,彼此在笑:"哦拉……"

"哦拉"一声之后,女郎听不懂英语,庆阳听不懂西班牙语,还有一个只会说汉语的汉子在一边当电灯泡。但这都不妨事,庆阳看得懂女人,女人看得懂庆阳,彼此笑多话少,却很有效率。女郎写了个地址给庆阳,媚笑一下下车了。庆阳对朋友说:"晚上你早点睡。"

这种事层出不穷,别人当稀奇事讲,庆阳耸耸肩:"不是很正常?"他说:"你们不要弄错,不是所有女人都搭得上,我只是有眼光,我去搭的,我都看准了能搭上。"朋友们只好说:"我们都是瞎子。"

也别以为庆阳是骗子。庆阳不瞒任何人,无论你是男是女,他一概让你知道他是个唐璜。他总结女人说:"女人难道是为了嫁人才找男人?反正我能让她们高兴,这不结了?"

他沿着西岸,从西雅图租车出发,一路开往墨西哥,沿路寻花问柳。那年美国公司发明了绝妙新药伟哥,庆阳知道国内行情紧俏,就托人搞了一大包,放在行李里坐飞机回来。赚了好一笔外快。

后来庆阳和乐团的老哥们合作开起了 SPA 馆，腰包鼓了起来。

晓霜给阿爸办后事，他全力以赴。晓霜说："这么多年过去了，我和你又成陌生人了。"

庆阳点头："是的，我老了，你还年轻。"

晓霜有点感动，忽然问他："你怎么不成家呢？女朋友也不催你？"

庆阳说："哪个女朋友？她们催我也没用，我又不能个个讨回家当老婆。"

晓霜露出又是聪明又是"聪明反被聪明误"的眼神："哦，原来你sleep around（到处睡）！"

庆阳耸耸肩："So what（那又怎样）？"

晓霜和庆阳在这段相处的日子里毫无进展，彼此裹足。庆阳尽心尽力帮晓霜处理家务，按晓霜话讲"好像家里有个娘舅"。

晓霜回美国之后，庆阳更发达了，老朋友拉他合作小贷公司，其实就是放高利贷，赚得他盆满钵满。只要朋友告诉他有高利润的生意一般他都敢赌，他赌运也奇，好像钱是他前世养的狗，这辈子又来认他。

大城里很多人即便不知道庆阳，大概也认得他那辆风骚的车。他订购了一辆枣红色的捷豹，通体十一块大小玻璃，时常停泊在别人不敢停的闹市区，招人议论。

　　他转身呆望沉重碾过柏油马路的蓝色大卡车，心想只要晚四五秒，自己就已是轮下肉饼。他第一次感受死亡的黑暗，愣在了春风里。

姑妈回头一看，叱道："发什么傻？快去看象鼻头！"

他磨磨蹭蹭走到姑妈身边，晕晕乎乎。一拉住姑妈温热的手，他忍不住呜咽起来，热泪涟涟落下地，心里柔软得浑身发酸。

"怎么了？乖囡？"姑妈只一迭连声地问，被他弄得莫名其妙。

九

晓霜历经漫长日月，刚从丧失阿莱克斯的悲苦中挣脱出来透气，正巧来了国内的访客，是中学里那个想带她进西藏的诗人。

诗人最终还是参加了高考，成绩棒棒的，证明他完全是合理地要求免除高考义务。他现在已成了著名的有全国声誉的现代诗大家，坐镇地方诗刊。他在诗歌上赚到了钱，令人难以置信。他带给晓霜他的全套诗集，并且诚实地用红笔圈出了晓霜激发他诗情的十几首诗歌。

"这些年你怎么样？"诗人热情洋溢地问。

晓霜被问得发蒙，国内来的亲戚朋友经常一句话让她发作自闭症。"这些年怎么样"，是要对这位早已是陌生人的校友来吐一吐衷肠吗？难道他能懂她这些年的遭际？

好在诗人的注意力是飘忽的，不拘泥于她的语塞。诗人忽然把话题引到了晓霜阿爸身上。

"侬阿爸给我印象很深。他是一种父性的图腾。我记得当年他看我的眼神，他的眼神变成了我自己看自己的眼神，然后我慢慢走到了今天。"诗人的语调里有伪装成感激的愤恨。

晓霜还是没说话，只端着茶杯报以意义不明的微笑。诗人很无礼地触碰了她心头未曾痊愈的创口。

让她吃一惊的是诗人提起了号手："可耻啊，我们全校男生。当年你是我们的校花，可惜被社会上一个号手抢走了。"

诗人笑道："庆阳现在成了我的熟朋友，我同他谈起过你，唉，那些光亮的日子多么远，又多么近在眼前。"

"他同你说我什么？"晓霜问，感到自己的语气带上了棱角和怒气，好比冬天里从白雪下透出的尖利枝条。

　　他没告诉姑妈卡车的事，他掏出手绢自己抹掉眼泪，重新看见了太阳光。

　　姑妈看着公园指路牌，直接抄近道带他去大象馆。路上只经过猴子笼、海狮池、鸵鸟园和长颈鹿苑，远远就听见了大象的沉闷吼声。

　　他首先看见两只巨大的象在泥地上甩着长长而拱起的鼻子，他觉得好笑，告诉姑妈："姑妈，这象鼻子像啥？像抽粪车的脏管子，哈哈。"

　　姑妈说："这是亚洲象，和非洲象不同，亚洲象的耳朵就这么大，非洲象的耳朵简直是两把大扇子呢！"

"那么小象版纳呢？"他没看见小的大象。

姑妈拉着他手，去推开大象馆的玻璃门，门上缀一群金苍蝇和绿头苍蝇，大象馆好臭。

走进臭的大象馆，迎面是一幅毛笔字的语录；走开去，到处传来嗡嗡的回声。大礼堂般宽敞的大象馆里，游客正在起劲地吼叫，要一只垂头丧气的小象表演吃香蕉。

"这就是版纳吗？"他问姑妈。

"这就是那只小象。"姑妈低声回答。

他走近，对准小象版纳的眼睛看它。小象不吃东西，也不发出声音。它看着人群，不停左右甩动鼻子。他看着版纳，渐渐觉得版纳也对准他眼睛回看他。

"你想你妈妈吗？"他问版纳。隔开那么老远，小象听不见他的问题。

"你想一辈子待在这里？"他感到一阵臭气扑来，看见版纳脚下全是粪，一团团的，粪上还冒出草叶般的东西。

"你逃不出去。"他叹了口气，抬头看看姑妈，姑妈正在望一只飞进象舍的灰喜鹊。

他看着版纳低声说："这里太臭了，你晚上逃！"

版纳停止摆动鼻子，举起鼻子，发出一声极闷的"哈"。

十

"他同我说起要和你一起去潜水。"诗人说。

潜水？同家乡大城的号手庆阳一起？她感到有点奇幻。这真有点奇幻,和阿莱克斯一起潜水,潜水是件正经事。要是和庆阳一起潜,那会是如何？为什么感觉有点不正经？

她为了压制自己不理性的思绪,同诗人笑问:"我们一起去潜水吧。你是诗人,看看海下的世界岂不是正好?"

"跳进汪洋大海?"诗人声调尖颤,"我可没那个胆子！真要命,真要命。我在诗歌里已经潜过大海,真下水就不必了,都一样!"

她松弛下来,放过了诗人,几百年难得一见,不要给人脸色看。她是放生的鸟,人家是家养孔雀。她琢磨诗人的这些年,任由诗人在咖啡的香气里歪着脑袋打量她,琢磨她过的日子。

静悄悄来去,不要打扰任何人。

她很喜欢红海,她觉得海底之美同她历年的旧梦高度吻合。

她在等庆阳的回复,同时也没在等。她做着自己的准备工作,她准备违犯禁令,进入蓝蓟花号有顶盖的船舱里去看看。这艘船以前用来运送军火,被德军击沉后一直躺在30米深的海底,据说里面像个军火仓库。

她给了潜水店老板娘一小笔贿赂,埃及女人笑了笑,决定亲自当她的潜伴,让她进入船舱去拍照。她们在挺大的浪里到达蓝蓟花号上方,一起护住面镜后翻入水,急速下潜到 10 米深处互相观察了一下,打出"OK"手势,头下脚上,朝沉船刺下去。她带着相机,稍微落后一点。

沉船挺大,犹如海底沙地上开着一个小旅店。船体四周有军用摩托车,车身长满了各色珊瑚;也有一些大的油桶横陈在侧,不知道当年里面放的是什么物资。

潜店老板娘见四下没其他潜水客,做个手势,带头刺进了船舱入口。她慢慢把摄影架和照明灯推进入口,灯光打亮了阴暗船舱,里面有几条艳丽的大鹦鹉鱼。她跟着摄影机慢慢打蹼进去,果然船体依旧坚固,如果不能顺利出入舱门,紧急情况下,人无法立刻上浮,容易出事。她慢慢游动,又看见了贝德福德卡车和一个小的火车头,英国军队的枪支和长筒靴……

回到潜店和老板娘一起喝咖啡,晓霜说:"其实那船舱很好,让我想起宁静的教堂。"

埃及女人笑道:"法老要是学会潜水,都不想待在金字塔底下。"

等不等来庆阳都无所谓,晓霜怪自己心血来潮给庆阳发了那短信,其实大可不必。庆阳就是一个中国式的青梅竹马人物,不如饶了他吧!

可惜庆阳回短信了。好几天之后他留言说:"我已降落开罗。"

　　他嫌弃象舍臭,却又舍不得离开小象版纳。姑妈哄着他去看熊猫,他对熊猫竟然无感。姑妈原以为他到了动物

园兴高采烈，没想到他却蔫蔫的，这可不像一个正常
小孩。

他没有办法向姑妈诉说，姑妈不是正确的倾诉对象，
他不知道谁才是。他近来的确受到了两次最初的打击，毫
不设防的心像被硬币两次撬开贝壳的血毛蚶，正难受着。
第一次是看连环画，他看了《嫦娥奔月》本已有些胸闷，
又翻到一本《宝岛上的小弟弟》，一翻完，像吃了虫子，
翻江倒海地难受。宝岛上的小孩被人轮番欺负，简直生活
在地狱里。他没受感动要去"解放"宝岛、救出那里的小
弟弟们，他就是想吐，想哭，天色都在眼前发黑……今天
是心第二次难受，小象版纳被人从森林里抢到动物园，一
辈子再也见不到它妈妈……

他没去过宝岛，那还算好。可他亲眼见到了版纳，这
只被囚禁的小象让他不寒而栗。世界是黑暗的，他意识到
了这一点。

十一

庆阳神采奕奕出现在红海之滨。他浑身名牌西服，脚蹬英
国手工皮鞋。两个跟班，一个提着他的行李箱，一个扛着他的潜
水设备。他见到晓霜，挥手打发走了跟班。

他先发制人告诉晓霜："我这次来特别高兴，你不要败坏我
的兴致。人生短暂，也许我俩在一起就快乐这么几天。"

　　晓霜看看他,他是年过半百的人了,虽说保养得好,有常年运动的迹象,毕竟也有了丝丝缕缕白发。晓霜触动柔肠:"你这么说,我真不好意思。过去我挺对不住你,这回我陪你好好潜潜大海。我拍的照好,你带回去挂在墙上多看看。"

　　"那好。"庆阳笑了,"我饿了,我们先去吃海鲜。"

　　当天下午他俩就一起潜了海下峭壁。庆阳潜技一般,但他人聪明,在水下很能领会她意思。有当地潜导带着,他俩参观了大片五色软珊瑚,遭遇了白鳍鲨,还在水面和飞鱼相遇。

　　上岸休息,晓霜带庆阳去喝好咖啡,庆阳兴致勃勃问:"我还没夜潜过,今晚我们去?"

　　晓霜回答他:"Why not?"

　　天还有点幽微的亮光,她就带他下了水。海下是阴森森又广大的空间,两道明亮的手电光刺向斜下方,照亮了迎面游来的水母。

　　她没要潜导,她熟悉这块小小的海域,下方30米处就是他们最终要造访的蓝蓟花号沉船,不过今晚不会去。庆阳初次夜潜,不适合到达太深的深度。她只计划让他下潜到18米,万一有危险,可以直接上浮不需要安全停留。

　　潜下去只一会儿就彻底没了天光,手电的光圈之外全是乌黑的海水。庆阳潜得很稳定,耳边传来他均匀的呼吸,而且他带头关闭了手电。晓霜也跟着把手电关了。

　　眼前广袤的黑暗,比太空更缺少星光。这是纯粹的黑和暗,在人生里难以遇见,正如喜欢苦的人也难找到百分百的苦巧克力。

若不是有组织的潜水,人落到这种境地是要恐慌的。庆阳感到这宏大的墨汁浸透了自己,叫自己心头的黑暗显得无足轻重。他忽然想,若是亮起手电,晓霜会不会已消失不见了。他慌忙拧亮手电四处乱找,看见晓霜就浮在身边不远处,正闭着眼睛,享受这奇异瞬间。

晓霜拧亮手电,朝庆阳招手,游在他前头带他去看乌贼。庆阳看着手电光圈里游动的曼妙身姿,目眩神迷,长长叹了一口气,冒起成串气泡。

夜潜之后,胃口又好了,晓霜带庆阳去海滩上做鱼做得最好的餐厅。庆阳点了一瓶法国红酒。

"没想到我和你还有同赏美酒佳肴的一天。"庆阳笑道。

"是呀。我都仿佛过了好几辈子。"晓霜叹息,她的话听不出什么喜乐。

"哈哈,我若说一个故事,你就知道我为什么活得比别人轻松。"他说。

"那你说说,我倒很希望多了解你。"她喝了红酒。

于是,庆阳向晓霜说起了跟姑妈去看小象的故事。

晓霜听得哑舌。庆阳说:"那天下午其实我就死了,是被卡车碾死的。"

"那后来?"

"后来那些岁月都是上帝让我在人间留下看看。我知道我是捡回来的命。"

"所谓捡回来的命是怎样?"

"捡回来的命嘛就别太当真了。苦也好,难也好,总是活着。

我能接受。"

晓霜回味他的话,连着喝了几杯红酒。她有些醉意,吐自己胸臆说:"我不怎么想活下去,你听了我的故事,就不会责怪我。"

"你尽管说。"庆阳开始吃送上来的烤鱼。

于是,晓霜把阿莱克斯的故事告诉了庆阳。她还不忘记补充一句:"阿莱克斯是我唯一的爱。"

十二

喝酒喝到很晚。庆阳完全没有把握能不能上晓霜的床。

他习惯于不做没把握的事,所以他送晓霜回客房,然后道别回了自己房间。他下榻在同一家宾馆。

他想着晓霜和自己,没有睡意。他根本没去想那个已经不在了的阿莱克斯,不过他对阿莱克斯只有惺惺相惜,绝无妒忌。

经历了海底的黑暗,宾馆熄了灯的房间就不可能再黑暗。说出了从来没对人说过的卡车故事,想起了早就不在的姑妈,他心里也亮堂了些,觉得人世比从前可爱。

没想到夜的深处晓霜轻轻叩门,他打开门,晓霜穿着白色睡衣,像一朵百枝莲慢慢投入他怀里。

三天之后,晓霜觉得自己堪堪爬到了深井的井口,一不小心重新失足掉了下去。

她不责怪庆阳,庆阳也就这点身手,而且他已年过半百,尽了他全力了。他毕竟不可能取代阿莱克斯,对吧？一个女人一生中只能有一个阿莱克斯。

庆阳懂女人,虽然晓霜对他而言是个异数,他还是看出了晓霜的痼疾。

下午茶桌上,变得亲密的晓霜靠在庆阳怀里告诉了她对佩尔松和金提的建议。她让这两个男人陪她一起去夜潜蓝蓟花号。她说三个人的局面总要变成两个人才好,所以夜潜规则是有一个人必须留在水下。她说很可能留下不出水的是她,但如果不是她,她情愿委身于一起出水的那个人。

"于是他俩就不辞而别了。"庆阳猜到了下文,庆阳笑了,"你的阿莱克斯是意外留在了水下,这世界上你寻来觅去,真心愿意陪你留在水下的大概只有我。"

晓霜摇摇头:"不要说这种话。我不是女巫,我不需要你陪着我。我要是不出水,只因为我想念阿莱克斯,我去同他静静相守。"

庆阳惨笑说:"我的心历来是阴暗的,所以女人通常喜欢我。我陪你留在水下的话,不是为你,是为我自己,我不能让阿莱克斯独占你。"

"好了,庆阳,你我打情骂俏得有点过分了。我要你离开红海回家去,然后把这几天从你脑子里抹掉。"

"为什么你要赶我回牢笼里去呢？不是你把我拉出来的吗？"庆阳笑笑,扯开去,谈天说地。

是晚,两人正式结伴夜潜蓝蓟花号,深度水下30米至33米,不算太深。考虑到夜潜,有一点风险。老板娘给配了两条船,虽然他们不需要潜导,但船夫也是好水性,必要时可以自由潜水下来帮一把。

后翻入水之后,晓霜就打开了摄影光源,两人流利地穿透水晶般清洁的海水,只花三分钟就来到了蓝蓟花号结满海蛎子和水锈的甲板上。

两人绕着船体逡巡了一周,海龟在灯光里显得特别苍老,小丑鱼成群翻飞如橘色夜蛾。晓霜推着摄影机慢慢游进了船舱,庆阳稳稳跟随在她身后。

晚上打着灯光潜沉船内部和白天的视觉完全不一样,夜里就像梦境,某种清晰的梦境。他们看见了成排生锈的作战坦克、军用卡车、弹药箱、汽油桶、蒸汽火车头、枪支,甚至还有几排老式自行车,车把上挂着海葵。停留在封闭船舱里过夜的都是挺大的鱼,有苏眉、海鲹和蝙蝠鱼,也有盲鲨。

两人在宁静的海底船舱里,只听见彼此的呼吸。这呼吸声让人生出带着睡意的亲切。晓霜不由得扭头看了看庆阳。庆阳好像一直在等待她回头,他马上举起手里的写字板,上面写着:最美的卧室。

最美的卧室?晓霜苦笑了一下,她知道自己正计划干什么。卧室?真好!

气瓶还有足够的气,她转过身,灯光打在他身上,不停地为他留影。他举起手做着"胜利"的手势,摆出大大笑脸。他的背后是装甲车,朽烂的开满毛头星①的装甲车。

她移开摄影灯,决定忘记庆阳。她埋头到黑暗里,想阿莱克斯。

阿莱克斯,阿莱克斯,我来看你呢。你在哪一处阴影里藏着?我不再上去了,我留在这里,同你会合。

她有了庆阳在身边,增添了自己的勇气。庆阳善于料理后事,也只有他有能力弥补自己给潜店、给这里的海滨旅游生意闯的祸。

她看看残气表,镇定地从口袋里掏出准备好的写字板:庆阳,麻烦你了。你上去吧,天亮了再来找我。

庆阳愣在那里,呆呆看着她。她看见他流出了泪水。她于是掏出了第二块写字板:上去吧。别傻。请你尊重我,保重你自己。

庆阳猛地在水里翻了个身,伸手到船舱的破烂堆里扯出一样长长的东西。她不知道他想干啥,她一定拒绝他无礼的干涉。她有自由,她的自由是她最不容旁人触碰的神圣。

但见庆阳手忙脚乱在那黑黑长长的东西上拂掉海葵和海蛎子,她看清这竟然是一只腐朽的军号!号手在沉船里发现了一支军号,他的手电照在军号上,仿佛怀疑它能否再被吹响。

在黯淡光线里,庆阳举起了军号,他拿掉自己嘴里的二级头呼吸器,吹了一下军号,一阵沉闷的轰鸣比岸上更快地传到晓霜耳朵里,震了她一下。

---

①一种海洋生物,状如海葵,可以游动。

他又从呼吸器里深吸了一大口气,吹出了一个清晰的曲调:

> 好花不常开
> 好景不常在
> ……

她心一暖,笑了。手电照向残气表。

他又吸气,最后吹了一次军号:

> 今宵离别后
> 何日君再来
> ……

庆阳伸手拿过她的摄影机,灯光将她照亮,然后他慢慢向舱门口游动。

晓霜觉得他还有余气可以经安全停留回到海面。她不再看他,她摊开四肢伏到黑暗中去。她扯掉自己呼吸器,心里默念:阿莱克斯,黑暗吞没我,阿莱克斯……

她感到一阵光亮,她知道这是通往另一个世界的通道。她感到身子被扯了一下,一只呼吸器插入她口中不停地打气。她呛了起来,睁开眼睛,但见摄影机灯光定定瞄着舱门,庆阳力大无穷地拖着她,拖她出了船舱。

二级头里渐渐没气了,她明白庆阳干了蠢事,这样子他也难以活着回到海面。

庆阳将两支手电向海面打出强光，高高举在头顶。他扯着她打脚蹼浮上十来米，她完全吸不到气了。庆阳扔掉自己嘴里的呼吸器，也扯掉她的；一把捏住她脸颊，让她张开了口，他托住她下巴，让她脸往上仰。他熟练地解开她的配重，在加速上升中又单手解脱了自己的配重，他们在深重的窒息中疾速往海面蹿去。按照原理，他俩肺中残余的空气随着水压减小而膨胀，也许这会让窒息不至于致命……

　　庆阳后来对他妻子晓霜描绘说："当时我真的看到小象版纳长翅膀飞出了动物园，动物园在海水里全是湿淋淋的呢。我翻来覆去向上帝祈求让我代替版纳，在自由中生活一次。然后我灵魂出窍，一下子全不知道了。"

　　晓霜说："我记得那只小象，它和我一样没有妈妈。"

6

深 处

第一章

一

丘陵最高处有座古塔,据说它的倾斜度超过意大利的比萨斜塔,不过它毕竟不是比萨塔,知它的人少,来览胜的人更少。

在这么个小地方,一座塔光靠倾斜度没法捞到现成好处。

有个中年人近来却常买景区门票,踏着途经古塔的石子路一步步上丘陵。他像对古塔有兴趣,每每走到塔前仰头,嘴唇翕动,像数塔的层数。

塔尖之上只有白云蓝天。

中年人从塔边踽踽走过,一般游客顺着游览路径走下去,他却朝右拐,消失在看塔人居住的红漆木楼后……

看塔人最近并不在丘陵上,他请假回去服侍重病的老娘了。景区临时雇了唐唐来代班。

唐唐是十公里外大学城里一个正写毕业论文的大学生,他想一边写论文一边挣点零花钱。唐唐透过木楼窗缝盯着走到塔下的中年人:这人来得勤了些。

不过,唐唐倒不担心此人蓄意破坏古塔,此人感兴趣的另有一景:丘陵上荒草丛中那个大水坑。

唐唐没向景区管理部门报告这位孤客的怪行径,唐唐有自己的目的:他努力写着的论文研究的是人类异常行为的持续性及可纠性,他素日苦恼找不到实体对象。

此君送上门来,确有异常行为。

丘陵上的大水坑是怎么回事? 唐唐可用科研家的笔法描述其形态:丘上积水成大水坑,实属少见。水不渗入泥土砂岩而常年蓄积,恐与此地多硬石相关(例证:距此丘陵十多公里另有高丘名佘山,其局部山脉在日据时期曾被日军采石,采石遗留深坑,即如今地标建筑深坑酒店所在地)。初步推测雨水积累在丘陵中层的石质坑洞中。石体深坑究竟深几许? 未有文字记载,其成因亦未经研究。

大水坑经黄梅雨季,目前仍处满坑状态,水质较为清洁,水面能见度达水下十来米,水为淡水(雨水)常见的透明色。

水坑周围多女贞树,女贞细小的黑色种子落入水坑,坑边亦多有树苗浮生,成为特别风景。

水坑呈不标准的圆形,非标准直径约为15米(于13米至15米间变化)。据丘上多位居民言,历来有人到大水坑中野泳,水质尚可,未发生过溺亡事故,但泳者亦未探明水坑深度,最善于扎猛子者也未摸到水底。

　　土人们称此大水坑为古眼水。谓此坑天生,历来就有。丘
民代代相守。

　　据老法传讲,大水坑也曾在最旱的一些年头失水。因是僻
乡野地,乡人也只好奇地探头往失水的坑里看看,看不到底,坑
下仍积浊水,露出来的部分至少有十几米深,因无法上下,无人
入水试探,云云……

　　唐唐爬到红漆木楼楼顶青瓦上,用望远镜观察那个奇怪的
中年人。

　　中年人不是来大水坑边冥思或读书,他的举止显示他对大
水坑怀有目的。

　　他除了到处丈量,拿本子记录,还打量水坑边的植被,甚至
脱掉衣裤,光身子跳进水坑里游来游去……

　　大约同一个月里第五次来大水坑时,此人身负重物,是个奇
形怪状的合金绳架。他在选定的一方花岗岩上固定那架子,搬
运堆积石头来稳固架子底部,然后他将可伸缩的架子延展,一个
金属臂就此伸到大水坑的水体上方,垂下绳子。

　　收回金属臂,中年人将一块大青石用绳子牢牢拴住,金属臂
重新携重物伸展,慢慢放下绳索,石头拉着绳索,一起没入水面;
绳子越放越长……

　　哦! 唐唐心里一喜,原来这个聪明人是来丈量大水坑深
度的!

　　唐唐带上几个煮鸡蛋当见面礼,打开木楼后门就往坑边跑。

　　他满腔热忱。

二

赵蝌蚪本名不叫蝌蚪,叫啥不重要,大家已不由分说当他是蝌蚪。

他从小喜欢游泳,不像别人那样学正规泳姿,他喜欢钻水,潜泳玩得花里胡哨。本是他水性好,城里小孩却看不懂,说他是蛤蟆精,后来讽刺他有尾巴,又修正说他是蝌蚪精。见他老往游泳池深水里潜下去,身影跟着水波一荡一荡地变形,大家觉得赵蝌蚪这绰号传神,就再也不肯唤他本名。

高中毕业他当了印刷厂工人,没啥社会地位,大家更懒得尊重他,就喊死他蝌蚪。蝌蚪长,蝌蚪短,喊得他沉默不语。他曾跟人吵架,说自己不是蝌蚪,但也不想"再同你们这些旱鸭子、岸上的蠢东西来往",云云。

一旦骂了人家是"岸上的蠢东西",赵蝌蚪心里有什么蛰伏许久的东西动了动。他竟去想自己前世是不是水中的活物。

他想起高中时去金山海滨游泳,正当该年第三号台风登陆前夕,海滨浴场关闭。他从浴场边的石滩偷偷往海里走,周边也有人像他好不容易来一次,决心冒险游野泳。

他钻入海波,在将他推来推去的海浪里潜泳,看见浪花打下来,碎成无数迷人的玉石。

他抬头看见那个身材姣好的姑娘,姑娘也瞥他一眼,朝他一笑。然后就是猝不及防的巨浪,高墙般竖立,弯腰拍打下来。

他下意识一个猛子扎下去,感到有无数双手死命压他背脊,像要封他进密闭的液体。他在海下睁眼,身外全是变形的淡黄或褐色的模糊色块,有沙地,有小鱼群,有散乱石块,当然没珊瑚,然后他隐约看见那女生像美人鱼一样在远处海底飞速漂过……

他近岸时狂风大作,浪涛像疯子一般拍打一切,砸中他,令他头疼。他终于手脚血淋淋上了岸,被当地警察带走。

听说一共有两男一女失踪,尸体捞不到。

那个下午他永不能忘。之后十多年,他毫无预感地反复做潜海寻人的梦。他拥有并珍藏那位姑娘在失踪前给人类的最后一笑。他在梦里想打捞那金色笑容,不过,梦里的海永是灰黑色,空洞洞,啥也没有,而且很浅,越来越浅。浅这一点是致命的,最后变成了施展不开的游泳池。

"我想扎猛子呀!"醒来后他总想叫一声。他寻找的姑娘不在海的浅层,他必须深入海体,深潜下去。

她无法浮起,是的,他相信她一定丧失了浮力。浮力解释一切,她仍活着,姣好如初,只是她没浮力,需要他助她一臂之力。

赵蝌蚪不再留恋城市里的泳池,他闻到那股漂白粉气味就沮丧。

他蓄了一只挺大的水族箱,里头有一条来自亚马孙河的进口宠物鱼——龙鱼。这鱼有史前生物的气派:一只呆滞的缺少现代性的鱼头,滑溜溜的像从牛肛门滑落的粪团般势不可挡的鱼身,附着短而简陋的鱼尾。

赵蝌蚪向往纯自然的水域,而且要深。对没深度的河流或湖泊,他感到厌烦。他想象自己浮在深渊最浅处,离大水底部的距离至少有东方明珠塔身那么长。那样他的心才被喂养、被填实。别人家心大,他的心日益变深。

他找到了合适的水域,他逢周五便将龙鱼喂一顿,看它逐一吞食他用纱网捕捉的黄蜻蜓。然后他开车去千岛湖。

他没参加什么潜水俱乐部,他从农家租一条破旧小船,到湖中水深处练习扎猛子。他买了一只芬兰产的SUUNTO潜水手表,像腕表般佩戴,可同步显示他空身下潜的深度。他最深那回快速下潜到湖面之下40米,一口气返回湖面。

后来赵蝌蚪听人家说海水浮力大,更难下潜,他就打了潜海的主意。有人告诉他这属于自由潜水范畴,有别于时髦人士背着气瓶的水肺潜水。世上各国各地皆有人疯狂比赛自由潜水,看谁能到达最深的深度,也就是谁含住一口气能潜最深并安全返回水面。

人家也提醒赵蝌蚪这是风险很大的极限运动,每次专业性的国际比赛都有人重伤,甚至有选手为此送命。

赵蝌蚪并没照人家的思路去理解自身问题,他听闻有国际大赛,第一时间生发的情绪是浓重的温暖感:原来自己在世上并不孤独,有那么多人,男男女女,都和自己一样对陆地生活缺乏兴致,心心念念要冲入更深更深的海底或水底。他证实自己不是个"神经病",这点很重要,心病十去其七。

赵蝌蚪用一百元押金和自己的身份证办了一张上海图书馆读者证,他学会了使用上海图书馆的资料和图书,不紧不慢地系统研究潜水(自由潜水和水肺潜水)的方方面面。赵蝌蚪知识渐渐丰富,心却有点凉,原因有两条:

第一他觉得自己身体素质不行,和国外那些搞自由潜水的人没法比。

第二害怕自己已过黄金年龄,连耳压平衡也难做到完美了。

三

大学生唐唐突然出现在习惯了孤独的赵蝌蚪面前。赵蝌蚪抬头看见朝自己微笑的眼镜男,不但没回以人类的礼貌,反吃惊地后退一步,一屁股坐到黄泥上。

唐唐不安了:"我打扰您了吧? 我是这里的临时看塔人,也许也兼带看管这大水坑。我注意到您已来了好几回!"

"哦。"赵蝌蚪摸摸招风耳朵,困惑地望唐唐,"不让人碰水坑?"

唐唐连连摆手:"不是,不是,您自便。我猜您是来测水坑深度的吧? 这事谁也没干过,您太'老卵'了!"说着他摸出熟鸡蛋递给赵蝌蚪,满脸堆笑。

赵蝌蚪受惯人家冷眼,唐唐这么热情他反而不习惯。不过,他还是接过两枚鸡蛋,对敲一下,轻轻揭掉蛋壳,接连吞了下去。

掏出水瓶喝一口,赵蝌蚪对唐唐说:"我带了30米绳子,现在全放下去啦。你看这架子!"

唐唐仔细看,架子中间有个金属杆弯着,绳子顺杆滑动,绷紧,微微颤抖。赵蝌蚪说:"石块没沉底,还在水中央,我拉它又拉不上来。"

他对唐唐上看下看:"你来得正好,我想下一回水,可以?"

唐唐迟疑:"请问您贵姓,您这是要下到哪里去?我没法保证您安全,我也没学过急救。"

赵蝌蚪点头,又摇摇头,他想解释,也不肯多解释:"没事的,水里有绳子。我不离开绳子,很安全。"

唐唐能有什么办法?他毕竟和这事没直接关系,他还只是个没主见的学生呢。唐唐想,如果这人下到水坑里迟迟不上来,那该怎么办?

"你钻到水里要多久?"他问眼前的怪人。

赵蝌蚪认真想了想,像要尽可能精确地回答:"我最长一次水下静态闭气时间是十五分钟,这次,我不准备做没把握的事,我顶多四分半钟就回水面。"

"啊?"唐唐大喊,"我水下憋气连二十秒都受不了!"

太阳方才移到古塔顶尖,又往西南边不露声色地动了动,正好直射大水坑。唐唐和赵蝌蚪一起往水坑里看,这个角度恰能看到坑中央纵深处露出的纹理。大水坑此刻是一只布满暗斑纹的瞳孔,眼色黄褐,含意不明。

太阳又一晃,大瞳孔倏然消失,他俩窥见的深处登时又不见了。

赵蝌蚪慢慢下水,游到被石块拉紧的绳边,他看看唐唐,刚才他吞过唐唐两枚鸡蛋,这让他回忆起社交的规程,他眯缝眼睛:"大家都叫我赵蝌蚪,都忘了我的大名。"

他举起手摸摸绳子高处,最后说:"我一个猛子扎下去。等我摸到绳子系着的石头,我会睁开眼,再往下看看。"

另一只手从水里举起，滴下水滴，他紧握着一管潜水手电。

赵蝌蚪吸气吐气，吐气吸气，头在水面仰起，嘴巴像刚被拉上岸的鱼那样大张，发出猛吸空气的嗤嗤声。唐唐两只手都捏成了拳头，等赵蝌蚪吸最后一口长气，他不由得也跟着猛吸，吸得胸部胀痛。

赵蝌蚪一个入水式，两脚丫弹出水，在水上打了个水花，人便消失了。

唐唐仰头，努力维持喉咙里这一口富含氧气的丘陵香风。他憋呀憋，憋气憋到走投无路，才长长吐出浊气，吸入新鲜空气。他看看手机，他竟努力维持了四十秒。

唐唐无聊地看看空净的大水坑水面，一只白鹭从林中飞起，投影在波心。

唐唐转头看近处古塔塔尖，一朵厚厚白云挂在塔的飞檐。他再次看手机，赵蝌蚪入水已一分钟二十秒。

唐唐摸索自己胸部，想人的肺到底能展开多大。他现在怀疑起来，他不信有人憋气能长达一分半钟。即便能，那口气也该被消耗殆尽成了废气。难道人能像鲸鱼般躲水下好久才上来换气？不可能！

他绕着大水坑快走，心乱如麻。这怪人会不会是来寻短见的，见自己关心，就施放了最后的烟幕弹？

他飞快看看大水坑的水面，绳子还直直绷在那里，没被拉动。

太诡异了，唐唐害怕了，他自问在刚刚这场戏里扮演了什么角色。

他感到压力像一条草丛深处的蚂蟥爬到背上，吸他的血，因吸血而变沉重，压住他，叫他透不过气来。

他必须马上做决定：是坐下等，相信这自称能奇迹般屏息的人，还是打电话给急救中心，然后报警？

他拿手机的手抖个不停，他看手机。自称蝌蚪的男人已从水面消失三分半钟了。大水坑毫无动静，就像无花果树镇定自若地容下了一条钻心虫。

唐唐忍不住了，他太孤立无援。他拨通了电话，但不是急救中心，也不是报警热线，他拨通的是学校游泳队一个校友的电话："喂，你在水下能屏气多久？"

听了对方的回答，唐唐又问："如果有人说他能屏气十五分钟，你信吗？"

这次对方回答得不够实在："那基本是打破或维持全国纪录的狠人。能见到就开眼界了。"

挂了电话，唐唐手心冒汗，他宽慰自己，事已至此，只有面对。

他不由得想尸体不会马上浮起来，自己够不到那根绳，更无力用绳子把石头扯上来。如果人挂在绳子上，拉上来更是妄想。

他想明白他实在做不了什么，只能等到那人的下水时间超过五分钟，拨打报警电话。

他一看手机，都超过了四分钟。

他想此人如何做到看淡生死的呢，他一点没情绪呀，像只是去上一下洗手间，平静又随意。

他看时间到达了四分半钟，绳子动了一下，像被扯得更重，架子上的金属杆子弹了弹,水面下露出一抹白色,越来越白,是一张脸。

啊,他浮上来了！水泡弥漫了水面,人头从水下冒出……

"咝……"被人家叫成蝌蚪的男人先嘴里喷水,然后大大地吸了口气,落回水面下;又浮出脑袋,伸手抹了把脸上的水。

唐唐笑开颜:"五分钟！你真厉害,我要喊你大师！"

赵蝌蚪连续吸气吐气,慢慢调整。他抹掉眉心挂的水,以中庸而平板的语气说:"我摸到了石块,解开了绳扣。"

他的手从水里举起,捏着绳子的一头;绳子松了,金属架子仿佛变大。赵蝌蚪又说:"我解绳子前往下打手电看了。"

唐唐张开嘴,崇拜地看这中年男人。他现在是全湿动物。

赵蝌蚪说:"你不敢相信的,底下应该还很深很深。"

"那你看见什么,水坑里有宝吗?"唐唐幻想过坑里有奇怪的动物。

"无底洞,也许通海！"赵蝌蚪说。

赵蝌蚪感到自己的声音发颤了,他确实也有点怕,他知道自己对水坑有奢望。

四

唐唐都快大学毕业了还没谈过恋爱。系里至少有一半同学在中学就体验过那相互逗引的游戏,绝大部分同学在大学里有了真实经验。唐唐可算是个异数。

他对此快绝望了,他思前想后很多回,认为问题出在"没有人可爱"。

她们都长得漂亮,让他几乎一见倾心。可唐唐疑虑那只是皮囊,他渴望皮囊之中有他欣赏的气质。是的,别用大词,仅说气质就好。

无论怎样寻找或等待,都没遇到将他一把拽住不放的那种对他起化学作用的气质。

事情不太复杂,寥寥数语便已阐明。唐唐也只有顺其自然了。

他送走深潜大水坑的赵蝌蚪之后有点兴奋,思绪飞越了毕业论文和毕业本身,仿佛看见更辽远的未来。

未来本在他潜意识里呈现线状,一根藤段结一个瓜,然后再扯起下一段;可今天他心里的未来变混沌,完全违反了线状结构,有点像宇宙发生爆炸,无法描述无法定性,让他今夜毫无打磨论文的心绪。

一个人独守看塔的木楼,虽不害怕,却肯定寂寞。唐唐从小冰箱里取出自己冰好的大瓶啤酒,就着盐水毛豆,喝了挺多。心里像春雪融化,很多湿漉漉的记忆和情绪在流淌。憧憬则如最初的春风,在雪和水上低旋……

他有想不透的沮丧,躺倒在单人行军床上,伸手拉了一下原始的灯绳。如果有人一直站在塔下看这透出灯火的木楼,他会看见木楼倏然消失于夜空和密林组成的暗调背景中……

唐唐回了父母家,他没搭飞机也没坐高铁,倏然就回了父母家。

　　爸爸和妈妈都不在家,他推开窗,海边红树林剔透玲珑的枝叶无比生动,海风吹拂,浅滩有圈圈波纹。

　　唐唐感到疲劳,放下行李就推开自己房间去睡觉。

　　他梦见一个长方形的明亮房间,有木衣橱有小圆桌。推开窗探出头,楼下便是红树林的淡色海水。唐唐取出钓竿,从窗户甩钩,钓起了红红绿绿的海鱼。有个天真活泼的女孩站在红树的枝杈上,高兴地鼓掌欢呼……唐唐看不清那女孩,唐唐感到开心……

　　唐唐醒来,走出自己房间,他推了一下父母房间的衣橱,衣橱便滑开了,露出墙上一个木门。唐唐推开那被隐藏的木门走进去,随手从潮湿衣架上取下悬挂的潜水服,努力往身上穿。他又找到长长的坚硬的树脂材料的脚蹼,固定到脚上。

　　这潮湿的暗房间中央有口井,井盖打开着,他低头往里看,粼粼的液体反射灯光。唐唐下了重大决心,他背对井,张开嘴巴大口大口呼吸,然后深深吸入一口气,胸部明显鼓起来。他一仰身,后翻入井,疾速拍打脚蹼,用尽力气往井下潜去……

　　唐唐再也分不清主梦境和次梦境:他在校园里走动,嘴里嚼着刚买的食物;他从校园的荷花池里浮起,方才经历了难忘的深潜,只凭一口气,游过井下重重区隔,来到较为明亮的水底,浮起,便是自己的校园;唐唐在两座教学楼之间的天桥上像企鹅般漫步,远处天空有异乎寻常的鸟类在飞翔,它们庞大而丑陋;唐唐在荷花池里舒舒服服地漂浮,他的潜水服产生了巨大浮力,几乎要让他在荷叶间低飞;唐唐又开始思考哲学性问题,他觉得在地面上任何人都缺乏有意义的视角,最好的观察点是水下深处,如一条鲸鱼,打量海岸上的人类。所谓人类,不过是陆地上的沙丁鱼吧?

从重重梦境中一层层解脱,唐唐其实是被一种声音吵醒的。

他睡眼惺忪看了看时间,宿醉已让他睡过了头。他撩开窗帘,斜塔的东半部分沐浴在夏日阳光里,安宁而和平。

他走到另一侧撩开窗帘,便看见了赵蝌蚪,对方又在大水坑边布局,这次除了木架和绳索,他带来装备照明灯的水下摄影机。

唐唐给赵蝌蚪带去他自己煮的玉米棒子,这玉米在本地被人叫成珍珠米,就在这丘陵上长的,特点是嫩和糯。赵蝌蚪接过还温热的珍珠米,羞涩地笑了:"小伙子你真好。"

小伙子却直愣愣说:"夜里我梦见潜水了,我家在海边,我也下水捞过海参。"

赵蝌蚪点点头,开始吃珍珠米,他没说什么,跟年轻人搭话要谨慎,免得给人家不好的影响。他晓得大家都看他是怪人甚至怪物,他平素不和人交往。

吃完珍珠米,赵蝌蚪解释说:"我今天下去拍一段看看。"

唐唐很冒失地问:"我能跟着你潜下去看看吗?我潜不深,也屏不住气,我就看一眼,马上上来。"

赵蝌蚪想了想,微笑了:"这样吧,你先潜。我等你上来了,我再下去。"

唐唐晓得这人不想和自己同时在水坑里。唐唐借过赵蝌蚪的潜镜,在水里洗洗,脱掉衣裤,光着身子跳进水池,戴上潜镜。

　　你不要说,风景是相对于位置而言的,唐唐此刻置身大水坑水面,周围风景美得非比寻常:斜塔的塔身映在水面上,他像能立即钻进斜塔里。甚至连自己居住的木楼此刻望去也颇有乡间风味,引人入胜。

　　唐唐伏脸水下,视力良好的眼往水的深处看,能看见隐约的石壁和沉没积年的树枝烂木,没甚趣味。他抬头看岸上瞧着他的蝌蚪,挥挥手,一个猛子扎下去,连续甩腿往深里扎。他睁开眼,见几条小鱼和一群半透明的虾。他努力到再也没法往下,就朝深处多看了一眼:他看见了一切,却什么也没看清。

　　上浮的过程非常快,他自然地慢慢吐气,到底从小在海里玩,淡水依稀只是浮力小了点,水质嫌混浊,气泡还是一样往上直冒。他呼啦探出水面,抹了脸上的水。

　　"水坑里的水不要喝,免得拉肚子。"赵蝌蚪和气地说。他伸手把唐唐扯出水坑。

　　赵蝌蚪带着摄影机潜下水坑去了。唐唐今天定定心心坐在水坑边阳光里,想象摄影机的投射光能照亮水坑更深处。现在好奇心已收敛,下水的感觉真好,仿佛是对昨晚之梦的酬答。

　　水坑下不会有什么惊奇,这是个乏人问津的山丘水坑,从来也没奇特传说,没听说有什么奇怪生物出没此地。

　　就如乏味的庸常生活,人们企图将周围的树丛想象成有童话的森林,其实只是种无聊消遣。

　　唐唐终于又想起了自己的毕业论文,假使不出意料,再过十来天,请假的看塔人就会回到木楼,唐唐的临时工做到头,回到学校,把论文初稿交给导师过目。再次投入寻找专业对口工作的迷茫,唐唐不信自己会比别人幸运。其实离开象牙塔就是结束学业,开始为现实的生存奋力挣扎。

不久后,若无意外,会有一个同自己差不多迷茫和饱尝失望的姑娘出现,经过一小段磨合,合租一个小公寓房间,就像山丘上一对对的珠颈斑鸠,建立平庸而天经地义的巢穴,朝九晚五,加入都市人的洪流。

岂止唐唐,所有的毕业生都无一幸免,终将进入此等生活体制。

唐唐看手机时间,赵蝌蚪潜入水中已三分钟。他嘲笑自己:未来也许有个周末,他将和一个女生一起回到山丘上这水坑边,对她故弄玄虚,摆摆手,往水下潜入,努力维持三分钟不出水,给她一次担忧的机会……

但唐唐没信心学到水底下这位爷叔的功夫,唐唐觉得自己多半潜不下去,也没法在水底下怡然自得地长待。对将来离开校园后要过的日子,他同样没信心,也是潜不进去的感觉。其实不止他一人,大多数已毕业的学长都浮在水面上,热热闹闹折腾,就是抗不过浮力。

蝌蚪爷叔已在水下四分钟了。唐唐这回定心,止不住还浮想将来:那些学长,有的如愿进了大公司,如今常在朋友圈吐苦水,让大家看他们被迫超时工作的惨况;有的没公司可去,自己在创业,很多是搞创意设计(成天被客户毙稿,就是没客户肯爽气付钱),倒好像业余干了讨债公司,还不是逼债的,是真在乞讨般讨债;有些学长干不了几天就逃回象牙塔里,吵吵嚷嚷读新学位,像集邮的人那样子集学科证书……

唐唐觉得这伙人被浮力毫不留情地托举在水面,根本下不了水中,看不见水下的宝藏。自己大约也就是这命。谁不想潜下去?又有几个潜下去了最终还活着出水?也许能活着就算不错了,可那样谁还敢探宝?

哧的一大声,蝌蚪爷叔出水,像鱼跃龙门般往上纵,然后怡然落回水面,噗噗从嘴和鼻子里朝外喷水。唐唐见他手里除了摄像机还有活物在蹦跳,有抓不住的势头。唐唐连衣服都来不及脱就扑进水坑,游过去帮蝌蚪按住手里一条奇形怪状的鱼。鱼不大但也不小,黄绿色,鱼身长满触须。

"拍到坑底了吗?"唐唐帮着把鱼扔到少土的石坡上。鱼充满活力地旋转着蹦跳,想回水里去。

"没到底。"赵蝌蚪闷声答,"我已经潜到56米深了,朝下打光,还是深不见底!"

"啊?"唐唐不惊喜不失望,仍是诧异,"那得有多深? 这么个平淡无奇的水坑,需要那么深吗!"

赵蝌蚪拿陈旧浴巾擦着自己细瘦的身子,他摇摇头,有点犹豫,欲言又止,不过他还是一抿嘴,对唐唐说了:"深是深的,但这水坑并不平淡无奇。我感觉坑底有古怪!"

古怪?唐唐从没这么去想这水坑,这水坑又不是英国人用来吹牛的尼斯湖。

"你来看看这条鱼,这条鱼待在50米深度,有个洞穴的。"蝌蚪指指安静下来不再大喘气的鱼。

鱼的身上有奇怪的畸形图案,猛一看像被人按住白色肚皮盖了朱红印章,仔细抚摸琢磨,却似乎是一种特殊伤口留下的疤痕……

　　一开始唐唐以为蝌蚪舒舒服服躺在水坑边晒日光浴,可没多久就看出这中年爷叔正在竭力掩饰自己的痛苦。唐唐问他是不是不舒服,是不是在水下受了伤,要不要紧。赵蝌蚪摸摸自己苍白瘦弱的脸颊,低声答:"不要紧,我有点失控,潜下去太深,上来时有一段缺了气,我会熬过去的。"唐唐想喊救护车,赵蝌蚪却阻止他:"来了也没用,我都是靠自己顶住。"

　　后来赵蝌蚪果真好起来了,坐起身朝唐唐笑。不过,唐唐却忧心忡忡,蝌蚪的脸灰白,嘴唇发紫,还不由自主地哆嗦。

　　唐唐替他背着摄影机,搀扶他慢慢走近看塔楼,让他躺床上,盖上被子保暖。唐唐取出地里挖的生姜,削了皮,放进锅,还放了点红糖,慢火熬煮。他看蝌蚪,蝌蚪闭着眼像睡过去了,鼻翼动弹,呼吸还算均匀。

　　他大概年纪大了,没法潜到大水坑的坑底了。唐唐暗想。

　　那么谁能潜到大水坑的坑底看一眼呢?那可是一种很厉害的挑战,一定能给人强烈的成功感。

　　唐唐被自己吓了一跳,因为他心里想:这里有个年轻人呢!

　　姜汤在煤气炉上慢慢沸腾,有股温暖的气息旋绕。唐唐也昏昏欲睡,他并没睡过去,只在半梦半醒之间。

　　唐唐想象自己跨坐在阿拉伯人的飞毯上飞过倾斜的古塔腰部,抬头看古塔的青砖和斜挑的青瓦檐角,他抓住毯角像抓住马的缰绳,可飞毯并不听从他指挥,飞毯早自行设定了方向和目的地。

唐唐觉得这倒挺客观的：哪怕自己拥有青春可以飞，但毫无能力和见识来制定方向与目标。

赵蝌蚪睁开眼推开被子，一条腿跨下了床。唐唐倒了一大碗姜汤，扶蝌蚪喝。赵蝌蚪喝了姜汤就精神起来，额头冒出一排晶莹的汗珠子。

赵蝌蚪说："坑底定有阴气，我怕是中了阴气了。如果你小伙子下去，阳气旺盛，就没问题。"

这么说着，赵蝌蚪上下打量唐唐，像伸手摸捏他浑身的肌肉。

唐唐觉得自己会意了，唐唐听见自己的声音说："那么，蝌蚪爷叔，你教我潜水吧！我一直梦里在潜水呢！"

第二章

一

重赏之下，必有勇夫。不过给出重赏，勇者免不了要面对危险和难处。

唐唐裹着一床肮脏、散发腥气的破被子，竭力想忘却眼前的困苦，尽可能多休息一会儿。他从清晨到中午，已在涠洲岛的暗流里下潜了十来次，奉命寻找一样失物。

五万元是事先打到他账户里的，他到达涠洲岛时对方用现金报销了他的机票和其他交通费，又当面再给了他五万元现金。

234 | 梦　潜

如果如期打捞到失物，他们凭信用还会往唐唐账户里汇入五万元。这么件事，假使运气好碰上定位准确气候适宜，倒是笔好买卖。

但对方也可能失约，拿到失物就不再理睬他。唐唐对薄情寡义不守诺言的陌生人已见怪不怪。一旦自己不慎出了潜水事故，对方也不太可能对他负责。唐唐觉得他们至多会将他送往拥有高压氧舱的医院，然后扔他在那里，反正他手里有点现钞。

大海捞针，世上有人真在做这类荒唐事，而他们拍板后，下海去捞针的那个人就是他唐唐。现在他要捞的是一只据推测装载着要物的皮包，皮包落水时有人及时记录了经纬度。如果皮包自重足够，没被洋流带走，那么他唐唐或许是件最廉价而有效的工具，能将人家渴望的东西带回水面。

船是一艘普通渔轮，和广西海岸所有的渔轮相似，看来也是被租用的。特殊的船客是一位细瘦的香港人和一位沉默寡言的"老板"。香港人年纪有点大了，半白粗硬的头发像旧布盖子盖在头颅上，眼睛在镜片后不安地眨动。他负责选定唐唐的下潜点，一旦选定，船工就用小小的机械臂将一头拴有大铅块的导绳垂直放入海里，唐唐跃入海中，将身上安全绳与导绳相扣，顺着导绳潜下去察看，期待看见任何类似于皮包或皮箱的物体。他几次下潜其实都不太深，在水下40米左右，这里算是近海。

船上没人对唐唐表达好意，他们知道若万事顺利，船上挣钱最多的将是这个城里来的年轻人。他们供给他吃的喝的，他像个付过钱的船客；他们不想同他交换信息，更不想联谊。唐唐猜中了这些人的忌讳，他明白自己是船上这些天里最容易送命或遭殃的那个人,船工们不愿同他这种人亲近,免得沾上什么晦气。

唐唐也明白自己在船上的身份类似人形机器,他被需要被使用,大家希望他一切顺利,达到目的后人人有钱赚,花好桃好。

不过,他已下潜了十来次仍一无所获,能明显感觉船上的人们焦虑起来,仿佛在心里诘问:到底是计算潜点的香港人不可靠,还是这个深潜的家伙眼神不好?

香港老头工作时常戴上草编哈瓦那小礼帽,这嫌大的礼帽遮住他小小的前额,帽檐的作用是将旁人推开,掩藏他于固定范围内。不过,老头找了个机会推开唐唐休息舱的门,探头看唐唐一眼:"我很抱歉,让你下潜了这么多次。从前我也同样计算,可能这次运气不太好。"

唐唐马上从铺位上起来,彬彬有礼回答老人:"没关系的,大家都知道是在完成不可能的任务,不是您的错。我还好,我还年轻。"

唐唐说自己年轻,意思是自己体力充沛挺得住。

他说完这些又下潜了两次,第二次他本准备到50米左右深度返回,不过往下一看,看见有东西在大约60米深度。他的肺部已被压缩得很小,他基本已吐掉了肺里的空气。他感到在50米深度已摆脱浮力,身体像在太空那样轻盈,于是他没思索就朝那皮包的影子潜下去,然后带着它回到了水面。

皆大欢喜,满船都是开香槟的飞塞子声,香槟是那沉默寡言的"老板"带来的。"老板"亲自给唐唐端来一杯刺刺作响冒气泡的酒,拍他肩膀,给他看手机屏幕:已经把剩下的款子全打进了唐唐账户。"下次再合作！注意接收我的邮件。"

香港老头过来同唐唐握手，唐唐手心感觉到一个纸团，他下意识握住纸团，预感又有什么人生的诀窍要主动向自己袒露。

那纸团上只写着电话号码和一个邮箱地址。

回到上海，从虹桥机场出来，灰色的巨大而平庸的母亲城又将唐唐吞噬。他回到了庸常之中。他毕业后没进任何公司，和其他校友一样，他不想被巨大的结构性的资本世界捕获，他愿做任何自己的才学或才能胜任的事，好在如今的互联网是他这种人的护身符和资金池。

"干点轻松愉快的事怎么样？"有人联系他。

"到海洋公园和白鲸一起潜水表演如何？"是商业性的提议。

唐唐去了，报酬不高，不过，他可以和白鲸相处。那条白鲸明显患上了抑郁症，他想尽力安慰这头可怜的困兽。

玻璃墙里是配制的"海水"，唐唐跃入充满液体的囚室，让白鲸靠近自己，他怜惜地抚摩白鲸的头颅，白鲸完全明白这个敢于跃入水池的人对自己的善意。他和白鲸一起向下直潜，玻璃墙外是密密的游客群，所有人都咧开了嘴巴露出长得参差不齐的坏牙。唐唐想，即便合同期满那些投资家愿将精神失常的白鲸放归北欧海湾，白鲸的噩梦也无法再离它而去，那种梦里不但有愚蠢的人群，也有他，一个无可奈何的安慰者，因无能而显得虚伪。

香港老头不久出现在上海滩，他请唐唐喝咖啡。老头子用粤语口音很重的普通话警示唐唐："年纪轻轻，不要再去搏命啦！那次让你打捞的不是有放射性的东西，算你命大啦！没人会可怜我们的,没人给我们买保险,我们只是零售技能的机器人。"

那么,唐唐将如何挣钱维生呢?香港老头笑得像朵干瘪的菊花:"男人要么挣钱给女人花,要么就从女人身上揩点油。"

老头可不是到上海来吃喝享受的,他喜欢唐唐的实在,他已老得不能靠体能挣钱,但他可以当经纪人呀。

香港老头在新锦江酒店请唐唐吃饭,告诉他如今时兴美人鱼摄影,各路靓女都跑来海里拍魅照。她们既想出风头当美人鱼又怕死,唐唐可以给这些女人当水下保镖,不但有合同款进账,还能吃软饭拿小费。"不要犹豫啦,我只拿你十五个点中介费,生意我来抓,你就下水,轻轻松松。"

试图阻止唐唐的是他那温文尔雅的父亲。唐唐的母亲为儿子的前途失眠已有好几年,她苦于无法逼迫以开明态度著称的老公规劝儿子而日益憔悴。不过,唐唐拿到菲律宾签证要到外岛当潜水导游让他父亲终于放弃了矜持。

这个曾在城市电视台广告部当了十几年主任、做事八面玲珑的男人请儿子吃了顿高档西餐。等酒足饭饱,父亲问儿子可不可以改主意,"别再做事体野豁豁"。父亲说我和你妈只有你一个儿子,我们已供给了你二十五年人生资源,我们对你不是无所谓无期待的。

唐唐不懂如何与常常歇斯底里的母亲交谈,但他知道父亲是理性主义者。唐唐说:"爸爸,你看这时代和你们的时代不一样呢。你们浮在水面的时候,天上掉很多馅饼下来,怎么都够吃,还有储蓄。现在水面已浮满人,像浮萍已把池塘变成了草地。天上掉下来的,有无数双手抢,你们想让儿子也当一朵抢不到食物的浮萍吗?"

父亲沉吟无语,唐唐又说:"我独辟蹊径,我潜到深处去,那里没人同我抢。你跟我妈讲,给我五年时间,我要是玩不转自己的命运,我就回城里当个职员,讨老婆生孩子。"

他临行前去看了自己的出道师傅赵蝌蚪。蝌蚪爷叔住在市中心很安静的小马路上一栋老洋房二楼。他平素不和邻居说话,一个人隐身在他房间。周围没人知道蝌蚪竟有自由潜水的本事,他们只隐约记得这个孤独的男人喜欢游泳,常去河里湖里,弄得浑身精湿,骑着破自行车回来。

蝌蚪爷叔也婉拒唐唐进他房间,他的房间关闭着他竭力维护了一辈子的隐私,不容任何他人入内。唐唐只在门外瞥了一眼,看见那像一个孤僻的技工或科研者的巢穴,堆满凌乱的器械和莫名其妙的物件,像一切皆在忙乱的进行时态中。不过,窗边有个惹眼的水族箱……

赵蝌蚪听唐唐要到菲律宾给时髦女人们当拍照的助手,负责她们的潜水安全,咧嘴笑了:"女人是时间的蜉蝣。你本身也需要一只蜉蝣。"

薄荷岛上,当唐唐迎来第一位"美人鱼"顾客时他想起蝌蚪师傅的话,他和女子接触太少。

这些年轻女人衣着别致,希望靠别出心裁的美人鱼套装在海里催生摄影师们的灵感。

水下摄影师们本是些水肺潜水的老手,背着气瓶咬着呼吸器,拼命想拍出些BBC风格的相片。他们固然也赚这些女人的钱,不过,他们吭哧吭哧的身体里都藏着一颗大大的心,好比鳄梨。他们真正的期待是获得各种摄影大赛的奖金和荣誉。

唐唐起先同摄影师们混得不错,他对女子们羞涩,和摄影师们相处却颇轻松,也能和他们开玩笑。后来唐唐觉得不对,自己的职责是保证女郎们的安全,可摄影师正是威胁到她们安全的最大隐患。他们一味追求镜头里画面的价值,对女郎们鲁莽地触碰海洋生物视若无睹或变相鼓励。有些人本是些有钱人家的废物,蠢得惊天动地,敢伸手拉扯剧毒的环纹海蛇或随意去逮毒性很强的海螺。唐唐若保护她们,会让自己暴露到危险中。

唐唐成了摄影师们的公敌,若满足这位护花使者的保安要求,那些照片将绝对失去出彩的可能性。

摄影师谁愿冒着生命危险吃辛吃苦地拍写真?他们把这些傻女人当成不出钱自来的模特儿呢!本有腾挪的空间各取所需,真正遇险的概率对这些女子而言并不高,况且这般疯女子若非不珍惜自己才不会来干这蠢事呢!什么美人鱼?全是博眼球抢流量的花招罢了。

摄影师们想让唐唐消停,别傻乎乎挡人家的发达路。

二

姗姗来迟的露西娅·冯起先没惹起唐唐任何好感,她太颐指气使,那态度像有钱就能支付一切。

被她骚扰过的老外们背后嘀咕:这个来历不明的露西娅怕是个自恋狂。

　　她不但带了水下摄影师,还带了陆上的。她一路走菲律宾的椰林小道,一边扭捏作态,让个子矮小的男摄影师趴在地上为她留影。她走进下榻的五星级酒店,要求酒店将大堂里的客人清场,给她十分钟私人时间拍照。她亲自下场,酒店人员一开口解释,她就给每个人美金现钞,请他们到大堂外呼吸十分钟新鲜空气。她走进 PADI 潜店也是这做派,无论老板娘愿意与否,她的美金对所有人发生即刻的强制力。而露西娅,一副硕大墨镜占据她半张脸,嘴角挂起傲娇的微笑,她明白自己的美貌也是让人服从的一种力量,仅次于她的钱。

　　"是吗,唐唐先生,由你负责我的水下安全?"她戏谑地扬起脸,墨镜遮不住眼神,嘴角有嘲讽的笑纹,"记住,你无论如何不能拿你的手碰我,哪怕我溺水,你也没这资格!"

　　唐唐想说自己没任何触碰她的欲念,不过,他的心还相当柔和,他只是笑了笑,默不作声。

　　菲律宾的夏季太过炎热,骄阳当空,跃入碧色海水自然是愉快之举,不过,要拍出合乎露西娅心意的美照没那么容易,何况美人鱼裙装一上身,人在潜水船上只能被太阳曝晒,心都要焦掉。

　　两个不声不响其貌不扬的水下摄影师绷着脸玩弄自己的装备,心里计算着机会成本。露西娅极端不耐烦地睥睨唐唐:"潜导先生,我需要大片硬珊瑚,就像海底的灵芝群,当照片背景用,你倒是给我找来呀!"

　　连忙换了个潜点,唐唐先吸口气钻到海下 30 米,抬头看拖拖沓沓的"美人鱼"像一床被子被抛入海水。当然,露西娅还是有天赋的,她似乎天生有耳压平衡的高超能力,一个猛子流畅地扎下来,炫耀地朝唐唐招手。居高临下一旋身,她漂往珊瑚群上方。满身挂满拍摄和灯光装备的摄影师如两只丑陋的铁龙虾,吐出凌乱气泡,追逐露西娅的倩影……

"喂,我说潜导,我想和鲨鱼一起拍几张,你把我带到鲨鱼那儿去!"露西娅当着大家的面脱掉美人鱼裙装,露出雪白匀称的大腿和小蛮腰,"我要换上墨绿色的条纹美人鱼尾巴。"

她确实带来了备用的美人鱼裙装,还戴上她雇人特制的潜水帽,是一只丑陋的树胶鳄鱼脑袋。她想扮演闯入鲨鱼群的鳄鱼小姐。

水下摄影师们非常兴奋,他们的照片可能会有观赏价值!不过,他们惦记着先给自己套上橙色的"防鲨帽"。

露西娅咬着牙齿兴致勃勃地看眼前这些男人,她挑衅地看唐唐:"你会保护我? 鲨鱼如果咬我,难道你扯它尾巴?"

唐唐摇摇头,笑了:"我向你保证鲨鱼对你不感兴趣。"

"鲨鱼对我不感兴趣?"露西娅迟钝地重复了一遍。

"是的,你根本不在鲨鱼的食物链上。再者,在鲨鱼眼里,也许没有比这种美人鱼更丑陋的海洋生物呢!"唐唐半开玩笑半认真。其实,他觉得海洋不是时装秀舞台。海洋从总体意义上是不容亵渎的。

他把露西娅带到了长尾鲨出没的海域,长尾鲨性格温和且不喜欢接近人类。能不能拍到鲨鱼,看露西娅的造化。不过,露西娅这女人运气真好,鲨鱼围绕她打转,她带来的摄影师一阵狂拍,他们庆幸有了拿得出手的图片。

回程时除了船工,搭乘的客人都昏昏欲睡,两个在海水里拼尽全力的摄影师伏着头,发出了鼾声。露西娅脸上慢慢浮现一个魅惑人的笑,她对唐唐招手:"你不觉得我当美人鱼好看,是吧?"

唐唐面色尴尬,小心翼翼地回答:"如果在游泳池或在池塘,也许挺漂亮的,不过,这是大海,完全荒蛮自然的大海。你若能潜下去,潜到更深的地方,就明白我的意思了。"

他没期望美人鱼女郎听懂他。他合上眼皮,对着阳光,眼皮光亮而橙红。他想,对于自由潜水者,唯一的意义就是深度。美人鱼女郎之类都是漂在海面的喧嚣,而真理般的世界在30米深度以下的海体里。

唐唐每天送走客人后自己单独去潜水,他越过30米深度就任凭自己顺导绳往下坠落。

他的胸腔感到海水的压力,但更多是体验一种孤独的幸福。

他在钢蓝色海水里懒洋洋地眺望巨大无垠的海体,有时见大鱼匆匆游过。他好奇自己没什么恐惧,他对深度有一种瘾君子般的迷恋。

他相信自己不属于表面而属于纵深。甚至,他不相信自己留恋陆地。他是要回到陆地的,不过他不明确他爱的是陆地。

他这年龄,仍旧不由自主地暗恋女人,但他晓得她们如同露珠,如同霞光,如珊瑚丛中的五彩小鱼,如人潜入水中邂逅的一切生物那样有自己的路径和方向,与他只万世一遇,最终会擦肩而过……

况且,并没女子向他靠近,假如一位千娇百媚的女子主动向他靠近,他对女子的成见也许就像遇到烙铁的水珠,哧一声便消失无踪。那时,生活就有了光。

　　周末终于到了,唐唐松口气。周末是他自己的,他是自己的主人,无须为挣钱听命于他人。他可以睡懒觉,然后像所有度假的年轻人那样,懒懒走到街头去吃早午饭。

　　前一个星期,虽然服务的对象弄得他狼狈劳累,但这个露西娅出手大方,给了不少小费,让唐唐有发小财的暗暗愉悦,只不愿表现出来。如可以选择,他倒宁愿天天遇到露西娅这样的客户,缩短他积累本金的时间。他心里有个固定数字,一旦达到,他就辞工回家。

　　他感觉自己的健康稳定可靠,睡了一个好觉身体就跃跃欲试,很想下午出海去尝试一下深度。于是他走进商街尽头的西式简餐馆子,要了加强份的欧式早餐,有金黄色炒蛋、德国肉肠、英国烟熏肉、烤土豆以及番茄酱炖长圆豆,还点缀上绿油油的生菜叶和紫色洋葱圈。不过他最喜欢的是那一大陶壶"黑茶",是用浓郁的印尼茶叶泡的红茶,每次都向他体内注入热量和活力。

　　他坐在鸡蛋花树下,正喝得满头大汗,一个婀娜的白裙女人走来,笑吟吟拉开椅子坐到他对面。这是个华人姑娘,唐唐见她鹅蛋脸丹凤眼,眸子如明珠般闪耀,瞬间就惊艳了。可是,女子还没开口,他已倏然醒悟这就是换了妆容的露西娅·冯!

　　露西娅此日一点也没傲骄之色,她和和气气说这份早餐看上去不错。

　　她举手,对跑来的侍者说"照样给我来一份,不过,不要红茶,要美式咖啡"。

唐唐感觉对面这位女郎今天是个正常女子,他顺水推舟:"你的摄影师呢?我是不是让开,让他们拍你?"

露西娅厌倦地摆摆手:"他们飞走了。现在想起他们就讨厌!"

她跟个淑女一样从手袋里掏出一本小开本的书,打开,低头读了几句。

唐唐发现她皮肤很白嫩,和其他潜水女郎不同:"你平时不运动的吧,只为拍照来潜水?"

露西娅并不回答,她看看唐唐,眼里却没刺:"我潜得还行吗?你是专业的,你说说。"

唐唐为她接过有点烫的餐盘,放到她面前。他喝口红茶,看露西娅满足地喝上了咖啡,露出怡然神情。

"你潜得很好。你的耳压平衡做得很高超哦!"他由衷地说。

"你看出来了?"露西娅露出快活的神色,像人家正把她夸成天仙,"你果然是高手!"

"是天生的本事吗?一个猛子就扎下来十来米,那是真不错!矫若游龙!"唐唐谀词如潮,还稍稍有点不习惯。

"我曾经有个好教练。"露西娅却大大方方,"不过他也只有这么两下子,我后来把他炒了。"

唐唐笑看露西娅吃东西,她的刀叉磨磨蹭蹭,像鸡蛋里还能挑出骨头来。唐唐把盘子都舔干净了,她还没怎么动嘴。

咖啡喝完了,唐唐主动为她斟了杯热茶,她尝一口,觉得茶还不错。

她的刀叉在餐盘里横挑竖拣，就是不吃，茶倒又喝了一杯。

"带我到更深的海下去看看，怎么样？"露西娅扬起眼梢看唐唐，问得清晰。

唐唐愣住了，一种感动击中他，让他像烟花似的骤然绽开，虽说他马上收拢，但明白刚才发生了什么。

"海里那些好看的你都看了，珊瑚呀海葵呀海扇呀，还有鱼和玳瑁，再往下潜挺危险的，不下去才好呢。"他微笑，体贴女生。

"喂，何必那样子虚伪呢？"露西娅用餐刀把肉肠一割两段，"你说过我下到深处才会明白！"

唐唐的心骤然又成了误燃的烟花，忍不住绽在日光下，可惜没人能看到。

"美人鱼那种游戏，是在表面玩的，没什么意思。"露西娅放下刀叉，凝神看唐唐，"你以为我真喜欢那种平庸的游戏？"

唐唐闭上了眼睛，他已不想掩饰自己心中的焰火。他忘了露西娅昨天还是个蛮气十足的富小姐，眼前女子有了种气质，不，说气质并不准确，眼前女子显示出某种深度。

"可你不适合。"他笑了，认真告诉她，"你细皮嫩肉，潜水会让你变的，也许变得英武些，可皮肤一定就变粗糙。我不信任何女生愿意牺牲自己的美貌。"

"你说什么呢？"露西娅打断唐唐，"我打量你是在给自己选个潜伴什么的吧？别想得美了，我才不会干这行呢！拜托，我只想你带我到更深的地方，从底下往海面看一眼！放心，我会付你好价钱的！"

唐唐面红耳赤，露西娅说出了他潜意识的荒唐处。他无语

可辩,喝茶掩饰。他想,也许带她潜到40米? 不超过40米还是
可行的,没有大风险。

三

斜塔的投影落在大水坑的水面上,不是阔大的水面,只是一
个合抱的圆。

有一阵西北风吹过树梢,树梢上不牢靠的积雪就瑟瑟掉下。
水坑的冰面近乎透明,有些地方有冰花纹路,但够不上松花蛋的
花纹那样清晰和美丽。

赵蝌蚪穿着从前工厂发给工人们的厚厚的老棉袄和棉裤,
倒是脚上的高帮运动鞋显出点现代感。他坐在一只香樟树桩
上,慈眉善目,看上去心情不错。

一男一女都赶着他叫师傅。唐唐直接坐到刚抹开积雪的石
块上;露西娅伸直牛仔裤裹紧的长腿,轻轻坐到唐唐膝盖上。

唐唐捧起露西娅的双肩包,露西娅从里头掏出茅台酒,替师
傅斟上。赵蝌蚪喝了一杯,又喝了一杯,咂咂嘴:"水坑就在你我
面前,谁也没摸过它的底。我不说水坑,我给你俩说说其他事
情。"

赵蝌蚪借酒打开了话匣子,他素常是沉默寡言的男人,深居
简出,活在自己的硬壳里,像是贝壳里苟活的脆弱肉身。

赵蝌蚪说起了他父亲的身份和母亲的家世。

赵蝌蚪的父亲曾是一名空军地勤人员,当美制飞机一架架

从杭州附近起飞去同日机作战时,他父亲明白那些由小伙子驾驶的战斗机不可能全体飞回机场。

战争结束十多年后,他父亲遇到了他母亲。他母亲当年是个要强的商家女,生了蝌蚪之后坚持要出去工作。为此,她考进会计专科学校,边带孩子边上课,毕业后如愿当上了大型工厂的会计。

赵蝌蚪在水坑边雪地里喝徒弟们孝敬的茅台,他不停抓起积雪擦拭他的脸庞,再也擦不掉深刻的皱纹。

赵蝌蚪说:"我爸和我妈过不到一块儿去,我知道是那些小飞机还在我爸心尖上飞来飞去。他其实并没太受罪,他只是'不得重用'的一群人中的一个。可我妈妈受不了,因为婚前他没告诉她这段经历。"

"我家被分配住在洋房里,条件还是很好的。"赵蝌蚪特意说给露西娅听,"我们厨房的墙壁上有烟道,你知道从前这地方是有壁炉的,烟道上有个方孔。我总是偷偷打开封孔的木盖。我想往上看,又想往下看,两头都看不见尽头,只有封锁住的黑暗。"

赵蝌蚪说他母亲见儿子为他父亲的历史问题抬不起头,她后来又惊讶地发现自己的弟弟也因为姐夫的问题而被上司冷眼相看。她并没当即做什么,她像其他女人一样吞咽属于她的苦果。

人是环境动物。这话的意思其实是能适应环境的人生存,不适应者慢慢会从看不见的藤蔓上脱落。

赵蝌蚪的父亲证明自己能适应环境,他在指定他工作的大公司里干得不错,被派驻到内地当某小城分公司的业务经理。

然后,慢慢地,他在内地建立并开展了新的个人生活。

赵蝌蚪的母亲将他父亲的东西全部扔到大街上,宣布将他扫地出门。

她的壮烈之举得到了普遍同情,也给了奸情败露的丈夫致命一击。

赵蝌蚪放下酒杯:"我之后就没在家里见过我父亲。我妈禁止我们见他。我在他老死养老院之前去看过他一次。可那是一具我不认识的干瘪躯体。"

两个徒弟低着头,听赵蝌蚪讲故事,赵蝌蚪第一次拥有听众,他不知道自己倾诉之后的感觉是舒畅还是惊恐,他惴惴不安地抬头看天上乌云。

露西娅伸手握住了蝌蚪师傅的手,她又怜惜地抚摩师傅的肩膀:"师傅,想开点。那些只是浮在表面的生活,我们可以抵达深度,从那里观看,一切就不一样了。"

赵蝌蚪点点头,他还没让这个女弟子下过大水坑。她老喜欢对他提起"深度深度",对某个虚拟的水平线充满迷恋。

赵蝌蚪看看唐唐,唐唐却像没进入他的故事。唐唐说:"蝌蚪爷叔,开春不要再等了。我要在新年里摸到大水坑的底。如果超过100米还没底,我就放弃,否则,我告诉你底部是淤泥还是沙砾。"

露西娅笑起来,她的笑在冬天的城市郊区显得无力和平淡无奇,既无金钱力量也无美貌的力量。露西娅说:"如果你摸到底,我们就去尤卡坦半岛;如果你没摸到底,我们就去塞班岛。反正你把我带到水下70米。"

"蝌蚪爷叔,她希望体验氮醉。"唐唐搂住露西娅笑,"我和她,等她对氮醉失去兴趣,那时就该分手了。"

"不是这样说,"露西娅掩住唐唐嘴,"跟氮醉没关系,只和深度有关。我们到达那个深度,彼此互相看一看。再往陆地上看。我可不晓得结局是什么。"

赵蝌蚪笑着摇摇头,他没和女人共同生活的经验,他现在已超然物外了。他说:"你们两个小孩子,不要总说什么深度,倒要注意安全。"

唐唐换上七毫米厚的潜水服,他是这天唯一要下水坑去的人。赵蝌蚪摇头说:"小伙子火力壮,也得省着点用。这可不是冬泳。"

露西娅看唐唐特意往头颈上加了个装满砂粒的配重圈,胸前挂着她送的鼻夹,晓得他想潜得深。不过她皱了皱眉,天气实在太冷,他何必定要下水!

唐唐用的仍是双脚蹼,他安慰有点不安的师傅和女友:"放心,我有分寸的。给我四分钟就好。"

他敏捷地滑入砸开的冰窟窿,打脚蹼,在水面往头上泼冷水,大口吸气呼气。不等岸上人再嘱咐什么,他慢慢像鸭子一样立起,一双脚蹼耸在水面。他拉住导绳,往下扎一个猛子,消失了。

露西娅看一眼神态自若的蝌蚪师傅,低声咕哝:"有时候我不得不担心他。"

赵蝌蚪微笑摇头:"不用。他不傻。"

唐唐不间断地吐出胸腹间的空气,剩一点气集聚在喉头和口腔。他打脚蹼,感到导绳在虎口滑动。他意识到自己忘记戴潜镜,如此一来,冰凉的水带着阴森的压力让他睁眼也看不见什么。

还好,他并不需要观看,今天潜下来,他有掩藏不言的动机。

他并不需要观看水下景色。他需要接近他认可的某一深度,他只有到达那个深度才能理智地思考有关自身的事。

7毫米厚的潜水服毫无悬念地增添了他的浮力,他用力打蹼,甚至拉了几回导绳,现在接近那种失重状态了,浮力在一定的深度终于被抵消。要非常谨慎并有理智,因为接下去很容易往下滑落,不知不觉就可能超过安全限度。

经历了很长一段时间,陆地终于再次从他意识里消失。

他现在是一条鱼,赶往地球的内部。

他想象自己人头鱼身,有点像露西娅曾扮过的美人鱼,不过其实更像波塞冬的塑像,手里拿着鱼叉,满头发丝如浪。

"要不要再回到水面呢?"一个稚气但有力的问题出现在他脑际。

他蓦然觉得自己氮醉了,就像正在观看的电视频道倏然更换,眼前出现陌生视野,身体开始品尝熟悉的焦虑。

其实水的深处比水面暖和,这就像一个人往一床巨大的被子里沉落,有不可否认的惬意,还难免是一种逃脱。

他微微睁开眼,因为是冬天,也因为没携带任何光源,还因为此处是超级静水,他身周一片漆黑,连一个微弱的闪光点也没有。这与在海里夜潜不同,海里夜间还有能发出磷光的些许浮游生物。

纯净的黑,如宇宙黑洞。他正浸没其中。如同,如同回到了母亲的子宫?

唐唐蓄积的悲伤像终于呕出来的胃液,离开他身体出去,这难受又感到渐渐缓和的过程,给他一种安慰。

他警觉再往下潜不妥当了。他用意志力止住了自己,缓慢地转身,准备踢蹼上升。

这时他微微觉得脚蹼碰到了什么,下方发生不坚硬的撞击……

他的手没离开过导绳,这提示他一切正常。偶尔想到放弃和不返回,怕是每个自由潜水者都会经历的吧?人世,陆地上的人生,并没有绝对和巨大的吸引力,有时候人间一疏忽,就释放了它的囚徒。

他觉得被压缩到极致的肺部正在恢复体积,那些残存的气体膨胀开来,让他肺部的焦灼有少许缓解。他还没到非恢复呼吸不可的程度,他正在向上,7毫米潜水服带来的超常浮力加剧了上升的势头。他下意识拽了拽导绳,不让自己上升过快。

大水坑边蝌蚪闭着眼什么话也不说,如同老僧入定。

他和露西娅之间的授受一直以来都是以唐唐为中介的。赵蝌蚪不习惯和女人独处,并不是怕受诱惑,是怕自己的空淡冷漠得罪人。

露西娅注视着水面,又脱口而出:"师傅,如果他不肯再上来,我该怎么办?"

她瘦削的脸上如今绝无骄横之色,像一个牵挂着井下人的矿工家属。

赵蝌蚪似乎没听见她问话。露西娅双手蒙住自己脸，不顾一切地说："我为什么不能和他一起下潜？为什么他总拒绝和我一起下潜到深处？为什么他不再进一步接纳我？"

她温热的泪水从指缝流出；赵蝌蚪张开眼，并不看露西娅："不要多愁善感，姑娘，他只是为了保证安全。你的安全和他的。"

"是吗？我也这样告诉自己，告诉了很多遍。"露西娅放开手掌，露出被泪水沾湿的脸颊，"可我疑心事实并不是这样。"

噗的一大声，水面升起了一颗沾满水珠的头颅。

"咝……"贪婪的吸气声。

笑容如火焰从余烬里回升，露西娅跳起来，朝水边跑去……

四

从小就听见人家各种怪谈，唐唐走路特别当心，远离苏州河道八只脚，看见池塘也宁愿绕道走。

人家讲，青天白日的，溺死的人变成鬼魂就像看不见的鱼，总一心一念希望活人跟着掉下水。溺死鬼不怕落水人，他们会一拥而上，把活人扯住，拖下去，就是不让他逃回岸上。

唐唐因为很爱听故事，听故事往心里去，所以特别敏感。

不过有些经历却是成长的代价，躲不过的。小学二年级上游泳课，那时唐唐还没对水起戒心，浑浑噩噩走到池边，突然就扑来一个同班的阿戆，将他推下池子。

唐唐猝不及防，眼看阳光在头上化作一摊蛋糊，他浸没水中。他感到憋闷,张开嘴喝了两三口水,焦虑骤强,手脚乱挣,无意间恢复头上脚下的体位,他的额头露出了水面。

然后整张脸露了出来,拼命呼吸,脚踩到了浅水池底。

唐唐没报复那个阿懑,他只是从游泳课上逃走了。体育老师怕唐唐投诉他疏忽,也就睁一只眼闭一只眼。

然后就是冗长的干燥的少年期,唐唐始终固守于陆地上,呼吸那没有穷竭的混合空气。

从乡下来的舅舅无意中触发唐唐的义勇并将他拖入危局。

说来也就是那么一种俗套故事。唐唐陪农田里来的舅舅去动物园长见识,而舅舅却自认是带着外甥出门玩。

在公园,他俩又上演了一出英雄主义的反转戏。

动物园有一片荷塘,荷花开得正好,莲蓬也饱满了,如画一般。舅舅想摘几只莲蓬送给外甥当顺水人情,唐唐已觉得危险,连声喝止。

可舅舅毕竟是长辈,长辈对小辈的劝阻常似笑非笑、我行我素。

主要事件寥寥数语便可勾勒:舅舅不懂公园的池塘不是乡下池塘,他一脚浅之后没料到一脚深,整个人便扑翻下去。

怎么回去跟妈妈交代？舅舅是妈妈的弟弟,妈妈已是常常歇斯底里的了。

唐唐没什么可多想,他已经长得高过舅舅,于是他奋勇跳下池塘,去救没见识的乡下人。

他拉住了舅舅,舅舅很灵活地扯住岸上的美人蕉借力,身子上去了。

淤泥是种躲在暗处害人的东西,估计就是由从前淹死鬼的身体变化而来。淤泥吸住唐唐的皮鞋,唐唐想把系了鞋带的皮鞋踢掉,却更陷落去。咕噜一声,他头颅入水,浮萍漂荡着合拢,遮住阳光,好比拉上了房间的窗帘。

唐唐被关在注满池水的房间里。房间里倒是满登登的,到处有滑腻腻的叶片,带刺的荷花茎秆,以及从泥浆里翻腾出来的藕段。他的胸腔憋闷得要爆炸,他想这次在劫难逃。

舅舅终究是乡下来的种植户,只要呼吸一顺畅,他对大地的态度就比唐唐高明。

舅舅两只脚丫勾住岸边一棵木芙蓉的根部,他扑下来,伸手在塘水里捞,捞到唐唐的头颈,把他拔出来……

甥舅两个淋淋漓漓回家,舅舅打三棍子也不吐一句实情;唐唐亦无解说事实的兴致。

他觉得这天终究还是出了事,只回来一个半人。他自己有一半没能被舅舅捞上来,就陷在圆滚滚的藕段间,被无数细密的浮萍封闭了去路:半个人掉了,另外半个跟着舅舅摸回家。

和露西娅相处过一段日子,唐唐忆起前事,更觉得当年被愚蠢的舅舅送掉自己半条命。那半条命和留下的这半条命并不同质,那半条命像是负责同他人接洽或勾连的。

剩下活着的是不愿意说话也不太愿意有表情的这一半,寂寞和孤独才是这半条命的本色。

露西娅·冯的身份证名字是冯溪兰,她觉得父亲起的这名字不好不坏,可以接受,但不适合日用。

自从在海下打量唐唐,她觉得他是个符合自己设想的人物:不为长相英俊,而是他流露的那种不属于陆地的感觉。这男郎在岸上有点萎靡不振,一入水却像鱼回海中,精气神全长起来。看见他在她底下十几米深处神采奕奕地给自己当保安,她心里不但踏实,且有点飘飘然。

从前她也过过没钱的日子。

还好那段日子不长,像是人生中一个体验项目。父亲做房地产而发达,她成了名副其实的富家女。

花钱的日子虽不长,但她天性善于花钱,能花得叫旁人的心尖一颤一颤。

她倒能明白钱害了她而不是扶助她,但她无力违抗,只能随波逐流。

唐唐能买吗?她想了想,觉得没把握。又试了试,提出给他二十万元,让他陪着去澳大利亚大堡礁潜海。唐唐微笑着摇头,说钱太多,不明不白的,不合适。

她能做的就是留下来,留在菲律宾,付唐唐一笔不起眼的教学费,跟他学自由潜。这也不错,她本就嫌自己潜不深,像一只仅在花盘上飞来飞去的蝴蝶。

不过,她发现唐唐像一块冰,不,不准确,不能说是冰,冰会受热溶化,他像是潜水中遇到的冷水层。你的热量投进去,只会消弭于无形,总让你打哆嗦。

唐唐说你要潜深干什么呢,这不是你这种嗲小姐干的事。你拍拍美人鱼其实蛮出彩的,你耳压平衡技术高,下水姿势实在漂亮,摄影师都把宝押你身上呢。

这话把露西娅气得不轻,不过,她又没啥好说,她说,唐唐你废话少点,开始训练吧。

唐唐说那好,要从基础开始,首先静态闭气。

静态闭气,就是跳进泳池憋住气,看能坚持多久。

憋气就憋气,露西娅还从没干巴巴地试过这个。在海上,她永远是一个猛子扎下去,自得其乐。等实在憋不住了,打蹼赶回水面吸气。

她跟着一小群人跳进游泳池,唐唐解说了一些注意事项,吹一只潜水口哨,大家便猛吸口气,把头埋进水里。

露西娅也吸气埋头,她在水里生气:这像什么,一点风度也没有。

一群人像浮尸似的不声不响漂于水面,简直有碍观瞻。

殊不知唐唐正站在水里打量她的后背,他哆嗦了一下。

露西娅很快就憋不住了,她很想呼吸,不过她认为得给唐唐点厉害看,决心再坚持半分钟。

她感觉自己快不行了,因为肺太胀,她已慢慢吐掉了肺里的空气,现在全靠身体、凭实力扛。她听唐唐教练时说过憋气有极点,如果豁出去扛过极点,倒还能消消停停多憋上一会儿。

她猛从水里抬头,几乎跳将起来,大口吸气,抹着脸上水。只听背后唐唐戏谑:"大小姐真厉害,硬是憋气超过一分钟呢!"

其他人还全像死尸般在水里伏着,没炸窝。后来统计,时间最长的那家伙竟然憋了六分多钟,并没昏过去。

"你还潜什么呢?打道回府吧!"唐唐得意扬扬蹲在池边轻声讲,"我静态闭气的纪录是十分钟零四十多秒!"

这实在给露西娅出了个难题:本小姐自从当上富家女,讨好过哪个男生呢?唐唐话里有话,一点也不黏糊,我还留下?可就这么铩羽而归也不是最佳选项呀。

何况,露西娅现在多见唐唐一次,就多晕乎一次。

她一狠心,深呼吸一番后把头再次埋进水,她心想反正按规定每半分钟教练都要让静态闭气的学员伸手做"OK"手势以策安全,就算熬到晕厥,估计也不会死。

露西娅闭气超过三分钟时唐唐已肃然起敬,觉得眼前是个不同寻常的女人,他当年开始静态闭气,表现比她糟糕得多。

等露西娅闭气超过了五分钟还伸手做"OK"手势,他对她彻底另眼相看。

他立马将她扯出了水,不让她接触极限。他从此换了一种态度同她相处。

露西娅跟着他下潜,她第一次潜到了35米深。她从25米起就感受了氮醉,她有点兴奋地告诉唐唐,她看见她的前男友在那深度蹦出来,对她手舞足蹈。

说到前男友,前男友就到。她可以一句话把人家说成前男友,人家可还在现在进行时里呢。

一个模样精悍手脚利索的三十来岁男子带着两个跟班的,来菲律宾寻找露西娅。一见露西娅,那男人就明白发生了什么。他当然盯上了唐唐,可唐唐却光明正大心里没事。

这就有点不好办,那男人阴沉着脸做露西娅的工作,无非是要她同他一起飞回上海。露西娅一开始还克制,后来当着唐唐和其他人的面对那男人喊叫,甩开他手。无非请他做男人堂皇点,别纠缠女人。

她这么喊喊自然干脆利落,可惜对方并不是善人。

唐唐那天上午正在替潜店清洗游客用过的潜水服和呼吸器,走来两个男人,指指海边。唐唐见露西娅和三十岁男人推推扯扯,她被拖上了一艘螃蟹船。

两个男人说他们是来报信的,他俩不想事情弄糟,否则都要吃官司:如果爷们你上心那个女的,就同我们一起去劝劝。若真无所谓,就算我俩来放屁。

唐唐放下手里活计,他穿上自己的分体式潜水服,潜水服有3毫米厚。

他又挑了一套5毫米厚的小号潜水服,拿上自己的脚蹼,点头说"走"。

到了螃蟹船上,男人和露西娅都板着脸,各自站在船一侧。唐唐跟露西娅使个眼色:"海上风大,有话好好说,先穿上潜水服,免得着凉。"

船往外海驶,要做个了断的男人不敢惹他心里还在乎的露西娅,来找唐唐使劲:"我把她扔下海,出了事我抵命。如果你真的与她无染,倒不关你事。"

唐唐看看露西娅,露西娅正死命看他,她眼里的神色说明了一切,也难怪那男人无法不嫉妒。

唐唐不说话,像无动于衷。那男人暴怒地在甲板上走来走去,开始低吼,扯自己头发。他逼近露西娅,两个马仔看住唐唐。

露西娅退到船舷上,突然就跳下海去。还好,海面无风无浪,她穿着唐唐给的潜水服。那个男人是外行,他不懂潜水服提供的浮力。

男人像露西娅就要死了一样哭叫起来，可却拦着不让人动船上的救生圈。唐唐望望隐约可见的岛岸线，讽刺地问："假使我下去救她，不代表就是同她有什么私情吧？我是帮她，也是帮你呢。"

男人狠狠地说他的船就此开走："你俩是自己跳海，死活是你们自己的事，从此一刀两断。你俩活着的话，也和我没有任何瓜葛。"

唐唐说声好，走到船舷旁边看露西娅，露西娅正在海里哭呢，有只冒失的玳瑁绕着她游。唐唐见那男人别转脸伤心，就从容地套上了自己的脚蹼，又顺手捞了船舷边的一副脚蹼。

船在视野里渐行渐远，唐唐一边替露西娅穿戴脚蹼，一边说："还没到正午呢，我们有一天的光亮。岛岸线就在那里，不过五六海里。你若同我一道游回去，我和你都有功德了，能救你的傻子前男友。"

露西娅破涕为笑，但她害怕鲨鱼。唐唐说鲨鱼才不会像人那样卑鄙，不用担心。

等下午三点漂游到近岸海域时，唐唐看露西娅一切正常，问她要不要来一次深潜。露西娅说自己潜不动了，不过愿在海面俯视他。

唐唐做了做准备工作，一个猛子扎下去，大腿不断带动脚蹼，瞬间便到了20米深度。他没再往下，他在海体中旋游，向海面上的露西娅比了个心。

那次漂流从此成了两人共同的深刻记忆。唐唐想，既然露西娅肯跳海跟那男人断交,自己就不能再把她看成玩世不恭的女子。

从这天上岸后起,露西娅便把自己的行李拖进了唐唐的小套间。

没过几个星期,她已能使用潜镜、鼻夹和配重迅速下潜到四十多米,唐唐在那个深度接应她,接过她的配重,伴随她回到海面。

也就从那时起,露西娅在他和她共同的事情上大手大脚地花钱,唐唐不再拒绝。他们有了自己的潜水船,还雇用了菲律宾当地人。唐唐正儿八经训练自己和露西娅,还定下了深潜目标。他说自己的愿望是潜到水下100米,虽不能同世界顶级选手相提并论,但就此可以给自己一个交代了。

"深点,再深点!"露西娅却迷失了自由潜的方向,变得沉溺于男女私情,她缠住唐唐一味地索要,她发现自己是个欲女。

"我不要钱,你不要看不起我,我真的不爱钱。"露西娅急切地要唐唐信她,"我把我的钱全给你,我只要你的爱。"

"不要给我钱。"唐唐依旧说得冷若冰霜,"我是自由人。"

第三章

一

唐唐回上海必要宴请赵蝌蚪,不过,他俩的话题总是狭窄:

"师傅，那天我似乎踩到了大水坑的底，就在转身一刹那。不过我不能确定，也可能是什么活动的物体？没踩实感。"唐唐给赵蝌蚪斟茶。

赵蝌蚪有点病恹恹，他用热茶润喉："我是想跟你说说我知道的一些事，关于这水坑的旧闻，以及我为啥去探坑。"

这？唐唐从未细究过这个问题。坑就在那里，蝌蚪师傅去了坑里；他在看塔，遇见了师傅。可不就如此简单？

"我是因为塔，才去关心水坑。"赵蝌蚪的头微微颤动，像患了帕金森综合征，"我想弄明白塔身倾斜的原因。"

关于那座塔，很多年来唐唐并没听闻什么传说，也没听说有人花时间精力研究这偏僻乡野里不受重视的老塔。蝌蚪师傅难道在做独立研究？

"关于历朝历代建造塔基用活龟扛奠基石的做法你略知一二？"赵蝌蚪脸上闪过不忍之色，"有些龟类被埋在塔下苦熬很多年才慢慢死去。"

唐唐倒没听过这番"古话"，一种残忍的意味从中漫溢出来。

"龟类很能忍，也能熬，是人类不可理解的。"赵蝌蚪喝茶，咂咂苦味，"不过，我总怀疑并非它们被长久活埋于塔下，而是凭着过人的耐力和努力找到了脱逃之计。你看，这塔身斜得神秘，兴许就是底下被奠基的大龟逃掉了一只呢！"

唐唐感兴趣了，他脑里浮现看守过的那座塔，塔周围是参天大松树，寒鸦总落在松树梢上呱呱大叫。

塔镇不住大龟？好一章《新西游记》！蝌蚪师傅年纪大了，思路不守规矩了。

"当然一般情况下不太可能,可你知道那塔最初的古名字是啥?"赵蝌蚪推开茶杯,露出研究家卖弄的神色,"它曾名有源塔。源泉的源,不是缘分的缘!"

"地下河?"唐唐恍然。

"可不是嘛,旁边就有大水坑。水坑的水和塔下的源很可能是一体的。那样,水流过塔基的可能大大增加,而龟富耐力,精神又不会像人类那样崩溃,它就有可能利用奠基石被水侵蚀的机会。"

这种假设太出乎意料而又令人兴奋,唐唐的思绪飞跃到细节上:"所以,那天我脚蹼踩到的可能是一只千年老龟?"

在厨房里忙活的露西娅探出头快活地喊了声:"师傅,马上开饭啦。"

赵蝌蚪笑着摇手:"我不是这么个意思,唐唐,我只是好奇。有些东西是习惯生活在暗处和深处的,不要忽视它们的存在。"

唐唐觉得自己已忘怀了刚相识时的那个露西娅,现在的露西娅还不如叫冯溪兰更合适,因为她正是个贤妻良母型的同居女友。

她每天都花时间在网上精选蔬菜水果和各种富含蛋白质的食物,研究食谱,做出丰盛可口又安全的餐食。同时,她花钱添置各种居家用品和电子设备,让家居生活尽可能舒适方便。只要唐唐不出发去潜水,她并没兴趣潜水,她潜水早已成为伴他而潜。冯溪兰已满足了深度上的好奇心,她已从水下多次张望过水面上的世界,她觉得够了。

她明白自己归根到底是陆居生物,当美人鱼拍照,玩自由潜水,只是人类一种求偶的过程和方式。现在有唐唐,她很满足。

她喜欢在家里对唐唐表示出一种支配权,让他搬东西,要他擦桌子,规定他洗碗碟,他只要乖乖配合做了这点小事,她就快快乐乐包揽其他所有的繁重家务,放任他在底楼特设的工作间里摆弄他自由潜水的行头(新近还添了水肺潜水的装备),上电脑查询研究。

她容忍他一年数次背上行囊孤身一人(偶尔与她一起)去与海亲近。唐唐慈悲心发作,收留了四五只流浪猫和一只不知从何处逃逸、饿得呱呱叫的金刚鹦鹉。他独自出门时,就由她来照料这些小东西。

她从没设想过唐唐的以往,她不知道唐唐会不会设想她的以往。

唐唐在城里时有发胖的倾向,他常睡懒觉却没有梦境。

他一旦到达海边,几次自由潜之后,心里就翻腾且不踏实。也许这和露西娅无关,也许露西娅只是被某种力量扯进来的:他梦见她,不是同他在一起时的露西娅,而是从前的、他不晓得的、颐指气使不受世俗约束、有一个"老男友"的那个露西娅。打个比方说,今天的她是驯顺的家猫,而家猫却有野猫的前史。

唐唐虽控制自己不去想从前的露西娅,但那岂不就是她的深处?

对深处渴望张望的习惯令他苦恼。

他加大了自由潜追求的深度,现在,在其他自由潜人士协助之下,他尝试冲击水下八九十米。他开始带重物下潜,然后把重物留给协助者,自己空身返回。

他有了一次近水昏迷的经历了,在浮升到海面时失去知觉,不严重,就像是喝酒断片。虽经别人救助才没发生事故,但这并没令他不安。

他明白只是时间问题,他应该很快就可以征服水下100米。

100米大约就是33层高楼的高度,倾覆到水面之下。

唐唐相信,一旦达到水下100米,他就会豁然开朗,甚至可能从此结束作为一项运动的自由潜,转变成生活中一种不再重要的爱好。

关键是他相信到达水下100米的深度,他能发现长期寻找的宝藏,对自己的人生得出真理性认识,并以迅雷不及掩耳之势调整好自己的现状。

每下潜10米,人体表面就增加一个大气压力。到达水下100米,人体就会体验到十一个大气压的重压。唐唐相信这种压力是把人推向真理和智慧的必要力量。

我潜为我思,我思故我在。

唐唐和露西娅并没举行过婚礼,至今两人的关系仍是同居。双方家长都已见过了儿子或女儿的同居者,不过,他们的态度也相当暧昧,并不催促法定关系的建立。

露西娅的父亲对独女一向放纵,他允许女儿在一定范围内做得出格,即便惊世骇俗都不怕,只要她别败家。男人嘛,他自然是理解的,男人全都一样。不是要选择女婿,而是看何时出现心智上成熟到恰好程度的候选人。凡适龄男人,原则上只要女儿喜欢都可以相处,要是吃了亏,老爸会出手的。

唐唐不喜欢露西娅的父亲,这无须否认。至于为什么,他不想总结,有些事无须总结。他知道那是个腰缠万贯的老板,可又和他唐唐有什么关系呢!千万别让人说唐唐要靠露西娅家里给钱。他能挣钱养活自己和露西娅,他在意这点。

有件事发生得突然,叫唐唐从不知所措直到火冒三丈,但他忍住了,没叫露西亚看在眼里抓住把柄。

那是个星期天,唐唐和露西娅从公寓出来吃早午餐,有个穿亚麻布白色休闲服很有点个人风格的男人站在马路对面喜笑颜开地对他们做出拥抱的手势。

露西娅显然吃了一惊,她看看唐唐,又看看那个男人,竟然没解释就穿过马路去同那男人相见。虽然她犹犹豫豫没让男人拥抱她,不过,唐唐已敏感地注意到他俩的身体语言。

他立刻想起那座古塔边的大水坑。大水坑的深度仍未探明,正如露西娅的以往。

男人顺着露西娅的手势朝马路对面张望,看了唐唐两眼。唐唐视力极佳,他看到了那男人眼里不耐烦和轻视的神色。即便男人随着露西娅穿过马路来同他客套,他也没法显示友好态度。他这时可没体谅露西娅,他意识到她的过去若不是活火山,至少是间歇喷泉,可想而知不会空乏无物。

亚麻布套装男年纪比唐唐大,号称刚从塞浦路斯回国。塞浦路斯?唐唐想那是个什么背景地,他只记得这岛屿坐落在希腊和土耳其之间。一个中国人到那里如果不是旅游,能干啥好事?他希望打过招呼,这位"华侨"可以识相地离开。

露西娅一定看出了唐唐的心思,她显得从未有过地为难。

亚麻布套装男大大咧咧且有点儿厚颜无耻地表示要和他俩一起午餐。他们三个一起走到附近的兴国宾馆西餐厅,一路上别别扭扭。露西娅说话都不敢大声,彻底失去了往日的风采。当然,就像她已在唐唐面前诉说过多次的,她被唐唐强硬的性格"压制"了。可谁叫她自己愿意呢?

坐到餐桌边之后,唐唐勉强拿出了一点餐桌礼仪,问那男人喝什么。男人首先伸手过来一握,自我介绍名叫王捷。王捷采取主动,点了一瓶昂贵的法国红酒,替自己点牛排,问了唐唐,也点了同样的牛排给他,然后朝露西娅一笑:"你不喜欢牛排的,还是吃鱼?"露西娅点点头,想让这一幕平静地"溜"过去,不过,唐唐已在猜测王捷和露西娅一起吃过多少牛排和多少条鱼,以及其他……

这顿饭其实也无奇可叙,坐下来时三个人都已给自己嘴巴派了守门员。不过,唐唐特别恼火露西娅介绍他是自由潜水天才。

自由潜水天才?露西娅难道没其他可说?难道不能简单又简单地说这位是唐唐?

王捷的反应不出唐唐的意料,他那胡楂刮得发青的瘦削显势利的下颚托起一丝笑纹,什么也没说,像浮云飞过眼。他从一开始就很贪婪地打量着露西娅的一切,忘记了他要五分熟牛排而厨房送来的已是没了任何血色的全熟肉。

唐唐破大荒感觉自己缺一条胳膊,他两只手都好好地运用着刀叉,可就是有一种缺胳膊少腿的感觉,很奇怪。

是不是自己没气度？露西娅的旧朋友有权来见她，也可按照他们旧日的情谊自由打量她，难道这不可容忍？

唐唐越吃越快，他放下刀叉，彬彬有礼地说："我想起来要到苹果店找个配件，你们多聊会儿。"

唐唐才从草坪那头消失，露西娅就勃然变色："你怎么事先不打个招呼？"

王捷闭了闭眼，竖起右手掌，和气地说："这可不怪我，我好多年没回来，一回来就先打听你。"

露西娅盘里的烤鱼几乎没动过，她躁动不安，连连向远处眺望，摸着手机。

王捷摇摇头，用白餐布抹嘴："你状态不好，恕我直言，这个男的不太适合你。"

"你晓得个屁！"露西娅怒目而视。

王捷再次举起手，这次双掌齐出，好似投降，不过他的话还是硬的，他说我是过来人和老江湖了，说句第三方客观的话，露西娅呀，你的自我被压制得太厉害了，就像，就像……

"就像自由潜水到深处时人的肺！"露西娅吃一惊，不知道自己怎会如此脱口而出。

王捷也惊讶地瞪着她，他耸肩："我们之间何必装？我只是关心你，来看你一眼。依我看，你没太大的牵扯，别太委屈自己。女人是水这话虽不错，也要看装在什么瓶里更舒适大方。"

二

没同露西娅打招呼,唐唐就独自跑去启东。启东海边新建了一个海滨住宅区,里头造起一座亚特兰蒂斯式样的高级度假宾馆。在海边围起新堤,净化海堤内的水,投放珊瑚和小鱼,从海南运来白沙,想在长江入海口仿制出南海气质的海滩。唐唐应专业潜店之邀来看看这里能否建立自由潜水的训练基地。

初看被净化之后的蓝色海水还是挺让人兴奋的,海堤内最深处有十来米,如用以培训水肺潜水蛮符合理想。自由潜需要深度,十来米远远不够。

邀请他来的朋友竭力推销这片度假海域,说这老板手笔之大天下皆知,这里开辟水肺潜水基地的同时也能设立自由潜项目的话,你想象一下,单单海面每天漂浮着上海和苏州过来的时髦美人鱼女郎们,能给这里带来多少人气?老板一高兴,直接砸金子过来都不是不可能!

唐唐报之以冷笑,他听到钱和金子就是这表情。

不过,他是感兴趣的。邀请方说虽目前给不了多少钱,但会为他在酒店开一间常住房,来了就能住,然后有笔钱用来勘探海堤之外何处适合自由潜。

他庆幸如此一来不用天天面对露西娅、面对她藏在心里不说的话、面对她平静的面容遮掩住的汹涌情绪。当然他不是要离开她,只是让自己有个独处空间和练习场所。她随时可来找他,他不用天天听见她的尖细的嗓音了。

汽艇驶出海堤,海水就变浑浊,这本是长江口嘛,泥沙之于这片海域如同积雪之于喜马拉雅山脊。唐唐惊诧这老板真去净化如此大面积的海水,更惊诧被分离了泥沙的海水能显得如此澄澈,对它,你不再有任何有关深度的疑虑或幻想。

露西娅听到唐唐要去启东开辟项目时没作声,她一只手搁在肚腹上。

她的手好像一只巨大的耳朵,探听着肚腹里的声息。

启东这片海域的堤外部分并没得到过任何有效的勘探,今天风平浪静,唐唐潜下去时也没设置导绳。要知道在属于荒野的混沌海域,讨论导绳和水下水肺人员接应是文雅的也是荒诞不经的。这是还没人走过的路,需要走得多才会成为路。

唐唐觉得小心点潜下去,随时留意海底地形就行了。毕竟是头一回,他带了潜水手电,也戴好了大视野的潜镜,应该不会有危险。

危险来时人觉察不到,唐唐潜下去就陷入了棕黄色泥沙流的包围,如同一个人跳进了巨型奶茶罐。

他艺高人胆大,慢慢吐出肺部空气,像反向的升空火箭一样缓缓而坚定地扎往海水深处。在海下25米左右,他触碰到了什么,他感到周围有动静,然后他意识到自己可能碰到了渔民遗弃的拖网。

他堪堪转身向上,没上升几米,手碰到了一片渔网,心里一惊。

周围能见度太差了,他看不清这片渔网的大小和形状,不晓得渔网罩住的区域。如果平游,在这种没导绳也没同伴的情况下很容易迷失方向。在一片黄汤中,有时潜水者觉得自己在上浮,其实却弄错了方向。任何失误的容错时间都以秒为单位,运动状态中,他无法像静态闭气那样长时间保持神志清醒。

唐唐立刻顺着头顶的渔网仰泳,眼睛观察渔网的边缘,只要有足够大的破洞,他必须立刻摆脱网的纠缠。他的心思已自动进入人的弥留状态,忍不住想到自己该留什么遗言。

发生得太突然,若出事,其实没机会留下任何遗言。

唐唐拍动脚蹼快速移动,头上的渔网还真不小,因为废弃久了,上面挂满了各种垃圾,甚至有一个假发套,不祥地从泥沙中显现。唐唐的心跳终于平缓下来,他想到自己短暂的岁月,他想了想父母,然后使劲地想露西娅。

露西娅是那样亲切,对他纯然地怀着爱意,并总能让他感到愉悦。他最留恋的是露西娅,怎么上帝连一个道别的机会也不给他呢!

这种憾意太伤人,他拍动脚蹼的频率放缓了。这片渔网一直躲在这里等待他,他的时辰到了。

再见了,人世。他心里喟叹。

可是,他悚然一惊,他竟然没法说"露西娅我爱你"!

他没真正爱过她?是的,此刻不用再回避。那不是爱,那不知算什么,但不是咽气之前无限留恋的爱情。

唐唐悲伤地想,自己的人生从未品尝过爱的真味……

倏然,他不敢相信自己眼睛,头上的网不见了,他游出了破网罩盖的范围!他挺起身,吐出了最后一点气,看气泡上升的方向,跟着死命打蹼。

他再次在水面上失去了知觉,幸好出水点就在船的附近,立即有人下海对他施行急救……

赶到高压氧舱守着唐唐,露西娅想到这已不是第一回。将来还会有多少回,他会不会死在自由潜水的时间里? 她很久以来保持着尊重的姿势,不过现在这个姿势有点僵硬,撑不住了,她想对他吐露藏了很久的一些难听话。

唐唐觉得自己在恢复,这无疑是一次死里逃生,却并非自由潜水引发,严格来讲,他都没必要进高压氧舱。他看见露西娅时的情绪混杂了感激和抱歉,他说:“我以为没和你告别就要见不到你了呢!”

泪水肆意地流淌在脸颊,露西娅哽咽着说:“我肚子里有了小孩,你不要再潜水了!”

那个成功的高高在上的房产商也带着女助理来了医院,不过他请助理把他女儿带出了唐唐的病房。

他关上门,居高临下看唐唐,看唐唐嘴角那虚弱的微笑。

“你欠兰兰一个盛大的婚礼。”他严肃地说,“既然她有了你的孩子,我准备接受你。婚礼你不必担心,都由我安排。”

他拦住唐唐摆动的手,脸上并没笑容:“男人之间讲清楚为好。你年纪老大不小,应该也玩够了。我现在有权对你提一个起码的要求,请你找一份和其他人相似的固定工作,挣钱养家,陪伴你的老婆小孩。如果你有假期,我不反对你度假时潜潜水。”

唐唐的双手无力地放在胸口,他感到非常歉疚,歉疚感几乎让他流泪。他点点头。

　　未来的富豪岳父口气缓和了些,他拿起女助理捧来的花,特意把花束放在唐唐床上:"我只有一个女儿,是我的掌上明珠。你若让她过得开心,我不会亏待你的。"等一等,他又说:"你安心养好身体,等一切正常,你就来我公司上班吧。各个部门轮流去待一下,熟悉情况。"

　　好话不用多,唐唐明白自己的运气多么好,鬼门关上走一遭,醒来就拿到天堂的直达票。他现在就像退役的运动名将,华丽转身,不需要再去和混沌不明危机重重的海水底部打交道,将上升到充满氧气和阳光的高度。

　　好好珍惜你的生活,准备好有朝一日接过岳父的企业,或至少搭着这艘收益丰厚的大船,过优裕的日子。

　　他的明亮起来的眸子在露西娅父亲看来符合预想,富豪先生点到为止,恰到好处,转身离开了病房。

　　过了一会儿,露西娅满脸笑容进了病房,她搂住唐唐,连声道谢,反倒像唐唐给了她和她家什么恩惠似的。

　　唐唐哑声说:"你把孩子生下来,我们带他一起去看海。"

　　他俩的婚礼奢华又惹人非议,露西娅觉得有荣光,唐唐看见自己亲戚在婚礼上很拘束,就感觉无所适从。但他终于接受了岳父岳母这份好意。

　　婚礼后夫妻俩去日本游览了一个月,回到上海,唐唐就到岳父的房产公司报到。岳父待他更亲热了些,喜欢拍打他的肩膀同他说话,立马安排他到昆山在建的项目上当售楼部副经理。

　　"我看看你的商业天赋如何!"岳父哈哈大笑,"也许你能把楼花炒得风生水起,也未可知!"

关键倒不在于能不能炒起楼花,关键是唐唐惊讶地发现露西娅气色好得出乎意料。

她怀着孩子,但比从前更娇艳,而且快乐温柔。这和他当初见到的颐指气使的富家女不同,她像个对世界充满好感和柔情的画中女郎。

那个王捷又不识相地上门探望过露西娅一回,露西娅事先告诉了唐唐,坚持要唐唐在场。王捷看见肚腹隆起的露西娅时表情奇怪得很,就像个急着要去赶飞机的人。他自顾自说了些大概有什么典故而唐唐不确知的话,露西娅冷冷地不给他笑脸,反而是唐唐显出一点殷勤,给王捷倒茶递烟。此人倏然告辞,临走连客套话都说不囫囵。

孩子生下来,是个女孩,由岳父大人起名,名为敏卉。其小名却是唐唐起的,叫小丑鱼。

小丑鱼长到五岁之前,唐唐一家的生活平稳而和畅。他不但是自由潜的好手,也是公司里得体得力的干才,得到上下一致的认可。同僚认定他在本公司体系里潜力无穷、前途广大,都愿意跟他攀交情,讨他的好。唐唐做梦梦见自己在海里潜行,那海水是温水,和浴缸里的水一样宜人。他很久很久没真正潜水,反而,谁对他说起潜水,他都扯开话题。

只有去看望蝌蚪师傅,他才和师傅谈潜水,谈那个古塔边依旧无人问津的大水坑。

"很遗憾还没探出水坑的底。"唐唐说。

他确有一种怅然,但现在的怅然没裹挟苦痛,现在的怅然里倒像镶嵌了奶糖块,有慵懒的近似于甜蜜困倦的舒服。

蝌蚪没说话,他在唐唐和露西娅的婚礼上也始终没说话。蝌蚪看唐唐,又看唐唐,像在观察一种水下生物。

唐唐也没什么话好跟师傅说,他欲言又止,欲言又止,只好笑笑,最后又笑笑。

师徒两人笑来望去的结果是唐唐怕再去看蝌蚪,面对蝌蚪,他有压力。

女儿长得飞快,很快咿呀说话,会扮演各种童话书和动画电影里的角色,然后就到了进幼儿园的年龄。

有一天唐唐上班时并不觉得会发生什么,日子一天天过,工资一月月领,经验一年年积累,这岂不是蛮正常? 不过,下午三点多他在岳父出席的会议上响亮地哼了一声,让正在发言的女副总吃了一惊。

下午四点半他接听了岳父的来电,铁青着脸整理自己的抽屉和桌面。五点半公司例会,他找了个空当和女副总当众摊牌,主要是把历年累积的怨毒和不满呕吐出来。六点时大家瞠目结舌,唐唐站起来有点滞重地走出了会议室,他把电脑和钥匙交给公司前台。

他毫无预谋地制造了不大不小的新闻,有些人觉得他帮他们出了口恶气,但唐唐真不是为这个。

他回家,露西娅已知道父亲公司里发生了什么。露西娅抢先说:"别干了,不一定要在那里干。我们有的是机会,我们换个跑道。"

唐唐的眼睛显得大而湿润。唐唐抱起女儿,亲她脸蛋:"我们长大了,要上学了。我们去看看大海吧!"

他央求露西娅给他三年,让他心无旁骛地自由潜水。

"只要三年,真的,再过三年,我也没力气潜了。看在我乖乖干了这么久的公司分上!"

唐唐解释了很多,解释得真诚:如果再不让他刺向阔别已久的深度,他就要干死在陆地上了。

三

在陆地上在公司里干熬的岁月改变了他的思维习惯。如今唐唐喜欢水底下有结构,他爱到水底琢磨那里的结构。

他潜到巴厘岛图蓝本有名的美军沉船残骸上,水肺潜水员们绕着沉船观光,他则几乎光溜溜地从天而降,笔直往下落到破裂的舱底,老实不客气地惊走了始终盘踞在那里的一对鹦鹉鱼,自己坐到锈蚀的铁板上,抱住膝盖低头沉思。然后蛟龙般旋转着升上海面。

他去地中海的马耳他岛,那是《圣经》上提到过的常有大风浪的岛,海水晶莹剔透却很凉,他潜下去到石灰石的岩层空洞里待着,蜷缩全身,直到无法抵抗寒凉才升水。

有种海底结构令他着迷,就是珊瑚礁底下的小隧道。那些珊瑚礁体积不算大,底下有空洞形成鱼可以游过的通道。唐唐有一次大胆游过了一个这样的小隧道,觉得几乎重温渔网下寻找出口的刺激感,他便心心念念想尝试更多的隧道。隧道里经常有栖息的鲨鱼,不耐烦地给他让路,这让刺激感更足。

没人知道他如此在隐秘的深度拿自己的性命冒险,拿自己的福祉开玩笑。

唐唐开始在书店寻找经典的哲学著作,这和他水底的冒险有直接联系。他觉得自己不仅身在海底,也许事实上同时存在于外太空。海下和云层之上如此相似,逼迫他开动早已历经万年退化的笨拙的人脑,思索那看不见的本原。

露西娅看着成了旅行家的唐唐,不掩饰脸上苦涩的笑:"你忘记了小丑鱼的生日!"

啊,他还拥有小丑鱼,他感到抱歉,他给女儿买成堆的礼物。

露西娅说:"你忘记了我们的纪念日!"

唐唐疲惫地笑了,这次他说得有点儿冷酷:"亲爱的,我们总要忘记的。有一天会忘记一切,甚至忘记太阳和月亮。"

露西娅看过了吕克·贝松那著名的电影《碧海蓝天》,她愁绪满怀:"你总不是雅克·马约第二吧?你不是要去死在深处吧?"

唐唐抚摩露西娅,他的手如海波,令露西娅想起自己潜水时接近极限的感觉。唐唐说:"我不是要去深处死,我必须去到那些深处。只有在那里,我的脑子才开始工作。我在想我自己,想世界和宇宙。"

唐唐的岳父自告奋勇帮女儿解决女婿的问题,他说他要去给唐唐劈头盖脸一巴掌,把这个可恶的"范进"打醒。他说他要对着唐唐的脸大喊:"醒醒,你不是一条他妈的鱼!"

露西娅禁止父亲插手,露西娅对父亲说命运难以抗拒。她自从迷上唐唐就没准备将来过上安稳日子。露西娅说:"爸爸,也许这要怪你。你赚了太多钱了，我们不需要为口粮而努力，所以我们都疯了。"

"也许，我还有一个法子救他。"露西娅说，"爸爸，请你和妈妈帮我带小孩，我要离开一段时间。"

她翻出了王捷的手机号……

唐唐在五六十米深度冥想，他在那深度滞留的时间越来越长，几乎成了身体的习惯。他想得越来越犀利越来越集中，他想知道驻留自己身体内部的魔鬼长什么模样。

"撒旦，你出来，你不要躲躲闪闪！"唐唐在水下叫喊，他以中国功夫的姿势面对虚空中狞笑着看他的魔鬼。

唐唐想自己从小被蒙上一层透明而紧致的荫翳，使自己同人的世界隔开。

他看他周围的人间不那么真切，他也不那么打得开全部的感官。

他和人间隔着一段距离，有五六十米。人家喧嚣地浮在水面，而他沉在他固定的深度。他仿佛透过浮萍苍白的底面才能看见阳光……

其实他看见小丑鱼降生，一阵欣喜之后，抱着那团带气味的肉体，看那皱乎乎的皮肤和张开的小嘴，他已看出小丑鱼属于人的世界，她注定是要在浮萍之上的陆地生活。他没觉得自己和女儿有血肉联系，他的爱蒙着一层薄膜，无法传递给小丑鱼……

唐唐觉得自己快速沉下去，他想呼救，却又懒得呼救。沉没有一种肉体快感，就是放弃的舒服！

　　他接受中介的安排,替一个收集旧东西的人去潜千岛湖:有个中式石头建筑浸在60米深的淡水之下,在水草和淤泥间看见有任何当年丢弃的器皿家什,唐唐就捞上来。

　　他潜下水,淡水的浮力比海水小,能见度更差,就像小鱼潜入一杯酽茶。石头建筑半埋在淤泥里,露出水面的石碑上刻着蝌蚪文。唐唐一见这阴森建筑就浑身发冷,他机械地工作,把摸到的曾属于人类的东西运送上岸……

　　他觉得这工作一天天带走他身体的元阳,将阴气注入体内。但他无法收手不干,深度在呼唤他。只有到达那个深度,他才感到捆绑着自己的绳索徐徐松开。

　　那个下午他下水后格外难受,耳鸣,听见水中窃窃私语,说的是他听不懂却很熟悉的话。他一阵阵发冷,身上的暖气如鲜血从血管里被抽走。他四肢僵硬,人非常疲乏,他有了明确的放弃的欲望。他觉得水下阴森的建筑有种邪恶吸引力,他想钻入它去休息。

　　他抬头,想再看一眼湖面。下水时艳阳在天,这天阳光灿烂。

　　他觉得自己陷入了幻觉,他看见一条美丽不可方物的美人鱼在湖面游弋。

　　唐唐的泪水涌出眼眶,温热的泪水瞬间变凉。

　　“再见了露西娅。”他喃喃自语。

　　他摊开双手,张开腿,像一个朝后仰的“大”字。

　　美人鱼变成了一根针,朝他刺下来。他看见露西娅苍白的脸,脸上皱纹已那样明显,生活摧毁了她的容颜。

露西娅离他剩下十来米,再也潜不下来。是啊,她到达不了他的深度,这早就命中注定!

她向他伸出手,她的热泪溢出眼眶,像洪流那样流下来,包裹了他。

他感到自己躺进滚烫的浴缸,他浸泡在岩浆之中,她是他人世间全部热量的源泉。

他活动手脚,麻痹感消失了。她凝视他,他回望。

唐唐无法躲开妻子的目光,她表情太凄苦,他必须给她一个拥抱来抚慰她。

他向上浮去,他拉住了露西娅的手。那么,要么一起下沉,要么一起回到水面。

王捷驾驶着游艇,他向下俯视。他拉住露西娅的手拖她上船,彩虹色的美人鱼尾巴淌着水,搁在船舷上。

王捷嘲讽地俯视唐唐,他咧开嘴清晰地对他讲:"喂,我巴不得你留在那下面呢! 你到底是怎么回事呀? 有病就得治!"

第四章

一

自由潜水的国际赛事上经常有人伤亡,一旦潜水员决意挑战前人创下的纪录,他们就处在高风险中。有人执意要打破自己创下的世界纪录,更危险。

唐唐并不回应王捷,王捷这种人会要求所有自由潜水者都去看病。他是一只名副其实的旱鸭子,从外表到他的内在都是旱鸭子。

露西娅拜见了师傅赵蝌蚪,她是抱着女儿小丑鱼去的,师傅竟让她们母女进了自己常年紧闭的巢穴,任由露西娅的眼光落在他零乱的杂物上,审视他的鱼缸。他是那样喜爱小丑鱼,而小丑鱼也被他逗得喜笑颜开。

赵蝌蚪以师傅身份召见唐唐,他也让唐唐进了他栖身的房间。

又是很久未见,赵蝌蚪精神好转,显得落落大方:"你看,这里就是我一辈子的积累。我丢了我所有的东西,包括名字。但我是赵蝌蚪,潜不深,努力扎猛子。"

赵蝌蚪说唐唐你千万不要变成又一个蝌蚪。你是有福之人,不该被我带入歧途。

唐唐并不寄望蝌蚪能给他什么新的启迪,师徒时代早已经过去,他也只是跟蝌蚪爷叔学了潜水的基本功,其他东西蝌蚪未必给得了他。唐唐每年都和露西娅一起照料师傅的生活,要知道露西娅是个有钱的很会花钱的女人。她喜欢蝌蚪师傅。

赵蝌蚪叹口气,唐唐假装看房里的鱼缸,时间在两个男人之间僵住了。

赵蝌蚪站起来,一连串动作有一种气势,他干了件叫唐唐受惊吓的事:

赵蝌蚪拿起抄网,从硕大鱼缸里捞起那条年龄已成谜的老龙鱼,龙鱼在网里蹦跳扭动,像一条暴雨中的亚马孙河小支流正在决堤。

赵蝌蚪奋力抬着网,扑到小洋房靠马路的窗边,用力一甩,把龙鱼甩到了窗外。他转过身,喘着粗气注视唐唐。

"师傅你这是发什么疯呀!"唐唐凑到窗边,正看见一个骑手来不及刹车,车轮撞到了龙鱼,龙鱼如妖怪般扭动,引发人群的叫声……

"我告诉你,我养了这条鱼几十年!今天为了你,我不要它了!"赵蝌蚪眼角流下一行泪,"我还想对你承认,有件事我是骗你的!"

骗我?唐唐觉得莫名其妙,师傅大概是年纪大了,镇压不住自己的心魔了,才这样失态。

赵蝌蚪说:"我想对你坦白一切,只为你不变成第二个我。"

他俩终于坐下来,面对面放缓呼吸。赵蝌蚪拍唐唐手背:"如果你潜水是为逃避,你就会一点点变得和我一样,会病。"

赵蝌蚪吞吞吐吐地告诉唐唐,那斜塔和大水坑没任何瓜葛,也没什么被活埋的大龟和地下河。说那些纯粹扯淡,只为了不说真相。

"师傅我一辈子孤孤单单朝水的深处钻是另有原因的。我是一种病。我想我被一次意外摄走了魂魄,想到水下去找一个姑娘。

"我不认识她,但她下水时对我笑了笑,那是她对人类的最后一笑。她的笑容腐蚀了我。

"我到深处去寻她,你到深处寻找你自己,唐唐,我们师徒实际上同病相怜。但你还有希望把自己治好。朝你微笑的女人不在水的深处,在你家里。"

唐唐听见远处隐约的宏大的歌声。

赵蝌蚪说:"抓住你最后的机会呀,唐唐,不要放任自己的心烂掉。"

二

"妈妈,爸爸去哪里了?"穿着粉红衣服的小丑鱼坐在木马上,她摇晃着自己,转过脸来问露西娅。

"不管爸爸去了哪里,他都在回家路上。"露西娅以一种从未有过的坚定语调对小丑鱼说。

露西娅自作主张清理了唐唐的工作室,她请王捷动手,把所有同潜水相关的物件、装备和书籍彻底扫除。王捷说,我和你一起放把火吧,只有火才能驱逐魔鬼。

露西娅把车开进郊区垃圾场,王捷兴高采烈往唐唐的东西上洒汽油,他把烟蒂扔了上去……

王捷在火焰熊熊时偷偷喝了点酒,他乘着烟火升腾周围不太正常,对露西娅说:"别担心,如果他执迷不悟,你就回头!"

唐唐告辞了蝌蚪,觉得自己可能再不会见到这个老头儿了。

很多年前,古塔和水坑之间曾布下过魔法的网罗,也许自己就是被网罗网住的那个血气旺盛的年轻傻瓜,只是一个祭品。

唐唐想蝌蚪爷叔其实是崩溃了,他并非为了开导别人说出心底的秘密。

是他唐唐的现实处境触动了蝌蚪爷叔内心的魔界，他老了，弱了，撑不住了，崩了。

那条老龙鱼在街头翻滚，发出人类听不见的悲鸣，这非常刺激唐唐。

唐唐回到家，露西娅和小丑鱼在等他。饭菜已经温在暖炉里，这是一个三口之家的庸常夜晚。唐唐意识到这场面的温馨，但并没感到真实的快乐。

他犹疑不定。

小丑鱼怯生生望着父亲，她历来总是这样怯生生望他。

唐唐苦恼地甩着头，对露西娅说："不要逼我，给我点时间，我还不知道。"

露西娅抱住自己的脑袋，她那么憔悴，不再是美人。她不想当着小丑鱼的面流泪，她再次被抑制了。她摇晃脑袋，失神地瞧着自己奋力经营的窝。

唐唐狠下心："露西娅，帮人帮到底。我只需要再潜一回。就潜大水坑，如果我潜到100米深还摸不到底，我从此死了这条心！"

五月的一个正午，丘陵上的古塔沐浴在阳光里，嫩叶在塔边波动成空中的湖面。

有支队伍以肃然的态度络绎走上丘陵。这是一支携带了充足设备的潜水队，有两位携带气瓶的潜水员要事先下到60米深度，作为自由潜者的中途接应。而露西娅本人要在湖面等待，然后到浅水中当潜水安全员。

唐唐一直没说话,保持着完美的沉默。他前一晚休息得不错,没做任何稀奇古怪的梦。他回想了自己关于潜水的那些旧梦,他想梦境也是深度,穿过梦境他也已潜得很深。

水肺潜水的两位已下到大水坑深处去了,大家都屏息看换上了潜水服的这对夫妇。唐唐不停地深呼吸,他跳到水坑里,游到中央导绳边,露西娅跟着游到他身边,握住他手。

"露西娅,你等着我。"唐唐说,他忍不住别离的情绪,紧紧拥抱了她。

露西娅什么也不说,仰着脸,给了他一个纯净甜美的笑。

水面清空,唐唐一个猛子扎了下去,周围人发出一阵惊叹。

他闭着眼打动脚蹼,一连串细密而有力的摆腿;他睁开眼,手电往下照耀,已看见了中途的水肺潜水员。

他经过水肺潜水员身边时握了其中一个的手,他放开那只手,觉得自己很可能放开了人类的手。他快速向下,浮力已奈何不了他,他直线向下滑落。

他想迅速接近水下 100 米,甚至越过 100 米,只要自己有那个能力,他要摸到大水坑的底,然后快速返回。

他眯缝眼睛,觉得身体受到的挤压越来越大,但作为一个放弃一切的人,这压力仍是可以承受的。或者说自己并没被即刻压扁压爆的可能。

他感到自己慢慢失去了速度,他看腕子上的潜水手表,已经是水下 88 米。

其实氮醉感早就降临,他是有经验的潜水员,没把它当回事。耳边响起了怪异的歌声,像一个甜蜜的女人正摆动翅膀沿着蜜蜂的8字舞轨迹歌唱。

他知道自己已越过了水下100米,他的手电忽然灭了,咔嚓碰到了硬物。他以手抚摩,是光滑的平面。

有点光亮在平面的那一侧,他明明知道自己的时间几乎已没剩余,还是忍不住往下再潜几寸,把脸贴到那光滑的平面上。

透过这面玻璃或天然水晶,他看见了深处。

那里有活物!

在隐约轻微的光线里,他首先看到一条真正的美人鱼,除了鱼身,是姣好的女人的上身和面目,脸上笑容令人沉醉。他又看到了波塞冬,除了满脸的胡须,这个波塞冬和师傅蝌蚪长得一模一样。他拥着美人鱼正在畅饮美酒,一群小美人鱼和小波塞冬游来游去……

唐唐恍然大悟扭身上浮,他使尽吃奶力气摆动自己的脚蹼。

然而,他必定是被人置换了肉身,如今的肉身沉重无比,重量仿佛是从前的许多倍。他的上升太缓慢了……

唐唐明白自己将长眠在大水坑里,长眠于自己的迷梦中。

他想到露西娅和小丑鱼,获得了最后的能量。他挣扎着扭动,向上方浮起。

一个水肺潜水员犹豫再三,冒险离开自己的深度向他潜来,递给他黄色软管的备用呼吸器。

他咬住那呼吸器,一股人间的清甜气体涌入焦灼的肺部。田野上所有的花朵都绽开,天空中太阳月亮和星辰全都熠熠闪光……

　　露西娅在水面上失声痛哭，她放弃了同自己的宿命抗争，她再也没力量和勇气了。

　　这时候，连串的气泡从水下冒出，到水面哧哧作响，令她周身腾起气雾……

7

洋　流

一

海平面上没有一丝风。

骄奢的阳光像层快着火的纱,蒙在动物鼻孔嘴巴上。背气瓶的这队人产生错觉:仿佛只有钻进海水,才有清凉的呼吸。

眼望沙滩,白晃晃的令人难受;眺望海面,远处一片蓝绿,近处却金光闪闪,反射剧烈阳光;扭回头去,橡皮树油油的长叶子,像垂下散热的狗舌头,闪着耀眼的亮光。

塞班岛当地的潜水教练杰克开口说汉语:"我们马上开始第一次开放水域岸潜。"

他又用英语说一遍。他们当中除了三对中国男女,尚有一对已有潜水证的美国夫妻。

马俊对着太太张开嘴,舌头竖起来顶在上颚,他隔着淡红舌底吞吐空气,说:"记住了?万一呼吸器掉了,塞回去的时候气道控制是关键!"

马太太体形颀长,皮肤白皙,她笑吟吟说:"反正你会救我!"

马俊苦笑一下："泥菩萨过河,到时候自身难保。"

钮太太听见他们的对话,悄悄靠在钮小刚身上："钮,我好怕! 这么深的海水!"

钮小刚看看冲上脚踝的白色泡沫,看着自己纤瘦的两只白脚："水下珊瑚好看着呢! 我们带了空气,跟着教练,天气又这么好,怕什么?"

钮太太扭了扭腰,她身材娇小,两只大眼睛呈橄榄核般的深色,说："你潜的时候,我该在沙滩上睡觉;我潜的时候,你待在岸上。"

毛知文倒一副完全放松的样子,背着气瓶在做上臂拉伸,他笑眯眯对所有人说："运气好的话,我们会碰上鲨鱼。"

女人们的脸都皱了起来,像一只只被手指触碰的海星。富态的毛太太嗔道："你这张嘴,改不了地讨人厌! 要碰上鲨鱼,吓都吓死了!"

教练杰克说："我在最前头,你们六位排成一排,跟着我下潜。吉米和苏珊帮忙在最后面照应。"

看不出杰克的人种,他会说汉语和英语,浑身黧黑,既有马来人的扁面孔,又有一对暗绿色眼珠。他那件看上去像皮背心的浮力调整器上印着公司的logo(标志):塞班海豚。

杰克仿佛知道六双中国眼一齐瞪在他背后,他笑嘻嘻转过黑色小脑袋："我背上长眼睛,你们放心!"

吉米和苏珊跷起大拇指,又一起往下一摁,算跟大伙儿打了招呼。这一对儿美国夫妻,脸上一派纯真又傻乎乎的笑容。

开局不利。

杰克倏然消失在水波里；钮太太一把扭住了钮小刚的胳膊：
"我不潜了！你们去潜吧！"

马俊和马太太已经走进凉爽的海水,举起低压管放气,水淹
没了脖子,他们犹豫了一下,跟着教练消失在海浪里。毛知文和
毛太太站住了,回头看着钮太太。

"万一……万一……"钮太太咕哝道,"小芳芳才一岁半！"

钮小刚啐了一口："你怎么这么晦气？这是旅游项目,哪那
么可怕？"

毛知文搂住太太潜水服裹住的肉肩膀,在一边插嘴："别担
心！我们这么多人一起。不会潜很深,一有问题,教练就带你浮
上来。"

吉米和苏珊困惑地在后面瞧着,却不开口问；苏珊的手拨弄
着海水。过了好一会儿,杰克拉着马太太一起浮出水面,马俊独
自一个断后。

杰克有些愠怒,黑脸滴着水,瞅着没下水的人,应该说汉语
却说了英语："怎么了？怎么了？请牢牢地跟着我好吗？"

他看明白了情况,一眼就看出谁是麻烦。他从水里彻底跑
出来,短袖潜水服露出的腱子肉黑光闪烁。他径直走到钮小刚
跟前："如果你不反对,请允许我带着你太太。"

钮小刚呆呆看着黑杰克拉住他太太的手。杰克脸对脸安慰
她说："现在你不用怕了,我是你的保护神！"

大家都笑,钮太太安定下来。重整队形,钮小刚排在杰克右
手边。吉米和苏珊跟马家夫妇和毛家夫妇打着招呼,马俊说英

语:"吉米和苏珊在最后,我们四个跟住教练。"

杰克和钮家夫妻倏然消失在水波里,后面六个人也一个个浸没下去。

　　人好像从瓦檐上掉进一间洒满阳光的大礼堂,海面下原来空净辽阔。空间一开敞,本有点惊惶的心,顿时安宁下来。

腰里的配重带抵消了浮力,让整队人安安稳稳顺着海底岩礁的沙砾层游出去三十来米。现在,海平面高出头顶六七米。杰克用手一指,前头竖着根铁杆。往下看去,杆子底部用四大块大石头固定住了。海水的清凉赶走了心头燥热,气瓶里的混合空气跟可口可乐一样清凉明快,水里爆着人吐出的串串小气泡。阳光刺透海水,亮出无边无际的淡蓝。

杰克让所有人漂到铁杆边的大石头上方,他做着训练中教过的手势,无非是再一次强调:如果你觉得不舒服,马上打手势让周围人知道;如果我看见有鲨鱼,就把手掌竖立在额头上。你们跟着我,保持静止,观赏鲨鱼;万一你出了状况,而我没看见你,你可以拍打身上的气瓶,我会听见的;最后,一对对彼此间要照应,不要互相远离。

现在大家很安心,也很好奇,开开心心点头,伸出手指,把一些花花绿绿的海蛞蝓指给别人看。马俊看见铁杆子上有很多海蛎子,海蛎子上头有只近乎透明的小海马。他手舞足蹈,一队人都围上来看。

等闹过一阵子,杰克做了个下潜手势,左右手各握住钮太太和钮小刚的气瓶阀。大家见他们三个头冲下,打猛子扎下去,连忙也笨拙地平漂起来,用力伸头往下钻,怕跟丢了杰克。人人玩真的,一时间头昏脑涨。脚上的蹼终于发挥了作用,拍打着海水,帮人往深处追下去。

马俊觉得鼻子很痛,接着头也痛起来,他看看老婆,老婆怡然自得。他观察了一下右下方,清晰可见杰克和钮家夫妻。杰克已停在一方红海扇前。马俊扯扯老婆袖子,告诉她自己不太舒服,他们一起停下来,往上浮起了一两米,马俊的鼻子一下子松了,痛楚消失得无影无踪。他高兴地点点头,往下一指,和老婆再潜,落到杰克对面。

杰克请大家观赏红海扇,有一群长鼻子的小小鹰鱼在珊瑚间游动。鱼身上的淡红格子好似妇女的裙子格,隆起的金黄色眼睛一堆堆挤凑着,不停打量潜水人。

现在,人忘记了自己是会淹死的动物,他们和气瓶长在了一起;一枚枚气瓶亮亮的,像蘑菇安稳自得地附在树干上。女人们亢奋起来,放开男人手,聚在一起看珊瑚的纹路。太阳透过十五六米的深度,恰好是盏明亮宜人的灯。

杰克比画着夸张的手势。大家跟紧他,往下又斜着潜了一段,眼前出现一片黄色枝形珊瑚。黄珊瑚上笼罩一群手指长短的绿色小鱼,水波一兴,鱼群浮开,像开出朵绿花;水波一收,鱼群隐身珊瑚枝中,花便谢了。

大家伏着身子正看得高兴,如陆地上乌云骤起,眼前飞快地黑下来。马俊和钮小刚对看一眼,看见对方一脸惊疑。遮蔽阳光的庞然大物是从钮和马的背后过来的,对着他俩的杰克潇洒地拿掉自己的呼吸器,向他的主顾们做了一个标准的笑脸。

　　三四条磨盘大的魔鬼鱼从头顶上"飞"下来,掠过这群看客的头颅,停留在珊瑚礁上。它们伸张的黑翼抖动着,灰白色肚子前方嵌着小眼睛,表情阴郁。绿色小鱼梭子般接连飞向魔鬼鱼张开的口腔,在肮脏的牙缝里啄食……

　　看过"鱼刷牙",杰克像任何一个够本向主顾交差的导游,开始调皮起来。他领着大家往一个黑乎乎的海坡游去,一边在水里翻身,表演一个人躺在虚无的床上,手脚漫伸,想怎么酣睡都可以。

　　海坡后面有个天然大岩洞,太阳光被海坡挡掉了,海水变得阴森森。蓝色间杂银色的岩洞里住着一对年迈的大石斑鱼,瘪嘴吐出小小气泡,像地球上最老的老妇和老汉。四对潜水夫妻在洞口围着水里这一对。那场景看上去,是一群亮闪闪的宇宙人,围住了农家人瑞……

　　水波就那么一涌,九个人轻飘飘穿过两条大石斑鱼的铁青色尾巴,眼睁睁看着自己飞离了岩洞。大石斑鱼在眼前变成了两条渐渐看不清的小鱼。女人们还没回过神,男人们却看见:杰克脸上露出了压抑不住的恐惧。

<h2 style="text-align:center">二</h2>

　　来塞班潜水的主意是毛知文出的。

　　毛知文才过不惑之年,就当上了区里某局的局长。马俊不是他老朋友,是他门对门的新邻居,面熟了,人不熟。正因为这个前提吧,毛知文请马俊到家里喝了几次金骏眉,趁谈得高兴,说:"马总,你是成功人士,有闲。我想庆祝自己当了局长,不好意思让外人知道。你分享一下我的开心吧?带上太太,和我们去塞班岛潜水?"

马俊本没这闲情逸致。不过,人家局长对自己推心置腹,把升了官高兴这种私心也跟他说了,简直有点却之不恭!他问太太讨意见,太太在家正闷得慌,听说去塞班,一下子喜上眉梢。既然这样,马俊不缺钱,又不忙,两头讨好的事,他不反对去做。

毛太太和马太太本不来往,只在出门撞面时哼哼哈哈彼此客套。因为要一起出游,一时间倒走动起来。毛太太拉马太太去练瑜伽,马太太回请毛太太听话剧,进进出出,添几番热闹。毛局长看在眼里,让司机小钮开着车,往马俊家拖了一车农副产品,有西瓜有冬瓜,有本地大米有安徽毛峰,反正,马家好比来过一堆乡下亲戚,自留地的各样出产都献了些。局长的司机小钮,个子不高,长得清瘦,有点腼腆,也有点别扭,进了马家门,一个劲卸东西,眼睛完全不朝四周看,茶不肯喝一口,慌慌忙忙就跑了。

就算这司机给马俊和马太太留下个不坏的印象,马家夫妻在机场见到他和他那个扭扭捏捏的老婆,还是吃了一惊,甚至掩饰不了某种难以言说的不悦。

"局长真是个领导,"马俊打个哈哈,也不避讳钮小刚的太太在眼前,就放肆道,"出国旅游还带上司机。"

毛知文听见,第一眼看向太太,第二眼才转过来看马俊,笑道:"哪里,哪里!小钮小两口才添了宝宝,家里家外,辛苦了。

我可没挪用公款。自掏腰包,请他们一起去散散心!"

马太太笑嘻嘻端详穿了身袍子般西服的小钮,又看看他那个搽了小脸涂了红嘴唇的老婆,对毛太太说:"你们家局座,真能体恤下情。"

马俊觉着富态的毛太太别扭了一下,似乎不懂怎样应付马太太的恭维。马太太却悄悄捏了老公手心一把。

上得飞机,排排坐定,六个人一溜紧挨着。空姐笑眯眯过来问:"哪位是马俊先生?"

马俊"嗯"了一声,空姐就亲热地凑过脸,故意压低了声音:"马先生好! 您是我们的VIP客户。今天商务舱有空位,请您和您太太升舱到商务舱坐吧!"

马俊才要推辞,毛知文就已经听见了,说:"别客气,别客气,赶紧去!"

马太太拉毛太太:"你们去吧。我们已经坐下了。"

毛太太深明大义地解释说:"你俩赶紧去坐。我们老毛这个身份,坐到商务舱让人看见,会讲不清的。所以,真不必客气!"

马俊和老婆就去商务舱坐了,马太太揶揄老公:"怎么不客气客气,让人家小钮夫妻坐商务舱呀? 人家平时没机会!"

马俊鼻子里哼一声:"惯坏了他! 忘记自己是谁!"

马太太笑道:"你这个势利鬼!"

马俊仰在舒适的椅背上,吐口气:"不知道这个毛局长搞什么鬼? 弄个司机带老婆,事先还不跟我们说明。吃饭喝酒,真别扭!"

马太太神秘地凑过脸,悄悄问老公:"你没看出来?"

"看出什么?"马俊茫然。

"小钮带的那个老婆!"马太太吐出一句,马上坐端正了。发动机轰鸣,要起飞。

三

水的力量像小了下去,石斑鱼又渐渐大起来,他们正顺着海流,往岩洞里沉回去。杰克奋力游过来,拉住毛知文和吉米。他打着手势,让大家围拢,互相拉住手。他们的躯体有点粗暴地往和平的石斑鱼砸下去,吓得老鱼摆动腰肢躲进石头底下。他们回到岩洞口,杰克放开手,抱住了一个笋状的岩礁,他让钮小刚搂住他,又让大家一个搂一个……

排在最后的是毛知文,他嘴里的呼吸器被水势撞了出来,他竭力把呼吸器塞回去,噗噗往外喷水。马俊扯住毛知文的胳膊,看见他吐出连串气泡,脸色舒缓下来。水的力量又向上浮起,杰克死死搂住石块,后面的人像一串孔明灯,脚在头上,倒竖着向上飞,气瓶的反光如孔明灯的蓝焰。他们斜着向上绷直了。毛知文一只手拉住马俊,一只手拼命按住自己的呼吸器,两只长脚斜着向上竖起,脚蹼在水流里呈现风的错觉……

水曾经又回下来一次,等到它再次上涨,毛知文第一个飞了出去。马俊去拉扯他,也飞了出去。杰克放开了手,做着"冷静"的手势,带大家一起飞起来,上去寻找毛知文和马俊。

女人们马上就筋疲力尽了,大家在离开海面大约12米的地方团聚。吉米指指自己的气瓶和刻度表,所有人的余气都不够维持十五分钟。杰克稳住队形,开始缓慢上浮到离开海平面5米的高度,停留在那里。没经验的人开始安定下来,马上就要浮上海面,重新拥有广大无边的大气层,他们脸上露出放松的表情。可是,吉米、马俊和钮小刚都看着杰克,杰克的脸本来黑,现在笼上了一层灰气。仔细分辨,大家都在水里往一个方向流去。

五分钟后恢复上升,他们一个接一个浮上海面。浮力调整器里打进很多空气,现在成了件绝好的救生衣。

杰克急慌慌开了口:"我们碰上了洋流!"

洋流无可预测,正以不可阻挡之势裹挟这九个潜水客离开塞班岛的海岸,向关岛方向漂流。

四

去塞班,降落却在天宁岛。旅游公司玩了手脚,让游客在某个孤零零"单吊"的酒店吃一顿自助餐。吃完,一行人提行李去坐小渡轮,往塞班岛赶。

马俊和太太一人拉一个拉杆箱,潇潇洒洒走路。回头看一眼钮小刚,他们就皱了眉头。这小钮,活脱脱是个工具人,手里一手一个拉杆箱,是局长和局长太太的,肩上背着他自己那逃荒用的大牛仔包,包都高过了他小脑壳。钮太太拉着一个花里胡哨的硬壳拉杆箱,上面挂一只长毛绒小熊,四处张望,就是不去看一眼老公。

　　毛知文拉着太太的手，不经意地走过去，从钮太太手里轻轻接过拉杆箱，替她拉着。这样子，钮太太也空了手，走在毛局长身边。钮小刚跟一头驴似的，爆着颈子上青筋，伏倒了脸，用力往前走。

　　渡轮一出港，旅客炸了锅，个个骂旅游公司黑心。这旅程不但费时费力，而且浪大船轻，上下颠簸。明明塞班有机场，为何先飞天宁岛？

　　这里六个客人倒沉默。毛太太坐在左舷边，一个劲拧着眉毛闭眼睛打恶心，毛知文捏着她一只手，替她掐穴道。他右边坐了钮太太，钮太太过来是面无表情的钮小刚。

　　马俊似乎不太乐意和钮小刚说话，他侧着身体，轻抚太太左手，说："我一点儿也不晕，你想想心事吧，分散了注意力就好！"

　　轰然一声，一个大浪打左舷，水沫子都洒进来，局长夫妻头上都挂了浪珠。睁开眼看一看，脸色煞白，又闭上了。马太太难受地抓起呕吐袋，对着袋口干呕。马俊想说什么，太太竖一只嫩手阻止他："别和我说话！"她不要老公再揉她手，两边紧紧抓住扶手，手指用力，指甲都发了青。

　　马俊一点不难受，仿佛过山车里镇定自若的一个妖怪。他站起来，看见渡轮像一只翻了白肚子拼命想翻回来的硬壳甲虫，左起右伏在浪里挣扎。海是纯然蓝绿色了，蓝绿色的浪头镶着银边，恶狠狠竖立起来，厚得像南极的冰峰，弯卷下来，打这狼狈的渡轮，如一只恶猫用厚爪子拍击落在地上的蜜蜂。

　　马俊稳稳当当走在有滚动感的地板上，偶尔轻巧地伸手扶一扶座椅靠背。他走到前面，看看渡轮的驾驶舱，船长和大副都在里头，一切正常。他打开前面的舱门，一步跨到前甲板去，腥气的海浪溅了他一脸。

天气不好，海是不悦的。海没有一星半点像女人的地方，它现在是个喝了闷酒摇晃着回家却找不到家门的男人，正失望地拍打沿街的门。马俊气定神闲走到船头，往下看，看见海吐白沫，哐哐响，船头抬起来，砸下去，狂暴地打击洋面。他笑眯眯扭头看驾驶舱，船长向他竖起三根手指，问他是否OK。

他走回散发呕吐酸腐气的船舱，看见太太脸盘煞白，眼睛紧紧闭着，拼命维持淑女的表情；钮小刚仰着头，头颅向后顶在椅背上，面色青白，像待宰羔羊；身边，他老婆弄错了方向，披散头发的脸伏在毛局长肩膀上，手紧紧抓住毛局长的手；毛局长脸扭开去，看着他太太；毛太太面如土色，手里捏着鼓起来的呕吐袋。

风浪终于小下去，塞班岛黑色的轮廓出现在视野里。飞行过后，一落地就吃的那顿自助餐，现在大部分到了旅客手中呕吐袋里。一个幽默感超强的黑脸膛男人喊道："妈的！旅游公司连午饭都要回去啦！"

幽默回收不到笑声，只有不晕船的马俊嘴角缀上一丝笑纹。

五

按杰克的要求，九个人手挽手拉成一个圆圈。海面看上去很静，看不见任何陆地。上面蓝天白云，金色阳光照在露出水面的身体上，皮肤和头发很快就干燥了。杰克正在看指北针，他们向西南方向漂移。

海面的空气清冽而纯净，一瞬间，有一种置身于游泳池的美好感觉。吉米正喃喃地对苏珊说："亲爱的，这要是咱们家自己的游泳池，就好了。这会儿，我可以调一杯'自由古巴'给你。"

钮小刚摸摸自己额头，那额头上现出一道新的抬头纹："我们好像在一个大洗衣机的中间！"

几个女人都和自己丈夫交换着眼光，眼下，她们看起来有一点担心，不过还说不上害怕。马太太用英语问杰克："杰克，现在该怎么办？"

"别担心。"杰克正鼓捣从配重带上解下来的一个红色玩意儿，他说，"别担心。我这儿有一把信号枪。不过，眼下阳光强烈，打出去，恐怕很少有人能看见。"

"我们离海岸有多远？"马俊问他。马俊的手指刚才在洋流中被岩礁刮开了一道口子，流了几滴血，他把手指放嘴巴里，含着。

杰克没回答，他正在动脑子。他的眼睫毛不停上下抖动着。

"告诉我们，洋流是不是很危险？我们是会流回岛上去，还是越漂越远？"马俊不打算放弃自己发问的权利。

"先生们。"杰克从水里往上跳了一跳，如同一个开会时陷在椅子里的人要坐端正发表讲话，"先生们，开诚布公地说，我们的处境有点危险。"

他的话像一把榔头砸在主顾们头上，人心仿佛往水下沉了10米，一下子浮不起来。

"我明明不想下水的！"钮太太呜咽起来，"怎么办呀？"

"杰克，你们公司应该有处理这种情况的应急方案，对吧？"

毛知文气定神闲地问他。

杰克摇摇头："我们是岸潜。一般不会碰到这么大的流，这是第一次。"

所有人噎住了。吉米看看自己的潜水手表，说："现在是下午三点十分，太阳还很烫，我们暂时不会挨冻。让我们想想办法，赶快行动。"

马俊点点头："是呀。杰克，你最有经验，你指挥我们吧！一定会有办法的。"

每个人都睁大眼睛，看着杰克这黑小子。杰克用海水抹了一抹脸，说出一句丧气话："你们都不太会游泳，我们是游不回去的。只有等人来救。"

"是的。"吉米点头同意，"你的 GPS 定位器呢？马上发联络信号！"

"我没有。"杰克说，"这是岸潜。不配备。"

"那我们只有这把该死的信号枪？"吉米一拍海水，骂了一句。

"是的。"杰克点头，"最好在天黑之后打。可是，不知道我们会不会漂得太远。但愿我们是绕着岛在漂。"

大家扭头打量四周，海天一色，哪里看得出自己离塞班岛的远近？

钮小刚忽然颤抖着嗓子喊起来："水里有东西！"

什么也看不清，只是人人感觉到了水底浮上来的弧线。

"鲨鱼？有鲨鱼？"钮太太哭起来。马太太一把捏住马俊的手臂，她的脸失去了血色。

　　杰克打量着海面，他没有惊慌，一个猛子扎了下去，又从钮太太背后冒出来，把钮小刚吓得大喊一声"哎呀"。杰克抹着脸上海水，说："是海豚！"

　　话音未落，一排海豚就在不远处跃出了海面，灰色溜圆的身体在人群头顶上划出弧线，哧哧哧又轻盈地刺进海水。又一排海豚跟着跃起，竖起乳白色的尖吻，简直像海滨游乐园的海豚时间到了！海面上沸反盈天，一片欢腾，看得人忘记了身在何处。

　　眼睛等着后面一排海豚跃起，可惜迟迟没等到，海豚来得突然去得倏忽，海又平静下来，成了一大锅碧绿的汤。

　　杰克拍拍面前的海水："先生们，女士们！我情愿和你们一起做一个抉择。如果你们选择我不愿意的方式，我保证听从你们。不过，我认为只有一个脱险的方案，对了，只有一个！"

　　"快说吧！"钮小刚说。杰克没接话。

　　"快说吧！"每个人都催杰克。

　　"我们来投票决定。"杰克说，"唯一的办法是我。我还有力气，我游回去报信。让关岛的美军直升机来救你们。"

　　沉默。没人回答他。十六只眼睛都看定杰克的脸。

　　"他要扔下我们了！"钮小刚绝望地呻吟起来，"我早知道！他必定会开溜的。"

　　钮太太吓得喘不上气，脸一皱，想哭没哭出来。

　　杰克做出一个痛苦的面相，笑了："我倒宁愿留下来。如果没人知道我们在哪里，晚上我们会慢慢冻僵，这样倒省力一点。我没把握一定能游到塞班去。"

　　吉米说："杰克，如果你游回去。请告诉我们，我们留下来应该怎么做，才能等到援军。"

杰克点点头："听好了，诸位。我很抱歉，我真的很抱歉，所以我想试一下，是否能扭转我们的霉运。如果我现在游回去喊人，你们必须相信我会带着人回来！这是不容置疑的！如果你们不相信，不用海水，你们自己的心思就会淹死自己！"

他看看吉米和苏珊，说英语："我对着上帝起誓，我只要不咽气，我绝不扔下你们不管。"

看来每个人都相信了杰克表情里吐露的真誓言。马太太对毛太太说："他是唯一的救星，让他赶紧去叫人！"

杰克说汉语："你们手拉着手，不要让任何一个人睡觉！不要喝海水！不要歇斯底里！节省自己的力气，如果觉得人往下面沉，就把配重带上的铅块解下来扔掉。"

杰克说："千万别害怕！如果你们害怕，你们就像我一样，赶紧祈祷！"

他把信号枪交给了吉米："等天黑下来你再打。一共可以打五发。不要一下子打光。"

他又举起一把黑黝黝带橡皮刀鞘的潜水刀："留着以防万一，你们谁拿着？"

马俊说："给我吧？"话音未落，钮小刚一把抢过刀去，谁也不看，低着头看海水。

杰克在海水里扑腾起来，往身上洒水，他把气瓶解下来，由它沉下海底去，他又放光了浮力调整器里的空气，大喊一声："上帝保佑我们！"他箭一样扑进绿玉般的海，朝指北针刚确定好的东北方向游出去。真是一个健美的土著啊！杰克游得那么快，那么协调,一下子就游出了四对夫妻的视野。

"如果他欺骗我们,我们就死定了。"钮小刚歪着嘴巴,往水里吐了一口苦水。

"相信他! 我们一起来相信他!"毛知文脸上的皱纹被水泡得松开了,脸有点肿起来,他说,"相信杰克! 相信上帝不会丢弃我们!"

"老毛你信上帝的吗?"马俊问他。

"原来不信。现在不能不信!"毛知文咬牙切齿说。

吉米和苏珊微笑着看说中国话的人,他们手挽着手,又向旁边人伸出手,说英语:"我们手拉着手,等杰克回来!"

天突然阴暗下来,一阵乌云从天边卷来,遮住了太阳,水里的人身上一凉,齐打了个冷战。

六

才进宾馆安顿下来,被折腾够了的人大多脸也不洗先倒在床上休息。到了一批新客的联排木头房子竟一片死寂,午睡气氛催眠了一切。

不知何时,钮小刚房间里爆发出一连串女人的尖叫,尖叫给旅途的磨难点上一个逗号。大家从沉睡里硬睁开眼,重新竖起耳朵,观察周围发生的事情。

钮小刚夫妻俩,竟大吵大闹起来。这里不是城市钢筋水泥的公寓,这里是鸡犬之声相闻的度假木屋。

钮太太绷紧喉管发出尖厉的高音："我不要你管！"

钮小刚没喊叫，他急骤的动作传出咚咚的声音，钮太太"啊"的一声惨呼："别碰我，你这个烂人！"

马俊翻过身，对着太太的脸叹了口气，他坐起来，摇摇头，说："真丢人！"

他听见外面有奇怪的突突声，他下了床，打个哈欠，撩开百叶窗往外看，阳光闪亮得像打翻了水银。椰子树底下，几个穿白色员工服的土著在往钮小刚房间的窗户上轻轻扔土块。

对面那紧闭的淡蓝色窗棂此刻属于毛知文和毛太太，淡蓝窗棂下是一株开淡黄色花的鸡蛋花树，鸡蛋花在阳光里亮得如同玉石。

"局长的司机，最好由局长来管束。"马俊幽然叹息。

"那局长司机的老婆该不该也由局长管束？"马太太幽默地回答他。

马俊看看毛局长的窗户，隐约看见百叶窗的栅格动了一下。的确，他们夫妻俩不可能听不见钮小刚那边的闹剧。

正当这时候，马俊几乎不肯相信自己的耳朵，他明明白白听见毛局长房间里有女人发出一声竭力压抑的怒吼，这声音迸发出来，尖厉得带上了金属剐蹭的啸音，如一枚锋利飞刀。可是，飞刀一闪而过，再也没有下文。

宾馆给每个房间打来温文尔雅的电话，通知新鲜水果即将送到客房。下午有滑沙的即兴节目，可以在门口候车前往。

马俊夫妻尝过番石榴和波罗蜜，换了运动服，戴上太阳镜，准时下来候车。不一会儿，毛知文也从楼道里逛了出来，毛太太不知所终。毛知文耸耸肩："她怕晒。"

看来吵了架的司机夫妻是不可能下来玩了,毛知文看见马俊探寻的眼睛,咕哝了一句:"人的修养是没法强求的。有时候,只好睁一只眼睛闭一只眼睛。"

马俊笑答:"敢情司机知道领导太多不可告人的秘密,所以领导往往也放纵司机。"

毛知文愣了一愣,好像分辨一杯咖啡的苦甜,他露出一丝苦笑:"这也让你知道啦?"

车开上沙坡,坡崖边放着一张张独木舟形状的木板,漆成了各种颜色。游戏很简单,人伏在这些木板上,后面的人帮着一推,木板便顺着沙坡滑下去,越滑越快,板上的人抓住翘起的板尖,如驾驭着威尼斯的贡多拉,风驰电掣。

马俊和马太太手拉手,两块板,一块金黄,一块鲜红,往沙坡下滑去,他们感觉时光倒流,甜蜜的感觉充溢在四周,不由放声欢呼。

滑板慢慢流淌到沙地的边缘,在那里凝滞。马俊吻着太太,忘乎所以。等他俩从晕眩里平复,抬起脸,不由困惑:毛局长冷漠地站立在他灰色的滑板旁,手插在短裤斜袋里,背对着他俩。一个女人被他遮挡着,只在他肩头露出一头黑发……女人呜咽着,传来真情又伤心的哭泣……

七

有雨点下来，不太密，稀稀疏疏的，不过打在人裸露的肩膀上相当凉。浸在海水里的身体，倒像裹着温热些的毯子。吉米指挥大家放空一点浮力调整器里的空气，让身子浸没到海水里，只露出头来呼吸。

吉米说："伙计们，我和苏珊很高兴认识你们，和你们一起在马里亚纳海沟附近泡澡。"

苏珊咯咯咯地笑了，中国人也跟着笑起来。

马俊说："我觉得这是潜水公司安排的一出戏，等一会儿杰克就会驾驶一艘快艇来，还要跟我们增加真人秀的费用！"

毛知文也笑嘻嘻说："晚上谁请客吃饭？那个最不相信杰克的人请大家吃饭！"

钮小刚苦着一张脸，说："我真心情愿请你们大家吃晚饭哪！"

大洋如此沉静，静得大家怀疑身在梦中。雨水打在海水上，消失无踪。海水有温和的节律，像幼时母亲拍在襁褓上的手，不是要惊醒你，只是要安慰你。乌云过去了，太阳又当头照下来。头发干了，脸上干了，一种午睡的气息笼罩着海面上的八个人头。

马俊看着眼睛睁得圆圆的吉米，说英语："现在气温和水温都高，就让大家打个盹好了。我和你看着，当哨兵！"

吉米点点头，伸手托住苏珊的脖子，让她可以仰在水面上打瞌睡。马俊也学他样子,托住太太的发髻。钮家夫妻和毛家夫妻,各自闭着眼养神。

吉米不说话,蓝色的眸子和马俊的黑眼珠看来看去,交换着神色。马俊觉得吉米在说:"这下麻烦大了！你们的人有多坚强?"吉米看见马俊回答他:"放心！要我们中国人放弃,也没那么容易！"

两个人都看出对方是个靠得住的,这让绝望的心得着一点点希望,保住一点点信心。

马俊指指天上飞过的海鸥,意思是有海鸥,陆地应该不会太远。吉米把杰克留下的信号枪挂在脖子上,他指指信号枪,好像说天一黑,就可以打枪求救。

马俊在水里一上一下地浮着,看着浅睡的几个男女。他的瞳孔越过老毛的头颅,看见了一样奇怪东西。那东西是黑的,像一块裁缝手里的刀片,溜滑地裁开水面。他的瞳孔放大了一下,他明白那是什么了。吉米刚有点倦意,他寻找马俊的目光,想再聊一会儿,可是他顺着马俊的视线,也看见了鲨鱼的背鳍。

鲨鱼似乎自顾自地埋头旅行,根本没注意蜡烛般插在水里的这些人,背鳍滑过老毛背后三十来米的水域,一直向前去了。马俊和吉米对视一眼,彼此看见额头上沁出的汗珠。吉米在额头上画了一个十字。

他们的目光散漫开来,长长吁出一口气。他俩一起低下头,清晰地看见一艘船那么大的黑影子在他们脚下慢慢掠过。马俊听见自己胸腔里怦怦怦的心跳,吉米按住胸口,轻轻对马俊讲英语:"冷静,心跳会撩拨这畜生！"

马俊觉得汗珠流到自己鼻梁旁,他仿佛觉得自己踩在那畜生的背上。这畜生会不会张开长满坏牙的臭嘴,咬住我们这些人的脚踝往下拖呢?他离奇地想,一旦鲨鱼咬住自己,我就弯下腰去,死命地抠掉鲨鱼的眼珠,跟它同归于尽!

鲨鱼并没来咬人脚踝,可那一片船艇般大的黑影又从他们脚下漫过,这次更真切了些,能看见黑色上有白白的闪烁的斑点。

苏珊醒了过来,她也睁大眼睛,看见了水下的大影子。吉米跟马俊打个手势,他放开旁人的手,把呼吸器塞进嘴里,开始放掉浮力调整器的空气。他戴上潜镜,向马俊和苏珊伸出两个手指,做了一个V字。

一圈人散开了,露出吉米这位置上的空洞。苏珊担心地望着马俊,马俊的眼睛在说:冷静,没事,祈祷吧!

马俊和苏珊一起开始祈祷起来,苏珊念着常用的祷文,马俊只是一个劲地默求:"上帝显灵!上帝保佑!吉米他潜下去干什么?快让他浮起来!"

吉米噗的一下从水里冒了出来,他甩着头,兴高采烈地对大家说:"醒醒,快醒醒!这是我们的旅游节目!我们下面来了一条世界上体形最大的鱼!不是鲨鱼,这是一条呱呱叫的鲸鲨!"

醒过来的人摇晃着脑袋,一时间惊慌失色,等搞明白吉米高兴的原因,才松了口气。大家慢慢把呼吸器从水里撩出来,塞进口中,气瓶还有余气,放掉浮力调整器里的空气,八个人手拉手沉入海里。

那条巨大的鲸鲨就在脚下十来米的地方,它的背上满是疥子和寄生的贝壳,它发出号角那样沉闷和悠远的叫声,抖着尾巴向深处潜下去,由一艘大船变成了一只黑色的虾子。

重新浮出水面,一分钟之内,大家都兴奋地形容着那条难得一见的鱼。钮太太忽然崩溃了,泪水挂满了她的小圆脸:"小芳芳! 妈妈再也见不到你了! 妈妈就要变成一条鱼了!"

大家抬起眼睛,太阳已经发了一点儿白,正往西边的海移动。蓝天上还有匆匆飞过的云彩,它们不再像棉花,倒像灰色的鸟羽。

马太太说:"我渴了!"

他们八个人,连一滴淡水都没有。太阳照在身上,不再烤人肌肤,传递出寒凉即将来临的恐怖。

他们不由自主地望着东北边的海平线,可是又能看见什么奇迹?

"没有水,我们能坚持多久?"钮小刚阴沉地说。

没人回答他,他问了一个不用问也不必答的问题。

马俊握住太太的手,讲英语,吉米和苏珊听见他在讲故事,他们的口水多起来。马太太扑哧笑了:"亏你还能翻译'望梅止渴'这种老掉牙的故事。省点口水吧!"

毛知文忽然开了口:"其实,我梦里常常漂在水面上。我在梦里赤身裸体跳进小溪里,我躺在溪水上头顺流而下。树木和鹰在我眼眶里打旋,溪水里的蝾螈跑出来咬我屁股。可是我顺流而下,一路顺风!"

"多美的梦!"钮太太说,"预言了我们的死亡!"

风从远处洋面上吹来,带着鱼腥气。这是不祥的兆头吗?

但是,带着鱼气息的风可能会把人吹向陆地。

　　风带来了浪,海像一个睡醒了午觉的儿童,不耐烦地颠簸起来,海水呛了每一个人,喉咙里一股咸汤滋味。大家往浮力调整器里灌入最后的那些空气,让自己的身体尽可能高出水面。于是,四对夫妻手拉手坐在了海浪上,好像在游乐场坐海盗船,一个个呕吐起来。

八

　　晚饭大家并没约在一起,马俊夫妻松了口气,打电话问前台,知道在红树林的另一边有个海鲜餐馆,不属于宾馆,所以常常是安静的。

　　他俩手挽手从红树林里涉水过去,海潮有点涨上来,跳跳鱼在树丛里连连蹦高。马太太说:“离这些人远点,我们清静些!”

　　马俊把太太搂在臂弯:“虽说我们常常吵架,日子也一点点淡淡的了,毕竟我守着你,你守着我!”

　　“你常常跑在外面做生意,我能相信你吗?”马太太的口气有点调皮,马俊看她眼睛,眼色却透露了她的内心。

　　马俊叹口气:“谁能给谁保证呢? 人生无奈,但愿我们也能白头到老。”

　　马太太抓紧马俊的手:“求你一件事可以吗?”

　　“什么?”马俊觉得心里涌起一种悲哀。

　　“要是哪一天你对我的心变硬了,请你告诉我,别让我蒙在鼓里。我不想做那种女人！"马太太的声音害怕到颤抖起来。

"别害怕。"马俊也颤抖着喉咙说，"我必不至于那样卑鄙地对待你！"

他们穿出红树林，望见了冒出炊烟的木屋海鲜餐馆。

走进餐馆，夫妻俩不由尴尬得想要退出去，那里先到了一桌人，毛局长夫妻坐在一边，面对餐馆的墙壁，钮小刚和钮太太坐在他们对面，呆呆望着玻璃窗外的沙滩和大海。远处传来涛声，他们四个沉浸在某种情绪里，谁也不说话。

"哎呀！"毛知文跳起来，"我们不想打扰你们二人世界，所以躲到这里来吃饭。谁知道又当了灯泡！"

毛太太也笑嘻嘻抬起脸，一些看不清的僵硬线条像干透的面粉从她脸上掉下来，落在马太太眼里。

钮小刚根本没动弹，钮太太不舒服地转过身来，眼睛却不看人，像一个低眉顺目伺候人的女仆，只用耳朵应付这世界。

终于，三对男女又别别扭扭坐到一张桌子上。钮小刚不情不愿抬起头来，这下让马俊和马太太看明白了，他脸上新添了三条指甲抓出的血痕，其中一道还掠过眼皮，让他的眼泡肿了起来。马太太下意识又去看钮太太，这下子看见她用力捏紧衣服领子，好像要把自己的脖子藏起来。

毛知文仿佛一下子对马俊夫妻充满了好感和感激，他抓起简明的菜单："这顿海鲜大餐我请客！ 你们都是我邀请来的客人，算是正式庆祝一下我的提拔！"

"服务员，"他用侍应生听不懂的汉语喊道，"要一瓶法国香槟！"

　　毛太太勉强对马太太笑了一笑，不过，马俊和太太都觉得她已经在哭了。

　　先上桌的是一只兔子大的大龙虾，红红的甲壳，沉沉的螯子，上面都是结实的瘤结，浑身冒白色蒸汽。仔细看，已经用刀割开了龙虾背甲，露出一缕缕棉丝般的白肉。龙虾盘子边，放着淡绿色的芥末块。

　　毛知文用胳膊肘悄悄捅了捅毛太太，他一脸遗憾地对马俊说："马总是美食家。你看，可惜了！塞班岛这些土人不会烹饪，浪费了这么大的龙虾，只能吃些白肉。"

　　他动手分开龙虾，居然不讲礼仪，先拿了最肥美的一块白虾肉，放在自己老婆碟子里，还动手为她加上芥末，从龙虾底下摸出柠檬块儿，用力挤在那块白虾肉上。

　　他犹豫了一下，脸皮抽动，并不看马俊夫妇，也不看钮小刚，动手把第二块好虾肉放在钮太太碟子里，照样给她添上芥末，只是没去挤柠檬。

　　他终于笑盈盈抬起他的长脸，对马俊夫妻说："我不和你们客气，请挑喜欢的吃。"说着话，他把带一块好肉的龙虾尾巴放在了钮小刚盘子里。

　　马俊知趣，打着哈哈给太太和自己挑了两块龙虾肉，一个劲儿在那里挤柠檬。这时候香槟插在冰桶里送上来了。马俊瞄一眼钮小刚，看见这司机绷着个发青的鬼脸，正用餐刀割那个龙虾尾巴，刀势诡异，不像吃饭，倒像杀戮。

　　马俊从冰桶抽出香槟，递给毛知文，毛知文手伸到软木塞上，用隆重致意的腔调说："今天难得！什么都别说了，我毛知文是懂得感恩的人。这里都是我感恩的人,将来我都要用心来回报。当了局长,我资源也多了,人脉也会更广,请你们多多包涵、多多支持!"

他砰一声开了香槟,木塞子溅在龙虾头上,白色酒沫弯弯曲曲拱起一个龙形的弧,恰恰淋在钮小刚额头上。钮小刚跳起来,眼里喷出怒火,一对嘴唇儿煞白,上下抖得像发了疟疾。他不向毛知文和毛太太看,眼光只好落在马俊夫妻身上,倒把马太太吓了一大跳。

眼看有丑事要跑出来,钮太太惊恐地抬头看自己老公,两只发抖的手抱住了肩膀;马俊也已经下意识挡在自己太太前面。毛太太站了起来,她肩上一条咖啡色的披肩滑落在椅子上,她伸出一只手,捏牢了钮小刚的一只手腕:"坐下!好好吃了这顿晚饭!"

钮小刚被她一握,登时泄了力气,颓然坐回了自己椅子。钮太太往毛知文一边又靠了靠,离她老公更远些,两人之间生出一条难看的沟来。

马太太暗暗在桌下捏老公大腿,他们低下脸,暂时什么也不想,什么也不看,就品尝龙虾那道菜。侍应生托着盘子飞旋过来,脸上笑开了花,放下他们最拿手的菜:奶油生蚝。

九

杰克奋力游出差不多一海里才意识到洋流的力量大过自己

想象。这里的海水完全陌生,丝毫没沿岸海域漂浮着植物种子和落叶的那种和平气氛。他把头扎进海水往下眺望,海水深不可测,远景一片深蓝。大陆架似乎在这里直直往下坠落,形成深渊。

杰克看了一看腕子上的指北针,猛吸一口气,又奋力往东北方向游动。

"杰克呀老兄!"他对自己说,"游吧! 拿出吃奶的力气! 洋流里有八条命。我自己住处地窖里还锁着两条短毛汉密尔顿犬呢!"

杰克对自己的手脚是满意的,它们配合得像身体里装了台蒸汽机。看它们劈波斩浪的模样,杰克觉得海面上要是有个娘们,准会爱上自己。

杰克游啊游,忘记了一切,只顾酣畅淋漓地挥手摆腰,海面上的飞鱼也不过如此。他相信,如果自己保持这个节奏,不必抬起头观察,迟早会撞在塞班岛的沙滩上,头埋进那温热的沙子。一瞬间,他如此热爱司空见惯的黄色沙粒,盼望在死亡来临前能热烈拥抱黄沙。

他感觉海面上下过一阵雨,这凉凉的水珠带给他一阵慰藉。他不由自主想起了一双冰凉的手,那双手曾经颤抖着抚摩他的额头,然后无力地垂倒在他脸颊上。

"哦! 妈妈!"杰克在海水里喊道,"妈妈! 别从坟墓里招呼我! 我还不能来看你!"

终于,他又划出一条优美的前行线,在水里停了下来。他踩着水,看着指北针,眺望远处是否出现了海岸,可仍然什么也看不到。空旷的海面根本连一只信天翁也没有,更别说海鸥了。他瞥见一条飞鱼在水面弹跳,如寂寞幽灵。

杰克猛力往自己的浮力调整器里头吹气,浮力调整器慢慢鼓起来。他放松自己,浮在海面上,摊开手脚。海就是他的床,不过,如果稍有不慎,这床会变成灵床。

他对洋流憋着一肚子气。他拿到塞班签证,在这里教人潜水已经八年了,从来没碰上过这种疯子般的流。可一碰上,他手里正巧带八个主顾!

他曾经带过牛一样力气的西班牙人,还带过比鲨鱼更活蹦乱跳的一群埃及人,他们都没遇上流。今天遇上流,偏是些走路都飘的中国人,根本不可能带他们一起游回来。

至于美国人,别忘记他们吃汉堡多,吃牛排少!

他仰望着天空,露出一嘴窃笑。于是他又活动手脚,收拾浮力调整器,开始新的航程。他没再去看手腕上的指北针,要是他看了,也许结果会好一点。

十

是酒帮了人的忙。

钮小刚喝光第一杯香槟,毛知文眼疾手快,立刻为他满上了第二杯。

马俊看一眼太太,太太也正看他。马俊忍不住凑到太太耳朵旁:"还好我们来,否则可能出事。"

马太太不言语,捏捏他手心。

毛太太明明看见马俊夫妻咬耳朵,她像啥也没看见,昂着微圆的一张面孔,虽然有点年纪,却是养尊处优好模样。

马俊悄悄看那几个服务生,服务生比客人紧张,他们假装不看钮小刚,却为他苦着脸尴尬。钮小刚已经连着喝干了毛知文斟满的十五六杯酒,他的手伸出来抓了好几次,要把香槟酒瓶撩过去。毛知文不让他抓到瓶子,却毫不迟疑为他斟酒。

钮小刚太太的脸越来越红,毛知文每斟一杯酒,她眼睛就惊惶地看一看四周,仿佛那酒有什么问题。等到一瓶酒见了底,钮小刚把空瓶子抢到手里,瓶口按到嘴唇上,仰起脑袋看着高翘的瓶底,等几滴残酒从瓶子里滚下来。

毛知文毕竟是局级干部,定力不弱。他高高扬起右手,对吧台后的侍应生喊道:"再来一瓶!"

马俊看着心神不安的侍应生来送酒,他用英语吩咐说:"别担心,有些人就是喜欢这样子比酒,你们可以走开。"

等侍应生走了,马俊看着钮小刚,说:"司机朋友,香槟酒是好东西,这一瓶,能不能让我们也喝一点呀?"

钮小刚悚然一惊的样子,他看看马俊,舌头有点大:"这里没您马总的事,马总别掺和!"

马俊一对亮眼看定了钮小刚:"我们一起出来旅游,有些事,不掺和也掺和了。能不能回到家,你们才算自己的账?"

他说着看一眼毛知文,然后又瞪上钮小刚了:"就算给我马某人一个面子!"

钮小刚喝了酒,露出混账人的底牌。他发野地回看马俊,梗着脖子说:"我给您马总面子,谁给我面子呀?"

他见马俊沉着脸不说话,毛知文也缩脖子不言语,就爆开了脖子上青筋:"做牛做马那是我姓钮的命不好,可是当乌龟当王八蛋……"

钮太太没让他说完,她猛地扭过身,一个大耳刮子打下去,醉眼蒙眬的钮小刚一躲,四脚朝天带椅子倒了下去。

侍应生远远地看着,像海边红树林里的白鸥漠然看滩涂上此起彼伏的跳跳鱼。马俊伸出一只手,拦住毛知文,他一把揪住钮小刚的衣领,把他从地上扯起来:"你这不知深浅的奴才,再敢在我面前撒野,看我还对你客气!"

钮小刚闭着眼,一副无赖相,薄薄的嘴唇紧紧抿着,鼻孔里都是不堪的酒气。原来来餐厅之前他就喝过了! 不知道哪里来的中国白酒,现在他的呼吸都是这个气味。

钮太太啜泣着,两只手捧住一张涂脂抹粉的小脸;毛太太扭过头,谁也不看,眼角一滴泪,嘴角斜纹往下落。

毛知文把几张美钞撒在桌面上,他站起来,拉上毛太太,头也不回跑了出去。马俊对太太使了个眼色,马太太隔桌拍了拍钮太太手背,等她一抬头,就笑笑说:"散了。我送你回去吧!"

钮太太一脸脏,看看靠在马俊臂弯里撒酒疯的老公,眼睛到处找着人。马太太笑笑:"走吧! 都已经走了!"

他们四个跌跌撞撞爬红树林旁边的高坡,红树林在夜幕下已经滋润着丰厚的水色。钮小刚扭头看见老婆,伸指头骂:"不要脸!"

马俊使劲把钮小刚尖瘦的头扳过来,让他看着树林的暗处。

马太太用手臂罩着钮太太,不让她沉入歇斯底里的抽搐。

钮小刚吐着越来越难闻的臭气,大声喊:"没完! 没完!"他喊一声,钮太太就像被鞭子抽一鞭的动物,哀号一声……

他们一路就这么过来,终于进了木屋区。

钮太太打开门,马俊把发沉的钮小刚放倒在床上,指着他鼻子说:"喝酒了,说些酒话,不和你计较。酒醒过来自己检点,别惹了惹不起的!"

马太太啥也没说,到洗手间绞了条手巾,递给钮太太擦脸:"睡一觉,就好了!"

十一

海,只在它自己愿意的时候,是只巨大而平静的澡盆。不过,只一阵风,它就成了世界上最疯的野牲口。你想在它上面不被颠下去,只有吐出五脏六腑。

八个人互相根本拉不住手,他们只能握住自己亲人的手,彼此撞击着,一口口吐出灌到嘴里的海水和颠出来的苦胃汁。马俊怜惜地护住老婆的面孔,不让海水灌入她鼻子。

他忽然想起童年的一个场景:他从有股霉味的米袋子里揪出一种豆粒大、长粗腿的黑甲虫……

他的手指在粉腻腻的米粒上划动,一下子扎下去,把米粒向四周推开,白色米浪里就露出了黑虫子。逮它们的手指能感觉虫子那对不成比例的粗腿,那粗腿猛劲儿想推开他,他把虫子狠狠扔进玻璃瓶。一堆虫子气呼呼在瓶子底上互相推挤,他把一点温水倒进去,虫子在水浪里蹬着粗腿游泳,好比是微缩版的青蛙。他渐渐加入滚烫的开水,越来越烫的水也没能一下子杀死彪悍的甲虫。它们只是放缓了动作,像学会了打太极。它们在太极中烫晕在玻璃瓶里,渐渐伸张粗腿浮于水面,像一堆黑豆,朝相反方向萌生了豆芽……

马俊想:也许这是报应? 可是,老婆难受得肿起来的脸盘让他对海愤怒,他拍打着海浪,喊叫出很脏的字眼。

钮小刚呕得眼泪鼻涕擦不干净,他不断用海水洗刷自己的小脸盘,依然露出一种被煎熬的庄重。钮太太拉着他一条胳膊,已经被海浪淋得像一只大雨里砸碎的鸟蛋,下巴蒙着一串滑腻腻的呕吐物。毛知文拼命护住毛太太,夫妻俩像两只被人扔进大海的坐垫,毫无生气地随波上下……

吉米和苏珊张开四肢,像玩冲浪那样维持不稳定的平衡,他们神色专注,专心一意。

浪头一个接一个从水里绽出来,突然就一个接一个落下去,水面复归平静。八个人好像筋疲力尽倒在床上,四仰八叉躺在还旋转的浪里,继续脑袋里的天旋地转。

彩虹横亘天际,海面又变成了池塘,虽然不能倒映出虹,也能看见七彩波纹。太阳变成了鲜红色蛋黄,加速向海水坠去。头脑慢慢安宁下来的人,看着从海面垂直爆向天际的火烧云,愣住了。

海停止了旋转和波动,很难想象浩瀚的海洋竟然在狰狞的戏弄后又呈现无边温柔。海活像一个多变的情人,在苦毒折磨后送给你慈母的胸脯。

火烧云层层叠叠在天际明灭,一丝柔情占据了人的眼目,又从眼目里渗下去,到达人的心肠。

吉米和苏珊拥抱在水里,两双彩色的眸子看着彼此,不由吻了起来。

马太太收回自己的眼光,看看马俊:"马俊,你回答我一句,你真心爱过我吗?"

马俊一愣,他俯视着太太在水里折腾得憔悴不堪的脸,一时语塞。

钮太太痴痴望着吉米和苏珊对吻,她的手从钮小刚手臂上脱落下来,掉在水里。钮小刚倒是伸出手去,又抓住了太太的手。可是,钮太太看也没看他眼睛,别过头去。

毛太太脸上露出一个戏谑的微笑,她没看任何人,她凝望火球一般的落日,面孔上充满了别人没有的宁静。毛知文讪讪的,好像在看火烧云,眼睛却不时瞟过去,落在钮太太脸上。

吉米放开苏珊,说:"我的爱,无论生还是死,我和你一起去!"

马俊听见了吉米的话,他对太太说:"哪怕你怀疑了一辈子,我都在你身边。也许这不算你盼望的爱情,不过我记得一首古诗说得好:'洛阳亲友如相问,一片冰心在玉壶。'在这大海里,一片冰心就算小,浪头也打不碎。"

马太太捏紧了马俊的手:"也许我的心太狭窄。你不恨我?"

钮小刚沙哑了嗓子,也不顾别人听见,对着钮太太喊:"我们就快死了!难道你还不愿意看我一眼?"

钮太太把头掉转回来,却越过钮小刚,亮晶晶的眸子痴痴看毛知文,毛知文终于放眼对她定睛看了一看,然后扭过脸,握住了老婆的手:"儿子已经大了。我们没啥好担心的。"

钮太太放声大哭起来:"小芳芳只有一岁半!"

就在太阳接近海平面的一瞬间,如鬼魅一般,一支黑色的鱼鳍倏然滑过人群与落日之间的洋面,不等他们惊呼,一支又一支黑色鱼鳍竞相驶过这块水域。鲨鱼成群地掠过最后一片暮色,鱼鳍被反射夕阳的海水围绕,看起来就像在血液里游动。

马俊搂住了妻子,他们彼此感觉到心在狂跳,血仿佛在额头上凝结住。

苏珊面色惨白,她低声对吉米说:"我害怕鲨鱼!我憎恨有鲨鱼的海!我宁愿自己了结!"

血红的太阳在碰到海面的时候似乎弹起来一下,又在空中凝眸片刻,然后直接浸没下去,消失在波涛里。一派灰色的雾霾遮蔽了西方的天空。火烧云瞬间变成了成堆灰烬,好像燃烧陆地森林凝起的尘团。一股刺骨的凉意落在众人赤裸的肩头,这是死亡之吻。死神青色的嘴唇悄悄落在人肩膀上。死神爱你的骨架,他并不触碰你的前额,那将是他割取的战利品。

四对夫妻看着灰色的天幕,他们在水里已经浸了五个小时。他们受够了,他们看清鲨鱼的鱼鳍如黑色的蘑菇,围绕着他们长了出来……

十二

抬头看见彩虹的时候,杰克喜极而泣。感谢仁慈的天父,他看见的难道不是塞班岛的一条岛际线吗?坚硬的黑色镌刻在波涛的尽头,凭着目测,大概还有五六海里。

杰克从没有怀疑过自己的劲力,那是使不尽花不完的!他想起海里遇到过的一只玳瑁,它知道杰克是谁,它知道只要杰克愿意,也可以和它一样成为海龟,不停不歇从大洋这一头游啊游,游到那一头去。杰克曾跟随那玳瑁游过一个上午,又花了一个下午游回塞班岛。他从水里起来,跑到酒吧里去,穿着一条湿透的泳裤,喝了五升黑啤酒。

想到黑啤酒,杰克渴得要命,渴得胃肠都干裂开来。他知道那八个人凶多吉少,光是没有水,就会要了那些娇柔的性命。杰克停下挥动不止的手臂,踩着水直立起来,的确,他眼睛余光扫过的远处,有一艘船!

那艘船正好挡住了下坠的夕阳,成了一个黑赤赤的影子!杰克顾不得喘息,像要去获得一枚自由泳奖牌,没命地向船游去。

船越来越近,可杰克收拢手臂,终于停了下来。他看见了船上的炮台,那是一艘捕鲸船!它不慌不忙地尾随着一群在金色夕阳里跳跃的动物,一枚枚铁鱼钩弹无虚发地飞起来刺入水中,拖起一条条尖叫着甩动肥肥身体的宽吻海豚……杰克看见了被夕阳透视出的太阳旗,船头上那些亚洲脸和掉在海里的那些中国脸非常不一样,他们毫无表情地杀戮着杰克的好朋友。

杰克掉过头,再次疯狂地挥动手臂,朝塞班岛的影子游去。太阳就要隐没在海底,难道那些中国人和一对美国人能够在洋流里扛过长夜? 呼叫美军直升机吧! 求求你了,天父!

他觉得自己正从躯体里逃逸出来,他的肉体沉重得往下直坠,他的头颅昏乱不堪,夜色在夏日黄昏里蒸腾,八条人命背负在他肩上,他重得游不动了。他砰地撞在沙滩上,头扎进了沙砾⋯⋯

杰克欣喜地抬起头,他上岸了。可是,当他一眼看见那个熟悉的长亭,他不由得大声叫骂起来:这不是塞班本岛,这是军舰岛。军舰岛是孤立的离岛,在塞班的对面。当地环保法规定,游客和工作人员只能在白天上岛游玩,晚上五点必须全体离开,把岛还给海鸟和海龟。此刻,这里寂无人声,海鸟喧哗,没有电话,没有设施。

十三

半夜里马俊还没有睡意,他跑到窄窄的木屋阳台上,坐下来点燃一支雪茄。

从钮小刚夫妻的房间里退出来,马太太就开始不言不语,问她什么她也懒得搭理。马俊知道,这是她心绪恶劣的前兆,而她心绪不宁,总为了同一个原因。

马太太冲了凉,头上盘着毛巾,亭亭玉立在盥洗台前敷面膜,白白的面膜贴紧在她脸颊上,遮没了一切表情。马俊手放在后脑勺,躺在床头琢磨眼前的事。

马俊不由推测毛知文拉他一起出行的目的。不想这目的还好,一想全不是好事。毛知文显然想利用他们夫妻俩。要是那个司机想"爆炸",也许因为两个陌生人在,会勉自忍耐? 一旦真炸开了,也有他这么个强有力的人来调停。

可是,毛知文既然如此忌惮司机,又何必要他们夫妻俩同行呢? 想来毛知文和司机太太有点不清不楚,究竟水深到什么地步,倒也还看不明白。男女私情之外,难道司机还掌握了毛知文什么见不得人的鬼事?

想得迷糊过去。马太太敷完了面膜,幽幽地在马俊耳边说:"这么看来,男人真的都不是什么好东西! 马俊,你在江湖上做大买卖,我难道能相信你没一点风流韵事?"

马俊醒过来,叹了一口气:"这么讲话,我百口莫辩!"

马太太并不为难他,她裹了一身毯子,扭开台灯,打开没看完的一本塞班岛旅游书,不再理睬马俊。

这会儿天地静得没一丝声息,连海涛也听不见了。马俊吐出灰色的烟雾,回头看看台灯影里的老婆。老婆绝对是一个丽人,她不明白马俊心里如何珍爱她。

就在这时候,他听到木楼里有些凌乱的脚步声,倏然又隐没了。月亮刚才还在天顶,让他下意识想起嫦娥的裙裾,现在它钻进了云层。雪茄抽了快四十分钟,只剩下大拇指那么长的一段。他隐约听见毛知文的嗓音,那嗓音却在司机房间里!

他知道事情越来越不妙,心里大骂毛知文衣冠禽兽。他听见钮太太在抽泣,絮絮叨叨说着什么话。

雪茄短得不能再抽了,马俊在地砖上踩灭了烟蒂,准备进门刷牙。对面毛知文的房间里却发出噼里啪啦的声音,好像有人压着嗓子吵架。马俊侧着耳朵听,马太太也听见了,跑出来拉住马俊。

他们俩穿上外衣,推开门就朝毛知文房间跑。跑到门口,里面的声音变成了压住嗓子的哭泣,门倒没关死。马俊看了看太太,太太点点头,他们推开门闯进去,马俊伸手打开顶上的大灯,不由看傻了眼。

毛太太两只手臂大张着,上身衣服解开了,司机小钮正趴在她身上,瘦小的身子脱得光光的,像一个找奶吃的猴急孩子……

马太太把衣服和被子盖到毛太太身上。毛太太呜咽着,扭过头把脸埋在被子里。小钮护着自己的脸,躲开马俊抽他的手掌,他喃喃地说话,一点也不慌张。他说:"你们瞎掺和什么?关你们什么事?"

马俊说:"畜生!再说一句,我揍扁你!"

十四

八个人现在由于恐惧紧紧靠拢在一起。吉米掏出信号枪,对准天空扣动了扳机,一枚曳光弹直入天幕,在天顶炸开,发出一声响,慢慢拖开正红色长尾巴,飞过晦暗的天际。

谁也不知道有没有船只和岛上的人看见这枚曳光弹,不过,在远方,沙滩上的杰克跳了起来,他看见了遥远的红光。他们还活着! 他们还在等待!

杰克缓慢地爬上香蕉树,他摘下香蕉,一枚一枚剥开黄皮,吞下肚子。他看见了第二道红色光弧,他们大约在军舰岛的南面二三十海里的地方。杰克要再次跃入海中,游过海峡去讨救兵!

吉米打出了第三发曳光弹,把信号枪挂回脖子上。他对马俊说:"还有两颗信号弹。也许我们应该留着对付那些畜生!"

马俊说:"不要去惹它们,也许,它们对我们没兴趣。"

海水变凉了,钮太太第一个上下牙齿打架,发出嗒嗒声。尽管大家尽可能搂在一起,还是接二连三打起战来。马太太再一次哀叹:"我渴死了!"

马俊在夜色里搂过太太,嘴向她吻去,马太太正奇怪这个吻,突然发现马俊竭力往她口中吐来一丝丝唾液。

"坚持!"马俊在她耳边细语,"塞班是美国托管地,美国人会来救我们的。"

"相濡以沫。"马太太搂住老公,呢喃了一声。

天完全黑了下来,云彩的暗影也看不见了。上下只有满天星斗和海底发出的荧光。

人的体温慢慢流失,没有人再有兴趣说话。所有人只紧紧握住旁人的手,生怕一松开,就是生与死的分野。

看不见鲨鱼的鱼鳍,靠视觉刺激大脑的人类慢慢稳定下来,时间像一个流不尽的沙漏,完全失去了存在意义。天一黑,伸手不见五指,人马上忘记了日光下的一切,产生出各种各样符合人脑机理的错觉。

"这只是一个梦！一个噩梦！"钮小刚梦呓一般呻吟了一声。没有人理睬他。

"我冷！"苏珊叹息了一声。

这之后就是长长的沉默。夜的海里，只有微弱磷光，在海底的深处。

牙齿已不再叩击，马俊推推太太，她没回答，僵僵地垂着头颅。马俊自己的牙床紧紧咬合在一起，他想睡过去，睡过去就好了，就忘记了，就舒畅了。可是，他想起杰克的话，不能让人睡着！

他迟钝地想："如果叫醒大家，却没救援来，岂不是不让人好好死？何苦折磨人？"可是他又想："救兵就在路上了，要是看见我们死在还没有冰冷的水里，岂不是一个笑话？"

他对着黑夜里说道："不要睡觉！杰克就要带着人来了！"

"嘘！"毛知文发出一句嘘声，"再来一个绝望的白天，是残忍的！"

人声又暗暗下去，马俊对着大家说话，再没人理他。马太太似乎推了他一下，也没有声音。

马俊不知道哪里来了一股力气，他扯过身体发僵的吉米，从他头颈上夺下信号枪，往天空里射出一支殷红的火箭，曳光弹照亮了海面，把马俊吓了一跳。

一条鲨鱼就在钮太太身后露出大半个灰色身体。马俊低下枪口，对准鲨鱼眼睛所在的位置扣动了扳机，哧的一声，曳光弹近距离打进了鲨鱼身体，又穿出鲨鱼，吱吱地朝水下射去，照亮了一片水域,到处是小艇般的鲨鱼,高高低低地在水里巡航! 被射穿的鲨鱼拍打了一下水面朝水底窜去……一切复归平静。

"钮小刚,看看你老婆被鲨鱼咬到没有?"马俊嘶哑着喉咙喊。

钮小刚动了一动,钮太太虚弱地应道:"钮小刚,你和我今天死在这里,你没想到吧?"

钮小刚没吱声。钮太太又恨恨地说:"我打赌你塞在保险柜里的遗书上不会有小芳芳的名字!"

马俊觉得太太抬起了头,他对太太微笑了一下,听见钮小刚开口说:"别发疯了! 留着点力气,求你了!"

"我不要留什么力气,"钮太太亢奋地说,"我知道我回不去了! 毛知文,你别装乌龟王八,现在你当着大家的面说一声,小芳芳是谁的孩子!"

毛知文喘起气来,他迟疑了半分钟,说:"小刚,我对不起你!"

噗的一声,钮小刚不知道拿什么揍了毛知文,毛知文哎哟一声,说:"求你了,别在这儿! 到处是鲨鱼,弄出血来,一个都逃不掉!"

钮小刚忽然狂叫起来,他惊惶、尖厉的声音刺破夜色:"你……你咬我? 你为了奸夫咬自己老公? 哎呀我的手上都是血!"

"呵呵,呵呵,呵呵呵……"钮太太疯笑起来,"让鲨鱼来吧! 我陪着你!"

吉米很久没有声音,这时候摸索马俊的手臂,哑声问:"发生了什么事?"

马俊还来不及回答,忽然听见钮小刚嘶叫一声,后半声浸没在水里,发出噗噗噗的吐气泡声。钮太太哭叫起来,拍打水面:"你去哪里?你快上来!"

气氛诡异之极,忽听毛知文喘息着对毛太太讲:"钮小刚原来藏了一把刀,他割开了我的小肚子!我……我也要去了,这是债呀!你想开点,回去和儿子一起过,好好过。"

钮太太喊"知文"。毛知文说:"你别喊了。都到了这一步,我只能和老婆守在一起,我就要死了!"

毛太太喊了一声"老毛",她身体没有动弹,幽幽然吐出一句:"该为你做的我做了,不该为你做的我也做了。你到了那里,不要再当什么官。"

只听见钮太太尖厉的嗓音发出痛苦的呻吟,她呛着水,一会儿喊"知文",一会儿喊"芳芳",扑腾得厉害,终于哗啦一声,一切归于沉寂。

毛知文轻轻哭了几下,不再说话,毛太太喃喃念叨着《金刚经》,念经的声音掩盖了老毛滑向水里的微弱动作。

马俊觉得太太一把抓紧了自己,他一吓,问她:"怎么了?"

马太太把脸凑过来,在马俊耳朵边说:"真可怕,人比鲨鱼还可怕!"

马俊紧紧挽住太太胳膊,在她耳朵边祈祷:"上帝呀,保全我们,我们想看到明天的太阳!"

不知道又挨过多少小时,马俊不知道为什么抬起头,睁开快要睁不开的眼皮,天空有流星,也有不落下去移动着的星星。

马俊的心狂跳起来,他看见那直升机飞近,探照灯的白色灯束扫过水面。

"救援来了!"马俊推推太太,马太太好半天才伸出手去,推了推毛太太。马俊听不见吉米的声音,他伸手出去,撩了一个空。

直升机群飞向右边海域,慢慢又飞近来,飞过头了,飞向左边海域。它们停留在那里,几束光一起照射什么东西。马俊看见直升机放下悬梯,一个美国士兵跳进海水,打捞起两具搂在一起的人体……

探照灯将马俊身边的海照得透亮,马俊看见妻子冻着泪花的脸,他看见毛太太圆圆的浮肿的脸盘,其他人全不见了。

第一架直升机放下悬梯,带走了毛太太;第二架救起了马太太,马俊拍打水面,嘶哑地喊叫吉米和苏珊,又喊毛知文和钮小刚,他忘记喊钮太太。头上降下的美国兵用扩音器对准他喊道:"先生,冷静! 如果你大喊大叫,恐怕我就不能带你回家!"

马俊乖乖地让美国兵用绳套套住他,他俩上了悬梯。一低头的工夫,他看见海面漂浮着两件谁自己脱掉的浮力调整器,在这茫茫夜海上,这么做无异于自杀……